成都姑娘

Lily, L'enfant de Chengdu!

湖南文艺出版社　博集天卷 CS-BOOKY

李莉娟　————————————————　著

Lily, L'enfant de Chengdu!

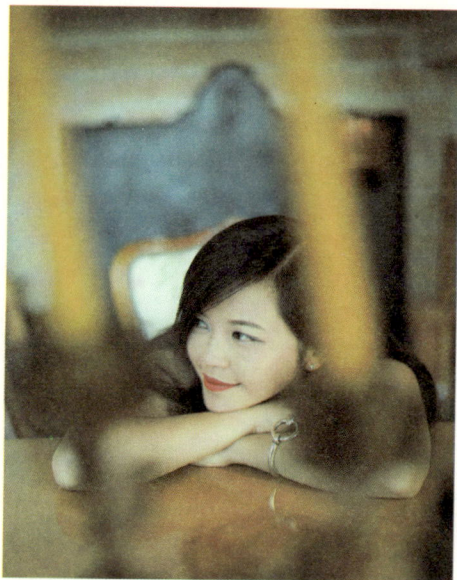

第一次写书，感觉挺好，但心里也怕书出来后被大家叮叮，哈哈，不管啦，你们凑合着看哈。写书，真正的意义对我来讲，是让我小时候觉得不可能的事情成为可能，所以，我坚信一切皆有可能的理论再一次被我给证实了。

我 2008 年去法国读书，怀揣老妈的不理解和老爸觉得我在瞎折腾跑出去的，一天晚上，我爸妈正在和我家的狗"英雄"一起看电视，我突然挡住电视机，很郑重地说了一句："爸妈，我想出国。"我妈让我别挡着她看电视连续剧，我爸一句："你想飞天都可以！"我觉得那是他们的许可，所以等我拿着录取通知书在他们两个面前晃的时候，我妈才恍然大悟，接着就是一把鼻涕一把泪地说："死娃娃啊，你真的要飞天啊！"

也就是那么巧合，2008年5月12日汶川地震，经历了一些生生死死，我更坚定了想出去的念头。

出国留学的人多了去了，很多都是家里给了很大的经济支持，我拿着自己在金沙遗址博物馆上了两年班挣的工资和晚上在成都各大酒吧跑场唱歌挣的钱及我大哥铁成娶媳妇儿的钱、我爸妈的棺材本儿、亲戚朋友你200我300给凑的钱出来的，这架势特别像村里出了个大学生，接着就是全村人都来赞助。

我是背水一战啊！我知道，我这一出去，一定要混个名堂出来，不然就太对不起大家寄予的厚望了，所以再苦再难，我咬牙都要坚持下来。说心里话，我就是想给我爸妈一个美好的未来，不用我妈再那么节约我爸再那么辛苦，其次也是想混出个人样光宗耀祖。

出国，不是每一个人最好的选择，但是我在国外所经历的点点滴滴却是我人生中最好的收获，我想让大家看的不是我现在的凯旋，而是想和大家分享这10年在法国的打拼，告诉大家一个中国人是怎么在这里奋斗的。

未来出国的人会越来越多，很多年轻的学生对海外有憧憬，而父母们则有很多的担忧，也许我的经历会让你们有那么一点点的借鉴意义或者对你们有一点点的帮助。

　　书里我发起了"寻找下一个莉莉"的活动，这活动，我要做到我死为止，去帮助需要帮助的年轻人，每年选一个人跟着我在波尔多或者世界的某个角落待一周，一起解开心结，一起规划人生。

　　因为我知道，虽然我们已经是身体上的"大人"，但大多却是思想上的"小孩儿"，年轻的我们有时对我们未来的人生很迷茫，是听父母的话还是完全不在乎他们的感受做自己想做的事情？不知道以后想干什么，这迷茫期无止境……

　　莉莉在这里，莉莉和你一起分享，莉莉和你一起探讨，你的未来或是我们的未来。毕竟多年后，我还是会带着我的爱人回到我的祖国实现我的诺言"报效祖国"，话听起来挺大的，但是至少能和跟我一样有梦想的年轻人一起做一些有意义的事情，去帮助更多的年轻人真正找到自己的方向。

2018 年 3 月 12 日

李莉娟 于法国波尔多

目 录
CONTENTS

Lily, L'enfant de Chengdu!

英雄父母和我
不得不说的故事

　　庆幸我有平凡但是伟大的爸爸妈妈，他们教给了我很多做人的道理，也为我开挂的人生点亮了智慧的指明灯。每对父母都有不一样的教育风格，但是有一点我可以肯定，就是父母对子女的爱真的都是无私的，没有什么凭什么不凭什么，只是因为身体里流淌着同样的血液，那种血浓于水的亲情，我觉得这辈子都报答不了他们，唯一的心愿，就是想让他们过得更好，以报答他们无私的养育之恩。

001

Chapter

02

平凡姑娘
不平凡的梦

　　我的心，在我有了初步经济条件可以支持的时候，满足了我去其他城市穷游的第一步，这个意义对我来讲是非常大的，认识不同的人，知道每个人背后的故事，获知不同的信息，明白原来世界上真的有不同的人生和不同的活法。

　　我还想走得更远一些，还想飞得更高一些，还想带我那连国门都没有出过的英雄父母去外面看看。

法国是一场
幸福的苦修

这是一种幸福的苦修，要知道还有多少人羡慕着我们在国外的机会，所以我特别珍惜我在国外的每一天，况且，每一次为生活和生存抗争，如果不想被迫原路返回，那就必须杀出一条血路。

Chapter
03

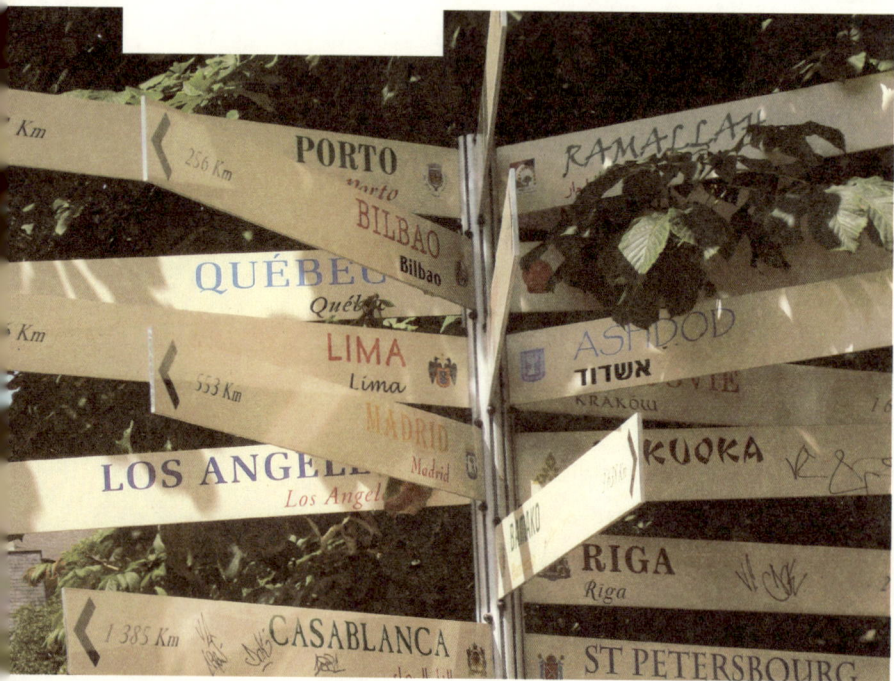

Chapter
04

爱情就是用自己的生命点燃对方的那口汤锅

波尔多 La Tupina，烹饪传统法国西南部的菜肴，法国波尔多市长邀请政客及名流的官方接待餐馆。

英雄婆婆经常说，爱情就是用自己的生命点燃对方的那口汤锅，小火炖汤浓郁醇厚；如果你非要当自己是个沼气池，那你用力过猛的时候，屎都会被炸得到处飞舞。

Chapter

05

第六次说
我爱你

爱情应该是一个灵魂对另一个灵魂的态度，而不是一个器官对另一个器官的反应。

这个男人对我的爱，我可以感受到，实在！

因为我知道，他是一个不想被婚姻束缚的男人，一旦能成为他的女人，将会是他唯一也是最后一个。

163

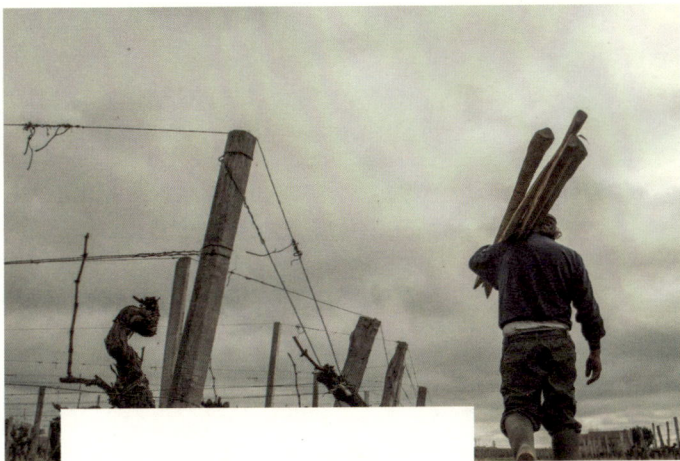

Chapter

06

感恩，不如传递这份爱
给下一个需要的人

　　我们不是亲人却胜似亲人，江湖儿女的情谊，
如同一瓶陈年好酒，越久单宁越淡，葡萄酒越易入口，
人与人之间的情谊，越老越经得起考验。

　　事情有真善美，朴实的情感流露在生活中的点
点滴滴，也许就是那么一个小小的善，造就了后来
的恩。

寻找下一个莉莉

我在小莉莉的身上看到了当年我的影子，我觉得冥冥之中我和这个女孩的故事还没有结束，现在只是开始，而且这段开篇的小莉莉也将会是未来的一个个小莉莉的故事里面的起点。

277

The End

08

后记

Lily, L'enfant de Chengdu!

Lily, L'enfant de Chengdu!

英雄父母和我
不得不说的故事

　　庆幸我有平凡但是伟大的爸爸妈妈，他们教给了我很多做人的
道理，也为我开挂的人生点亮了智慧的指明灯。每对父母都有不一
样的教育风格，但是有一点我可以肯定，就是父母对子女的爱真的
都是无私的，没有什么凭什么不凭什么，只是因为身体里流淌着同
样的血液，那种血浓于水的亲情，我觉得这辈子都报答不了他们，
唯一的心愿，就是想让他们过得更好，以报答他们无私的养育之恩。

（一）

　　我叫李莉娟，大家都叫我莉莉，1984 年出生的"纯种"成都姑娘，掐指一算也到了过三奔四的年纪了。

　　我小时候可是个不消停的捣蛋鬼，当然，彪悍不过人家的时候就哭鼻子，但随着年龄的增长，发现这招越来越没用。

　　那时只要听见筒子楼里鬼哭狼嚎声音最大的，肯定是我，不是被我妈三天一小打五天一大打，就是又被邻居家的熊孩子们给收拾了。

　　呐喊，那可是幼年时期捍卫我人权的唯一保障啊！

　　虽然在外我倍儿皮，但是内部的四口之家还是幸福得不要不要的。

　　这家里上有让我德智体美劳全面发展的老妈和老爸两位，下有那条名叫"英雄"的狗，这条长得像羊羔子的贝灵顿梗居然有狗嘴开瓶子的特技，那名气当时在成都西门石人小区的石人公园那一带也是响当当的。

　　这"狗怕出名人怕壮"，偏偏英雄的名气和英雄婆婆的体形呈正比增长，他俩只要在石人公园那儿组合亮相，我妈就会说，比出去遛我爸吸睛多了，虽然她老说她有帅如沈腾的老公，但我爸的朋友都说他长得像沈腾的表叔——沈伐。

叫主人也要看狗，爸妈被狗友们赐了一对霸气销魂的名号：英雄婆婆和英雄爷爷。

不知情的旁人听到这些霸气的称呼都以为是我挂了，而我爸妈会被误认为是烈士家属，一天到晚两人还喜笑颜开，旁人都觉得这老两口心态贼好。

欸！欸！欸！我人没挂，人没挂，但是我有着开挂的人生啊！

咱在学校里，老师教的是知识，父母在家教的是做人，而知识化作各种力量那就真得靠个人造化了。

我爸说，我走的是一种略带传统教育的树人路线，不是靠个人造化，而是靠我老妈的鞭子才有了今天。当然，我妈肯定不是毒打虐待我哈，不然看《不要和陌生人说话》都会产生"和亲妈都别说话"的心理阴影。

其实，也就是用手拍两下屁股、罚个半小时跪、筷子敲手上这些"微家暴"。

哎呀呀，我这小时候可没少跪，现在想起来都膝盖痛，知道为什么我有一副好嗓子吗？当年跪得实在腿软时我总会唱《世上只有妈妈好》来让我妈发发慈悲，用歌声来昭告有着一颗菩萨心的老妈我那知错能改的觉悟。

还是我爸好，只跟我讲道理谈人生，慈父严母说的就是他们俩一直以来在我心中的威猛形象，虽然长大了才知道他俩配合着一个唱红脸一个唱白脸，基本当爸当妈的都是这些套路，小伙伴儿们要注意了，爸妈在教育孩子的问题上那铁定都是一伙儿的。

虽然很讨厌我老妈的微暴力，但是想想当年我当熊孩子干的那些熊事儿：看到有行人，从楼顶把装满水的气球扔到一楼，吓得人哇啦啦地吼："哪家小孩子作死啦！"带着小伙伴儿们偷自己家为春节准备的香肠腊肉去烧烤，晚上回家身上全是烟熏味儿，嘴上和袖子上还全都是油，机智的 007 女郎英雄婆婆直接给我逮了个现行，我以为她啥都没有看出来，结果趁我睡着，她掀起我暖和的被子就是两鞭子，打得我是满院子撒开欢地跑；春节的时候跟表弟闹着玩儿，把点燃的鞭炮放表弟的裤裆里，棉裤裆都给炸破了，差点没把表弟炸成太监，我第一次受到了全家人的讨伐和我妈的一耳屎（耳光）飞脸上；跟小伙伴儿一起吐口水在邻居刚晒的被单上，看谁的口水吐得面积大；把我爸集的邮票上的一个个人物的头像剪下来粘我课本上当大头贴使……

其实我还真怕我爸比怕我妈多，因为我妈随时出手，不打我，我觉得她有病；打我，心理预示告诉我这周的指标我算完成了。但是我爸这么温柔的男人，他要打我，那就是真生气了。有时老爸也说我妈打得好，他舍不得下手，看把我给惯的！

这从小到大老爸也就只打过我一次，我淘气啊，让买发卡他不买，我一无影脚把他的自行车直接踹到满是泥巴的水坑里，我爸那手劲儿，不出招则已，一出招肺结核都要给我打出来了，那时我才 8 岁，但是已经知道哥们儿怒了，我是没好果子吃的，这不，发卡没讨成，连着一周我爸都不跟我说一句话，我那真是吓傻了，知道老爸不怒则已，一怒绝对小心眼儿。

如果没有老妈狠心的鞭子教育，我现在肯定已经在某看守所忆苦思甜了，现在孩子们可金贵了，打不得，所以走心的教育将会是未来当父母更重要的课题了。我有时候也挺纳闷儿，老妈你有种就打死我啊，生了我干吗出手那么频繁，她说，我就是要把你教育得很好，我当年没读书，希望你可以成才，也证明给你外婆看我没嫁错人。

外婆？关外婆什么事儿？

那还要从 37 年前的冬天说起。

（二）

我外婆生了我妈和我两个舅舅，当年经济负担比较重，所以大女儿能早点工作去挣钱贴补家用是那个时代非常正常的选择。

其实当时英雄婆婆还拿了高中录取通知书的，可是一想到还有弟弟们要照顾，在她收到录取通知书一周后，就把录取通知书撕掉了，外婆为奖励老妈懂事，还专门煮了两个鸡蛋犒劳她，她一个留给自己吃，另一个分给了两个眼馋的弟弟。

她那个年代的人，真的没有什么自己选择的权利，连工作都是我外婆给她安排好的。老妈说这辈子最后悔的就是没有上高中考大学，而我老爸是个大学生，是她的光荣和骄傲，当然，我这一口气还读了两个硕士，我妈更是骄傲地说我是她的文曲星，帮她圆了她的读书梦。

英雄婆婆做得一手好菜，尤其是她做的排骨面，简直就是米其林三星的水平，诀窍就是，今天准备是为了明天吃，这样才有期待，这样才更有味道。在英雄婆婆的字典里，"时刻准备"一直都是她的座右铭，我当然也被感染了此铭，有时候我的预备期更可能是几周前、几个月前，更或是几年前，所以我后来慢慢养成了她那种万事俱备只等东风的做事风格。

那个年代，我老妈也算得上是大龄女青年，老爸当年对她的好，她多少年都不会忘记，我妈每当忆苦思甜的时候就会讲我爸怎么怎么对她好，我听得耳朵都起老茧了。

英雄婆婆当时是他们那条街的街花，但是倍儿挑剔，年纪不小了，还老想找一个有知识有文化的五好青年，可惜当时读书能读得像我爸还是个大学生的青年才俊，那简直就是凤毛麟角。

我老爸写得一手好看的毛笔字，还会唱几首不走音的革命歌曲，才情横溢的老爸当年绝对是一个校草级别的骚年（少年），可惜心高气傲的他啥都好，除了喜欢给领导提意见，那个年代你以为是"见义勇为有话直说的好青年"，但在领导看来，也是"没有前途"的命。

1981年年底，在成都骡马市站岗的交警叔叔王树林，我爸当时的一个好哥们儿，他有次看到我那年轻时颇有姿色的老妈去给我外婆送饭，王警官和我外婆拉家常的时候知道我妈还单身，而王警官还有个很有上进心的兄弟（也就是我那玉树临风的老爸），也是单身，于是干脆撮合了一下。

你要知道当年的婚姻还是靠各种媒人和朋友介绍来的，正好王警官约我爸去凤凰山打麻雀（当时持枪还没有什么人管），就做了媒安排他们俩见面。

1982年元旦，两位热血青年第一次见面。

两个人明明就是约会，却还要装作不认识，要一个走街头一个走街尾，生怕被左邻右舍七大姑八大姨同学同事看到，想想现在各种大尺度的一夜情，真怀念他们那个时候的单纯。

元旦时的成都已经很冷了，当时我老爸第一次约英雄婆婆去看电影，片名叫《刘三姐》，第二次是几十年后看了一部叫《泰坦尼克号》的电影，我老爸应该是在媒人的"唆使"下进了次电影院，可想而知他本人其实不怎么喜欢看电影。

离电影开场还有半个小时，当时在电影院旁边还有一个百货店，我妈在那个卖手套的柜台上看手套看了至少 20 分钟，还跟我爸讨论说白色不禁脏，红色太打眼了，或许还是黑色的好。太有选择难度了！

但是我妈看了半天最终也都没有买，因为是很畅销的款，价格也不便宜，一双纯羊毛手套的钱是我妈一周多的生活费，还害怕第二天就没有了，心痒痒了一晚上。老妈说当时出门忘记带钱了，我说就算她带了钱，她那么省吃俭用的人，也肯定下不了决心买那么贵的手套。

老妈说对我爸的第一印象，想着我爸是不是瞎子啊，大冬天还戴着一副大墨镜，我爸说那个时候戴墨镜是好潮好有型好酷的哎，不仅仅是为了装酷，关键还是因为他眼睛小，怕我妈嫌弃他长得不帅，所以戴副墨镜遮遮，没想到我妈提议去看电影，我爸差点摔个大跟头，电影院里面太黑了。

今天的社会，已经变成了相亲不买东西，有可能这个男的就被 pass（淘汰）掉了！但是那个时代，就算是一包瓜子，都可以嗑一个通宵，从外太空聊到中华上下五千年。

1982 年的恋爱季，是温暖如萤火虫般地一点点融入心肺的。

我妈说，我爸对她应该是一见钟情，不然我爸不会第二天就迫不及待地约她去逛省展览馆。

我老爸那个时候很洋气的，小伙子骑着一辆黑色的永久牌自行车，穿着一条喇叭裤，站在人民公园门口等心爱的姑娘。

他这次没有戴墨镜，眼睛小，却炯炯有神，英雄婆婆说，用"贼眉鼠眼"来形容我爸的小眼睛挺合适的，但是往后这几十年越看我爸越觉得他帅。

哟喂！现在的小年轻们，你们可知道当时的喇叭裤超哥们再配一辆永久，简直就能闪瞎所有未婚姑娘和围观群众的眼睛，跟现在你开辆法拉利穿套定制的西装去泡妞比是有过之无不及的气场啊。

当时老爸看到老妈之后，马上从他的公文包里拿出一包东西给我妈，我妈欢喜地一打开：昨天货柜上的白色羊毛手套！

老爸成功扭转局势，我妈中招了！

我妈问他："为什么买了白色，白色不禁脏啊？！"

我爸笑笑："就是因为不禁脏，所以我希望你每次使用它都小心翼翼的，就像对待我们的感情一样。"

我妈的脸上，大大的微笑。

当天晚上外婆还问我妈，那个小伙子怎么样？

外婆跟我透露道："你妈对你爸的印象是从贼眉鼠眼到双眼炯炯有神，转变尽在 24 小时之内！"

我现在才知道，无论什么年代和朝代，买买买始终都是可以让女神对你印象短时间改变的绝对有效的工具。

男大当婚女大当嫁，这下两个人，开始了交往。

当然，我外婆也没闲着，就开始四处打听我老爸的"背景"了。

现在你去相个亲都问你父母干啥，有车有房吗，工资多少，而那个年代成分很重要，"未来发展"很重要，可惜我爸就是个耿直 boy，就像魏徵从唐朝穿越过来上了他的身，在单位里但凡有啥不好的事儿，他都会第一个跑出来发声，他的领导没少因为他的这个"优点"而对他"敬而远之"。

心直口快的毛病很快就传到未来丈母娘耳朵里，这下坏了，丈母娘为了我老妈有个如安徒生童话般的婚姻，拒绝了我老爸的提亲。

两个苦命鸳鸯是在天愿作比翼鸟，在地愿为连理枝；天长地久有时尽，此恨绵绵无绝期。

我爸说这辈子就那一周体会到了天要塌下来的感觉，还好他绝食的演技让我外婆起了恻隐之心，还好交警王叔叔好说歹说地给我外婆吹耳边风，还好我妈发毒誓这辈子非我爸不嫁，不然就准备卷铺盖去感业寺修行了。

终于，英雄婆婆怀揣户口本儿，1983年1月1日和我老爸喜结连理，在西郊饭店请了5桌朋友，当时我干妈严红，也是我后来音乐的启蒙老师也参加了婚礼，人不多，但是非常之温馨。

可惜，也换来了后来10多年我外婆跟我家不怎么往来的悲伤时光，尤其是有我爸在的时候，他俩就是好不起来，不是说丈母娘看女婿越看越喜欢吗？

当然，我知道我外婆也是爱我的，毕竟是一家人，最后还是不计前嫌全家又其乐融融地在一起了。

我干妈后来在我的婚礼上跟我说："你的婚礼你妈给你办得很风光，我不仅见证了你爸妈的婚礼，也见证了我干女儿的婚礼，你妈这么多年吃了很多苦，但是一直都希望你成才，希望你家庭美满，希望你没有嫁错郎，更希望你外婆看到她当年的选择没有错。"原来我妈还肩负振兴家族的使命啊！

看看现在，好多年轻人说分手就分手，说怕爸妈不同意，实际上是没有过自己这关，在那个啥都没有的年代都敢"拿青春赌明天"，今天的爱情，有时候却那么不堪一击。

（三）

终于，1984年8月28日，我来到了这个家庭，虽然没有什么文曲星下凡一说，但是根据当时我妈每天要吃一只炖土鸡、一大碗回锅肉、五个鸡蛋的食欲和分量来看，我多半也是跟天狼星撇不清关系的。

可怜我爸一直到现在不吃鸡内脏的原因就是当年我妈怀我的时候，每天我爸只有吃鸡内脏和喝剩汤的份儿，整多了，绝对就没有欲望了。

我 7 岁以前，我们一家人挤在一个 14 平方米的小房子里，公共厕所一栋楼 12 户人家轮流打扫，厨房在走廊上。

记得小时候我洗澡，都是放一个好大的澡盆儿在客厅里，因为冬天冷，当时又没有暖气，我真是最讨厌冬天洗澡了，巴不得能被济公收留几个月，要脏一起脏。

关键我怕水，小时候游泳差点被淹死，对水有天生的惧怕感，哪怕现在去海边，我都喜欢晒太阳玩儿泥巴看帅哥美女大爷大妈，却不敢下水，浪一大，跑得比海里的螃蟹还快。

我妈打好一大盆儿开水让我脱衣服准备去洗澡，我调皮地踹了我妈一脚，她直接穿着棉袄一屁股坐在了开水盆儿里，这下水全漫出来了，然后就是她的惨叫，被烫惨了！！

被我妈激情 KO!

老妈没读过多少书，初中毕业，但是搞笑的能力绝对是博士后水平，我的逗 × 感觉是遗传自她。

14 平方米的家，就在现在成都市公安局对面，当时叫作安全巷 16 号，可惜 20 年前就被拆到不用 GPS 经纬度定位肯定找不到遗迹的状态。

当时我们搬家之前，隔壁已经先被拆的房子旁还有两棵上百年的银杏树，银杏树产一种果子，叫白果。

这玩意儿可是炖鸡的好东西，当时只在中药铺里面和香料市场才可以买到，而且还是那种干的，不好吃。大白天看着结满果子如天高的银杏树，就跟晚上望着满天的星星一样，我一直都不知道这种白果到底是什么味儿。

老妈说，今晚可有口福了，邻居林叔叔自制了一根超级长的竹竿，晚上6点半约好了去打白果，就我们这栋楼的12户知道。

老妈准备了两个大桶，准备晚上"僵尸大战植物"一场。

6点半我们到了，林叔叔一行人都还在搭着梯子爬树，我傻眼了，感觉方圆5公里的人都知道了这个消息，树下密密麻麻的全是人。

管不了那么多了，撸起袖子准备开始捡吧！一听林叔叔大喊："打白果了，打白果了！下面的人站远点，别等会儿树枝落下来，把脑壳打得起包哈！"

众人觉得很有道理，都在往后退。

接着就是林叔叔挥舞着竿子，一颗颗白果就跟下着白果雨一样哗啦啦地往下掉！

众人就跟捡钱一样，每家每户都如人浪般地冲向树下，素质呢！素质呢！就不怕树枝掉下来把脑壳给打得起青头包？

我个子小，提着桶，飞奔到各个角落去捡白果，丰收的喜悦难以言表。

运气真的就那么"好"，我妈一直教育我不许乱跑，怕跑丢了，但是从来就没有教过我，在工地上，跑是跑不丢，关键到处都有危险，突然一下，一颗钉在木板上的锈钉子直接把我的脚掌刺穿了！

正好也在旁边的邻居廖爷爷立马放下手里的桶，一看，哎呀！血流得到处都是，我一屁股坐在地上，脚底板上那截木头和上面的钉子吓得廖爷爷马上喊我妈："娟儿她妈，赶紧抱孩子去我家，我给她包扎去！"

我哇哇地大哭，最开始我妈还以为我被打了，她放下桶马上注意到满脚血的我，心疼得不得了。

印象中，我妈抱着我一路小跑，廖爷爷提着我们这好几小桶的白果在后面跟着，我妈满头大汗还夹杂着大颗大颗的眼泪，流得我一手都是。

廖爷爷是个赤脚医生，以前是乡下的村医，记得每次去他家我都不敢多待，因为瓶瓶罐罐里全是用酒泡的海马啊，蛇啊，蝎子啊这些东西，儿时的我觉得这个邻居怪爷爷一定杀过人吃过婴儿，要不就是家里埋过死人的，家里肯定有鬼住着。

这下我是边号边叫啊，我妈抱着我也一个劲儿地安慰："不哭不哭，越哭越痛，哭多了警察叔叔要来把你捉走！"

天生就怕警察叔叔，一听到这个，我就安静许多了。

这时廖爷爷突然从他家的桌子下面拖出一个像泡菜坛子一样的东西，对，那真的是泡菜坛子，老爷子从里面挑出一截泡的茄子，说时迟那时快，我还在想那块泡茄子的用处的时候，他直接就把我脚下的钉子给拔了，我那时候哪里还管得上警察叔叔不警察叔叔的，我妈说，当时感觉一座楼都要被我吼塌了。

血又继续猛流，我昏过去了，等我醒来的时候已经是晚上了，老妈还在我床边守着我。我看向我的脚，先是闻到一股泡菜味儿，然后看到脚上缠着白布。我妈看我醒了，说廖爷爷给我炖了点白果鸡，还在炉子上。老妈出去端鸡汤了，我感觉那股泡菜味儿就是从我脚上传来的。

我喝着鸡汤问我妈："妈妈，我怎么闻到一股泡菜的味道？"

我妈说："是啊，廖爷爷给你的脚掌脚背敷的泡茄子，对除铁锈有好处。"

Oh! My god! 你可以想象当时一直想把十万个为什么搞清楚的我，不明白为什么变成了十万零一个为什么：泡菜还有这功效？？

开玩笑吗？泡菜茄子？我要是破伤风死家里怎么办呢？！我妈难道是仙女下凡来整我的吗？为什么不带我上医院呢？当时都怀疑我是亲生的吗！

我现在想想都觉得后怕，但是还是感谢当年廖神医的泡茄子，而哪怕现在，我妈都还总会跟别的妈妈们讲泡茄子的伟大功能。

后来我才知道，实际上那天我醒的时候，我妈已经在我的小床边守了一天一夜了。

她从来都是一个不喜欢用语言来表达的人，但每每看见她那双充满爱的眼睛，我都知道我妈有我，那就是全世界最幸福的事儿。

（四）

话说到这里，我现在正在上海的出租车里面，赶着去虹桥机场坐飞机回成都呢。

这上海师傅开车，应该和全国的出租车师傅技术一样好吧，至少这蓝翔F1方程式科班出身的刹车和抢道的技术不错，中午吃的生煎包感觉都跟摇色子一样要给我倒腾出来了。

上海啊，魔都啊，我想起了2006年第一次来这里时满身的四川味儿啊！

可不是火锅味儿，是泡菜水的味道哈！

英雄婆婆当年知道我去上海参加《我型我秀》的比赛，怕没出过远门的我对伙食不习惯，所以给我搞了一个装满泡菜的泡菜坛子放托运行李箱里。

天有不测风云，呜呼哀哉，坛子破了，那咸咸的泡菜水浇湿了我所有的衣服，连内衣内裤都不放过啊！当我第二天赶到了《我型我秀》的集合营，闻着那味儿，都知道100来个选手里，肯定有一个人是来自四川的。

我小时候太被我老爸宠着了，我印象中他只让我读书不让我干活儿，我能少捣点蛋他就阿弥陀佛了，所以我在生活自理能力上特别差，刚去四川师范大学（川师大）读大学那会儿连个电饭煲都不会用，不怕你笑，第一次用电饭煲煮饭，我居然连水都没加！

这第一次出远门，在那个手机只有2G的年代，我那特牛的摩托罗拉V70哪儿有啥高德地图、滴滴出行这些App啊。我离开家准备去机场的路上，我老爸留给我壮胆的两样东西，就是10张百元钞票和1张中国地图出版社出的上海市区地图。

坐飞机啊，好洋气啊，巴不得全世界都知道我坐过飞机了，可惜那时没有朋友圈和微博好晒晒我如孙悟空一样腾云驾雾的伟岸风姿啊！

飞机晚点，到达时已经过了晚上12点，我拉着还在滴泡菜水的行李箱，背上的背包左边插着一把可以收缩的标记着"平安保险"的雨伞，右边插着我爸单位发的保温杯，手里紧紧地攥着地图和我大表哥借我的手机。

机场人真多，突然有人撞了我一下，摸摸胸口，老爸给的钱还在，没被小偷给顺走，我深深吸了口气以示安全。

我突然想到临走前英雄婆婆说的话："出远门，弹药还是要备齐的，钱不够我们再给你卡上打钱！"

尽管她表面支持，内心却一如既往地讨厌我唱歌。在安检之前，我和老爸拥抱的时候，老爸偷偷凑我耳根子边跟我说："你妈昨晚跟我说了，这次你去了上海基本就死心了，全中国那么多唱歌唱得好的，你肯定没戏！回来以后啊，你就会乖乖地读书，大学毕业后找个工作然后再给你找个婆家，你就可以'安享晚年'了，所以啊，赢不赢不重要哈，别给自己那么大压力！对了，记得给你妈买个啥小玩意儿，你妈为了多给你些钱去上海，又开始抠伙食费了，我都吃了快大半个月的面了！"

原来，临走前我妈塞给我的钱是上个月省下的伙食费啊！

啰唆的英雄婆婆凑过来问我有没有人接我，我说有有有，组委会会安排好的。她又开始翻来覆去地说一个人在外要注意安全，别跟陌生人说话，遇到坏人就跑，我感觉我哪儿是去上海啊，她那么一叮嘱，我还以为我去的是伊拉克呢！

其实我家没什么亲戚朋友在上海，我怕我爸又要去托这个关系那个关系，我这么大的人了，自己坐车还是难不倒的，需要啥人接待啊，还懒得麻烦别人！

当时上海的机场过了晚上12点以后，基本就没有公交车去市区了，更何况我到了都快半夜1点了，看来就只能打车去营地了。

在那个我还在川师大苦读书，每个月还要靠省饭菜钱去买自己喜欢的东西的阶段，上海在我印象中是很大、东西很贵、很时尚的国际之都，还不是我的消费水平负担得起的。

我排着在等出租车的队，人可真多啊，终于轮到我了，希望给师傅留下一个好印象，等会儿别给我大上海的乱绕路，于是我很有礼貌地用我刚刚考过的二甲川普，带着川妹子特有的娇气问道：

"师傅啊！您好啊！我这是要去×××，我想请问您，去那儿大概需要多少钱啊，谢谢您！"

"去×××啊！大概要200元哦！"

"什么?！200！抢钱啊！我一个月的生活费才400元,打个车就要200！欺负外地人啊!！"我脱口而出,像只愤怒的小鸟。

师傅嗓门突然大起来了:

"阿拉是正规差头呀,从来勿乱收钞票欸！小姑娘闲话勿要瞎讲啊！(我是正规出租车,从来不乱收钱,小姑娘不要瞎说！)"

我正要开口争取一下,让师傅给打个折啥的,突然一个吨位有海狮那么重的大妈一屁股把我给撞开了:

"师傅,开一下后备厢！"

我一个人尴尬地在那里戳着,犹豫了半天,看着身边的车和人一个接一个地离开,还是舍不得花那么多钱去打车,集合营还有人通宵值班等我吗?去那里到底有多远,而且这么晚了,万一把我关外面了,我一个女孩儿多危险,《我型我秀》的集合营别最后成了我的集中营,我突然有点慌神了。

唉,还有什么办法呢?

我算了一下,明早第一班车6点出发,再转乘两次公交车,9点以前应该可以赶到,只能这样了。我困啊,眼皮已经开始打架了,睫毛都要被睫毛膏给糊在一起了。

心疼我那两张特亲的百元钞票,我拖着流汗的大行李箱又回到了机场候机室,找了靠墙的有电源插座的位置,随遇而安吧！

我刚一到上海就遇到这么大的事情,而且曾自以为是地觉得自己完全可以搞定,现在傻眼了吧,但嘴巴上还是斗志昂扬的:怕啥,不就是等一个晚上嘛,我还可以练练歌呢！

我坐在机场内的椅子上,盯着手里那张地图和手机一动不动,好想给家里打个电话,但是那么晚了,多半英雄爸妈已经相拥入睡了。

就算打了，天高皇帝远的，他俩也帮不上啥忙，只会瞎着急，算了，还是不让他们担心了。

关键是我可能还会被我妈骂死，因为走之前她再三问我要不要帮助，我都说不，还嫌他们烦，活该了吧现在！

晚上一个人在机场，真是出奇地无聊啊，除了东张西望和不停地看时间，就只听见肚子咕咕咕地乱叫，早知道刚才飞机上的盒饭我就该要两份，吃不完还可以带走，也不至于饿成现在这样吧！

想买瓶脉动吧，这一瓶的价格，是我在超市里买的4倍。想吃点东西垫巴垫巴，连个破蛋糕都要卖20多元，感觉中国机场的物价早超英超美了！我直勾勾地看着柜台上的食物，饥肠辘辘的我连口水都吞了两斤，也没舍得摸出一张钞票去买个啥缓解一下。

我不是没钱，我只是真舍不得爸妈的血汗钱，也不知道在上海的这些天还用不用钱，那一丝丝饥寒交迫和"露宿街头"的悲凉让我心里有点说不出个啥的感觉。

一股泡菜味儿飘来，我两眼放光，行李箱里面还有英雄婆婆备的泡菜啊！！！

机智的老妈，果真是大爱无疆的亲娘啊，想得真细致周到，这时老妈的声音笑貌如耶稣般高大威猛闪着光圈儿！

还好这里有厕所，旁边就有热水箱，放几片茉莉花茶茶叶在我的保温杯内，打开行李箱，把泡菜坛子里的泡菜拿出来就着茶下肚，咸是咸了点，但是有家的味道。

我一个人坐角落里看似吃得很开心，毕竟第一次到上海这种国际大都市自己没有掏钱还能吃饱，太自豪了！

但是那啥，吃着英雄婆婆的泡菜，想着身形胖胖的跟熊猫一样的英雄婆婆在厨房灶台边给我做好吃的的场景，我突然心头一酸，眼泪哗哗哗地流了下来，泪滑进嘴里，第一次感觉我的泪居然没有了咸味儿，全是妈妈的味道。

你们真以为我是武松啥都不怕吗？你们真以为我有小强那么坚强吗？

我其实是害怕得要死呢，万一来个抢钱的，打不赢不说，拖一个箱子我也追不上；万一有啥强奸犯，那我岂不是"晚节"不保，单身了那么久都白搭了；万一遇到人贩子把我骗到哪个偏远山区当了童养媳咋办；更或是那种被蒙汗药迷晕第二天醒来肾都不在了，我的下半生还咋个活啊！

那一晚，我坐在角落里，一眼不眨地看着我的箱子，不和任何人说话，像个神经病，第二天早上去厕所，镜子里俩眼睛都充满了血丝。

收拾好行囊，只用了两个多小时就到了目的地，这可是我第一次一个人出远门啊各位亲，2006 年。

11 年后的今天，我坐在出租车里，敲着键盘，记录着我想表达的文字，摸着后腰还在的肾，看着计价器上已经超过了 200 的数字还在跳动，我为能好好地活到现在，为不再担心给不起车费而喜悦，此时此刻我抬头看了师傅一眼，会心一笑，真心佩服了自己好几秒钟。

（五）

2008 年 5 月 12 日，成都地震了，我吓惨了！

因为整个西南地区在地震的威力下，开始东摇西晃，海龙王的棺材板被震得都快按不住了。

一块天花板"砰"的一声，整个掉下来，直接砸到洗手盆儿上面，感谢头一天吃的蜀九香特辣锅，辣得我还坐在马桶上面玩儿手机，免予一灾。

我还以为龟儿子楼上的又在装修，把墙或是地又打穿了，但是感觉不对，和我一起在成都飞逸法语班学法语的同学在门口惊叫道："赶快跑！赶快跑！楼要垮了！楼要垮了！"

当时我真的是提起裤子就往外跑，记忆中，墙体的裂缝从四楼随着这群人一边跑一边在往下裂。

那时心里只拜托观世音菩萨饶我一命，口里默念阿弥陀佛阿弥陀佛四百次的节奏啊，因为感觉真的是要死啦！要死啦！

整栋楼的人，一哄而下，跑我前面那个，一看就知道还没有洗完澡，满头都是香波泡沫。

他围了一条白浴巾，打着光脚板就在我前面飞奔，其实以他当时的造型，我觉得他在我前面挡道。

但说句实话，他应该是我这辈子遇到的跑得最快的胖子了，没有之一，因为跑到了楼下，这哥们儿还拉开我至少 10 米的距离。

天啊！

香槟广场上全是人，平时春熙路就很多人，这会儿感觉好莱坞拍片的那种十万大军的阵容感一下子就出来了。

晕，包包忘拿下来了！！钱包和作业都在里面！

我的法语 teacher 赖剑就站在我旁边，他说了让我觉得作为一名教师最拉近师生关系的一句话，使我终生难忘："今天作业就不用做了，动词变位今天暂时不给你们留了！"

这种危难时刻,人民教师不忘教育和人文关怀的话,真的是让我的内心澎湃了3秒钟:"赖老!都地震了,您老都还不忘关于布置作业的事儿!"

哎呀!还有一件事情忘记了!

厕所忘记冲了!不知道哪位同学会看见我地震之时遗留的证物呢!

还好,在成都市区内只是震感很强,有惊无险。

这下好了,本来学法语是为了在金沙遗址博物馆工作的时候,多挣点讲解费的,结果连小命儿都快保不住了!

我在金沙遗址博物馆当一个小小的讲解员,这普通话讲解,每场提成20元,外语讲解就能拿到50元,而且老外还喜欢给小费,是个勤劳致富的好方法。

关键是讲同样的内容,外语讲解收入却高了两三倍,这英语讲解已经不缺人了,法语讲解却是我们馆特别需要的,越是缺乏,就越是商机。

技多不压身,感觉英语未来都要普及得跟普通话一样了,听说法语是贵族语言,没有很多人学,但很实用,连在联合国六大语言里面法语都被认为最精确,要是学成了,那还不升职加薪当上馆长走上人生巅峰?这可是金饭碗啊!学!

学法语真心不简单,每个单词还要分"公母",感觉各种单词变形比甲骨文还烧脑细胞,在浪漫的法国,一个东西10种说法,基本学会了基础法语500课时,你在法国可以跟在迪拜一样当叫花子挣钱无障碍了。

那时赖老师对我也是"关心备至"啊,每天留下来背法语动词变位的"差生"那几个月一直在换人,就我还天天"坚守岗位",从来没有落下。

你们不要觉得我是学霸,我是笨鸟先飞,从小记忆力不好,典型的poisson rouge(金鱼)记性,什么事情我都要拿个小本本记一下,现在基本都写手机上了。

但是我从来不给自己找借口说我忘了!

我有时候甚至觉得自己对自己要求很苛刻,恪守六字箴言:"今日事今日毕！"

因为我知道成功没有捷径，只有坚持。

看，地震这样的天灾没有办法避免，好几天后跟着英雄爷爷去汶川地震救援，那真是对我三观震撼最大的一次了，也是因为这次地震，我坚定了要走出去的决心。

虽然我还没有攒到足够多的钱，但是那颗冲动的心已经开启了。

老爸供职于卫生系统，那个时候他被派去支援灾区，我也要求和他一起去参加救援，因为之前考了红十字会的急救证，现在正好派上用场，虽然我爸说我是去添麻烦的，但是当时我真的是铁了心要去帮助灾民，态度非常坚决，哪怕把我绑在车尾灯上，能让我一同前行坐在车外我都可以的！

刚好他们车队里还剩一个位置，所以我爸同意了，他让我准备好行囊第二天凌晨5点和车队一起出发。

英雄婆婆也非常积极地准备第二天我们要用的物资，临走时，塞一大包给我并嘱咐："端平哈！不要弄倒了哈！免得汤汤汁汁流出来！"

我心头一紧！

我抬起头，眼睛呈惊恐状，妈！不会又是泡菜吧？！

老爸催我赶紧上车，我无法与她干架或者斗嘴，只能小心翼翼地端平这包吃的到了都江堰。

忙了一天，真的是好久都没有那么饿过了，快下午3点，一口水都没有喝过。

满心期待地打开英雄婆婆为我们准备的一大包吃的的时候，我傻——眼——了！

果然是英雄婆婆，里面居然是她卤的十来个五香麻辣兔脑壳和一堆鸡爪！

　　我差点没被我妈气晕在地震现场，好想找个地震的裂缝把这包吃的藏起来啊！吃货的世界你是不懂的，难怪把英雄养得跟英"熊"一样！

　　我爸在旁边紧皱眉头，边摇头边跟我交流说："你妈准备的都是些啥子东西哦！我们是来救灾的，不是来旅游的。看你妈把你惯的！要是被别人看到我们在救灾现场还啃兔脑壳，这多不好啊！"

　　我想赶紧给我妈打个电话，语气是大吼的那种："妈！你咋个能准备兔脑壳呢！这玩意儿还要用手拿着啃，在救灾现场你啥时候看过这边刨土那边啃兔脑壳的场景啊！！"

　　可惜因为地震信号都中断了，直到返程快要到成都边上手机有信号时才跟我妈通上话。两句寒暄后，又质问我妈怎么给我们准备那么不靠谱的吃的！

　　听后，我被英雄婆婆的话，感动得是老泪纵横啊。

　　感觉电话那边应该还是她平日接电话的造型，坐在电话旁边的沙发上，英雄不停地舔她的脚指头，电话里还时不时传来电视机的声音，但是唯独这次感觉怪怪的，她居然第一次主动说先把电视关了再跟我通话。

　　我当时都已经怒火中烧，正准备跟她在电话里干架的，听到电话那头她的声音怪怪的，很沙哑，一听就是刚刚哭过：

　　"我就是因为看了这几天的新闻，余震还有，万一你们去救别人，自己也被埋在里面了，你至少走之前还能啃个你最喜欢的兔脑壳，怀念一下妈妈的味道。妈可能见不到你最后一面了，所以给你做了你爱吃的兔脑壳，还给你爸卤了他最喜欢啃的鸡爪！接到你的电话，我放心多了！你跟你爸小心哈！注意安全哈！"

　　我竟无言以对，我竟无言以对啊！！

"好的，妈！你等我们安全回来。"

挂掉电话，心里满满的爱，我好久都没有因为跟我妈通个电话而湿润过眼睛了。

但是半天我才反应过来，求心理阴影面积：关键是如果被埋了，哪里还腾得出手啃兔头？

英雄婆婆完胜！

无厘头的英雄婆婆是一个让人欢喜让人忧的老妈，但是她一直在用她的朴素和乐观影响着我，前一秒你可能觉得投错了胎，下一秒你就想下几辈子都当她的女儿。

地震，真不是开玩笑的，它是一个很沉重的话题。

2008年5月12日，汶川8级地震，69227人死亡，374643人受伤，17923人失踪。

大地还在不停地摇晃，都江堰街道两侧全是房子倒塌后的废墟。

每个人说话都是紧张的大吼，每个人脸上都是惊吓，家人在哪里？是否安全？

墙上一句句写着："我们很安全，我们在××等你，×××。"

之前救援人员徒手挖钢筋水泥的时候，我感觉自己真的是无能为力，真的很想帮忙，但是只能围观，刚离开几十米，听到一阵轰响，救人的人也被埋在里面了。

我哭了，那种被身后人拦住不让靠前的挣扎，再次让我感受到了自己的无能为力。

后来我去了安全区照顾受伤的人，各种缺胳膊断腿或昏迷不醒的人都混在一起，现场真的是非常嘈杂，病人们都睡在空旷的地方，风餐露宿。

　　除了官兵在帮助受灾群众，群众也在自发地自救，一个个被抬出来的人，得救了的赶紧送医院。

　　受伤者满脸的血迹，腿上骨头都看得到，抬着受伤者的人们一句句喊："闪开闪开，医生呢？医生呢？！"

　　但是也有离开人世的天使们。

　　一个孩子躺在地上，满脸的灰，妈妈坐在已经去世的孩子旁边，拉着他的手，哭都哭不出来了，通过满脸的泪迹能感受到她的悲伤和无助。

　　一个爸爸，抱着自己女儿的粉色书包，坐在角落里暗自哭泣，我突然感受到爸爸的一只手搭在了我的肩膀上：

　　"幺女，庆幸你还在我身边。"

　　我转过头来，我爸满是灰的脸上也是无数条泪痕。

　　我看见了路上一排排包裹着的尸体，满城全是哭声，那些在地震期间听到的最让我揪心的声音。

　　每当我一个人想放弃的时候，都会感恩自己还能活在这个世界上。

　　我告诉自己，人一辈子，时间过得很快，要珍惜每一天，因为你不知道下一秒会有什么在等着你。

　　活着感受这个世界，是上天给的最大的恩赐；活得有意义，是自己给自己的最大的恩赐。

　　回到家，在门口的时候，我已经听见英雄在汪汪汪叫了，英雄婆婆腰上还系着围裙，右手拿着锅铲。

　　她一把抱住我："回来就好，回来就好！"

　　长这么大，我妈第一次见我回家这么兴奋，要知道当年我读大学的时候，她可是老叨叨我，怎么又回家了，怎么不跟同学出去玩儿，怎么不在学校好好读书，周末搞个补习班什么的。

可是这一次，我发现平日里凶神恶煞般，居委会红袖章标配的她居然也有那么温柔的慈母的一面，我掐了一下自己，觉得有点痛，这是真的，不是做梦。

好了，这就是我和爸妈的一些小故事了，平凡的家庭却有不平凡的故事，我就是这么一个在筒子楼里长大的姑娘，不管日子过得是穷是富，陪伴，才是父母对孩子成长最好的付出。

庆幸我有平凡但是伟大的爸爸妈妈，他们教给了我很多做人的道理，也为我开挂的人生点亮了智慧的指明灯。每对父母都有不一样的教育风格，但是有一点我可以肯定，就是父母对子女的爱真的都是无私的，没有什么凭什么不凭什么，只是因为身体里流淌着同样的血液，那种血浓于水的亲情，我觉得这辈子都报答不了他们，唯一的心愿，就是想让他们过得更好，以报答他们无私的养育之恩。

Chapter

02

Lily, L'enfant de Chengdu!

平凡姑娘
不平凡的梦

　　我的心，在我有了初步经济条件可以支持的时候，满足了我去其他城市穷游的第一步，这个意义对我来讲是非常大的，认识不同的人，知道每个人背后的故事，获知不同的信息，明白原来世界上真的有不同的人生和不同的活法。

　　我还想走得更远一些，还想飞得更高一些，还想带我那连国门都没有出过的英雄父母去外面看看。

（一）

英雄婆婆和英雄爷爷在我 3 岁的时候，开始送我上幼儿园。我外婆说，我只要去上幼儿园，那绝对是全家人出动。

我上学，是要家人给哄着骗去幼儿园的。

我特别讨厌上幼儿园，因为这样我就看不到爸爸妈妈了，那个时候哪里懂父母也要上班，只要 3 分钟看不到我爸我妈我就号丧般地鬼号，所以外婆把我背在背上，舅舅拿着鸡毛掸子假装在后面追我们要打我，外婆就使劲往幼儿园的方向跑，到了之后告诉我在幼儿园和小朋友们一起藏好，免得舅舅找到我，就会拿鸡毛掸子打我，会打断腿那种。

其实小时候都不知道到底怕什么，哈哈，就这么被外婆骗说警察要来捉不去上幼儿园的孩子去公安局，什么大灰狼 8 点钟准时到家要把我带山里去吃了，必须要去幼儿园大灰狼才找不到我，当然，就这样，也没有被吓怕，所以之后在幼儿园干了一件事情，惊动整个幼儿园了。

6岁那年，上幼儿园，我特别想当一理发师，让大班的4个女同学排排坐，之后用胶水、橡皮泥、剪刀等幼儿园基础水平的工具，给她们4个人做了个洗剪吹，可想而知，伟大的莉莉沙宣大师的杰作，换来的是第二天4个女同学都被剃了光头和她们的家长来找我妈负责，我差点被家里那只大熊猫给打成个残熊猫啊当时！

终于熬到了小学，我上的是正府街小学，在成都市公安局旁边。初中是在列五中学读的，成都最有名的羊肉一条街就是我上学的必经之路，高中是在十八中读的，那是西门的扛把子学校。

我觉得很多老师对我或多或少都有些印象，因为我偶尔就会干一些惊天地泣鬼神的事情。

不知道是先天近视的原因还是什么，我走路看书，经常看着看着就撞了电线杆子，要不就是跟我两个表弟打机关枪玩儿变形金刚捉迷藏，然后总能去撞个墙或撞个门，哭着喊："妈，妈，我又把自己撞了……呜呜呜……"

上小学二年级的时候，我爸一个在青城山当道士的朋友来我家做客，他是我记忆中第一个长胡子还扎头发的叔叔，离开我家之前，叔叔告诉我爸让我走路要长眼睛，不然会有血光之灾。

但那次，我感觉是撞到鬼了！

当时在青白江的怡湖公园春游，我和小学同学们一起愉快地玩耍，公园里面好多人啊，我们还自己搞野餐，拿着各种零食彼此分享，午餐过后还有自由活动时间，但是指定了时间要集合坐大巴走，三条杠的大队长说要是没跟上，自己走回去哈。

作为一个连红领巾都没有戴过的"平民"，大队长的话，让我感到了惊恐。

公园真美，我第一次逛公园不用爸爸妈妈陪，心里别提多高兴了！

我一个人在公园里瞎逛，入神地看着公园里的神枪手们用枪打爆一个个气球！厉害！

突然我听到大喇叭呼喊我："李莉娟同学，李莉娟同学，请到指定集合处集合，请到指定集合处集合！"

坏了！老师找我呢！

惨了惨了，要坐不上车，就要走回成都了，脚杆要走断啊！

我一着急，从草地上一块块绑着气球的立着的板子前跑过。

对，就是以4×100米的冲刺速度过去的。

"乒！"一声枪响！

我陪子弹一起飞了一会儿，还在飞奔赶去集合的路上，突然感觉右眼视线就模糊了，不，应该是"红糊"了。

对，一颗铅弹从右眼下眼睑下方笑肌最上面的区域穿过去，最后卡在了右鼻梁骨上。

我用刚刚还抓过小浣熊干脆面的油油的手摸了一下右眼，看了下手心。

手上全是血！

全场的人都傻了，因为不知道是不是把我的眼睛给打爆了。

说实话，当时我自己只是看到有血，然后第一反应就是去找平时做早操站在全校学生面前的校长大人，因为我刚刚从公园的茶馆经过的时候，她正在跟另外两个班的班主任说话。

英雄婆婆教过，凡是打架斗殴受伤受委屈找校长准没错，何况当年上厕所忘带纸时，校长大人在边上借过我卫生纸和我有过私交，这个时候更不能不管我啊！

我麻溜地跑去茶馆找校长，真的快把围观的一群人吓死了。

校长，作为全校势力最大的 boss，立马召集了所有的人送我去医院，我腿一软，倒在了她的怀里，等我醒来的时候，我已经在医院打吊瓶了。

医生和我的家人正在商讨手术事宜，说要在鼻子上开刀把子弹直接取出来，效果好方便清洗铅弹残留物，但是可能鼻子右侧的伤疤会一辈子都跟着我。

老爸说不行，不能留一个刀疤脸，孩子以后还要嫁人呢！

真是我亲爹，我当年才八九岁，就已经给我考虑到 20 多年以后的事情啦！

最后也不知道医院到哪里去请来了一个老军医，各种镊子、夹子，印象中，老军医脸上的皱纹挺多的，一看就属于拿手术刀都要手抖的那种。

但是听到白色的手术盘上那"叮"的一声，内心不禁为老军医精湛的手术操作点赞，半小时给我搞定会让我有毁容后患的手术。

我的小命儿保住了，眼睛保住了，可是气枪摊的老板的摊子保不住了。

公园里那个气枪摊的老板，后来也赔了很多医药费。

看到这里你们也许会为老板打抱不平，但是你要知道，气枪是很危险的东西，但是在现场，没有一条警戒线或者其他什么东西把射击场围起来。

我还算幸运，要是真把哪家姑娘的眼睛给打瞎了，这姑娘这得一辈子都活在阴影之中。

庆幸我当了次受伤不严重的活靶子，而且孩子安全的这个意识也在我们学校引起了重视，自那以后，我们学校有 3 年没有搞过春游。

希望小学同学不要记恨我哈，可怜可怜我当时术后眼睛肿得跟熊猫一样，为了养伤，天天喝营养液喝得胡子都快长出来了。

对了，爸爸的青城山道长朋友后来再来我家玩儿，摸摸他的山羊小胡子，对我爸语重心长地说：

"老李啊，你看吧，我早就跟你讲了，要让她走路长眼睛没错吧！"

我爸说："果然是道长，你料事如神！名不虚传啊！"

道长叔叔说："不是我料事如神，我觉得你应该给你女儿配副眼镜了。我第一次来，她在自己家里就能把自己给撞哭，所以肯定走路没长眼睛，肯定要出事儿的。"

那以后，我开始了长达10多年的眼镜妹生涯。

我上初中的时候，是在成都列五中学，那个阶段没有干过惊天地泣鬼神的事情，专心读书，是十佳学员。

列五中学是成都很有名的篮球学校，那个时候还流行《灌篮高手》和韩国的H.O.T组合、后街男孩组合这些，列五中学出过两个有名的童鞋（同学）——李易峰、曾美娟。

不晓得我能排第几。哈哈！

那时我还是比较乖的，因为每天骑自行车从磨底河沿巷到小关庙这边来回都要一个半小时，太多能量都被骑自行车消耗了。

曾美娟是我初中时的同班同学，班花，下课的时候她所在的"后街女孩"组合在课间10分钟，总是我听现场演唱会少不了的美好时刻。（因为她和曾洁、郭畅那时很喜欢后街男孩，三个人天天翻唱后街男孩的歌曲，所以班上同学给她们取名"后街女孩"组合。）她之前还参加过选美比赛，后来我知道她去了澳大利亚发展，2016年和2017年来波尔多看过我两次，越来越漂亮了，现在是女神。

班上一直到现在还跟我紧密联系的同学叫范宇，死娃娃小时候经常"欺负"我，以前经常叫我"张惠妹"，我还以为他夸我唱歌像张惠妹，结果他说我跟张惠妹一样黑！

这个范同学现在也是我很好的朋友，我经常有事儿没事儿就打越洋电话找他侃大山，他也是嘴巴跟"仙女仙女最牙尖"的小胖一样，我有时跟他在电话里居然也能对答如流。

初中的我，其实在班上都不咋个爱闹腾，但是我的爱启蒙，源于一个叫WK的男生。

你们别想歪了哈，是爱启蒙，不是 sex 启蒙好不好。

那个时候我还是四眼钢牙妹，我外婆，也就是英雄祖祖，说我的门牙再不矫正，就可以帮她在种花的时候刨土用了，加上 600° 近视，真的是如果我在班上不积极举手回答问题的话，同学都不会察觉有我这号人的存在。

我一点都不自信，所以从来没喜欢的男生主动搭讪我，引来的都是班上的费头子（熊孩子）。

基本每个学校都有校霸，班上都有班霸。

我班上的那个费头子班霸，叫道道。

其实道道人不坏，也不会打架收保护费之类的，就是喜欢扯扯女同学的头发，蹬蹬前排同学的板凳。

而我，就是坐他前排那个被扯头发和被蹬板凳的女同学。

他长年累月这样，大家都看着，我也忍受着，但是没有一个人站出来说过一句他这样做是不对的。

WK，那时戴着一副金属框眼镜，斯文中透露出来的是他隐藏的霸气：

"道道，你不要再惹李莉娟了哈！太过分了哈！"

这辈子，我以为只有我爸会这么保护我，没想到在我十四五岁的时候居然还有一个男生能站出来为我说一句话，连在旁边嗨歌的"后街女孩"组合都给比了一个赞！

之后，连着10多年我都默默关心这个男生，知道他结婚还生了对双胞胎。

我满心的祝福，因为你会发现，看着一个人的成长轨迹，知道他过得好，你会真心为他感到开心。

高中，十八中。

可谓人生最低谷。

那3年高中生涯，我不仅割了阑尾，学习紧张到高考前还得了心绞痛，晚自习痛到从板凳上一屁股坐在地上，救护车都来了，直接拉医院救治，运气好，休整了一周后，被送回了学校继续上学，当时真想求人直接送我去成都琉璃场的火葬场，都不想回学校，因为真讨厌高考，但是又不得不把全家人的希望都寄托在这件改变命运的事情上！

我感谢高考，虽然很折磨人，但如果没有这块垫脚石，我就不会有今天的成就，所以高三的同学们，请珍惜这一年，这将是开启你们一辈子的里程碑的第一站。

聊聊为什么选这个学校，其实跟流川枫选学校的理由一样。

我受够了初中3年骑自行车，我的妈呀，现在想起来大冬天一到学校鼻涕挂一脸的丑样都后怕！

读高中，让我对自己一次又一次彻底地失望。

我一度从当时最好的火箭二班被发配到了自行车六班，第一次有了从优等生被发配当了差生的罪恶感。

六班带我的老师叫邹文平，现在都还在成都十八中初中部抚琴校区教书。

要不是因为他在我最后的一年时间鼓励我，辅导我，可能我连大学都考不上。

冰哥的书出来之后，有一个十八中的书迷微博联系我，我麻烦这个叫"鸡肋酒九"的书迷帮我买了一本书放在邹老师的课桌上，自己却没有勇气给邹老师打一个电话，害怕我还是他心里的那个差生的形象。希望现在看到这个章节的某个成都十八中的小童鞋，可以帮我给邹老师再捎去一本这个书。

当年英雄婆婆来十八中逮我早恋，寻求证据的时候，就被邹老师请到过办公室。

其实我上高中的时候，家里出了一些事情，爸爸又因为当年被外婆看不上的"魏徵上书"的槽点在工作中很受挫，导致那个时候他都要早出晚归的，我是看在眼里急在心里，一度觉得很崩溃，其实心都已经不在读书上了。

我又爱上了音乐，学习了吉他，只有在跟音乐独处的时候我才感觉到内心的平静。

所以家庭环境绝对是能影响一个孩子的成长的，希望某一天我的读者长大了成家立业了，能对自己的孩子好一些，多花些时间陪伴他们，他们很需要父母的关爱。

那时我感觉自己一天到晚就是为了高考而高考，虽然也是有远大目标和崇高理想的，但是后来发现，还不如十八中门口卖文具的老板黄飞挣的钱多。

挣钱，跟你的大学文凭，有时候半毛钱关系都没有。

我一直跟我的弟弟妹妹们说，读书不一定代表你可以挣很多很多钱，但是可以让你内秀，别人可以偷走你的钱，你的一切，但是你自己学到的知识和经历是任何人都拿不走的。

而你自己的人生观价值观世界观，就只能去读书去悟书才能独立地树立起来。

那3年我感觉可能是我最痛苦、最想放弃、最觉得没有未来的时期，我有一天实在憋不住了，读高三那年冬天的一个中午，我跑去找我爸想和他聊聊。

我爸见我来到他办公室门口，吓了一大跳：

"你怎么来了？爸爸好开心，给我的惊喜吗？"

我皱了皱眉："爸，你有时间和我一起吃个午饭吗？我找你有事儿。"

"没钱啦？我上周不是多给了你30元的生活费吗？花完啦？"

"当然没有！我有心事想跟你说，希望你能理解。"

"早恋啦？不会吧，你这个儿马婆（行为轻佻，或撒野的女孩儿）的样子，应该不讨男生喜欢啊！"

"不是啦！！！是学习和生活上的事情。"

"好好好，那我马上收拾一下，我们去吃铺盖面。"

爸爸很快收拾好了东西，他紧紧地拉着我的手下每一级台阶，我知道爸爸妈妈是爱我的，但是就是因为他们对我寄予的期望好大，所以我特别怕报答不了他们。

"爸，明年就要高考了，我好害怕考不上一个好学校，怕给你们丢脸。"

"你骑得满头大汗地到我这里来就是为了告诉我这个？"

"我也想说，你辛苦了，我们有一两年没有像这样单独吃过饭了，你每天早出晚归的，我都见不到你，我憋在心里太久了，所以想和你聊聊。"

爸爸吃了一口面，眼里亮晃晃的："谢谢你女儿，感觉你长大了，开始体谅爸爸的不容易了，我也知道你读书辛苦了，爸爸看在眼里痛在心里，你最乖了，爸爸相信你可以考个好学校的。"

"所以我就想了个让你不用再痛，我也不用再那么累的方法！"

我爸继续喝着他的面汤，吃着香喷喷的铺盖面，之后他差点把碗给摔了。

"我不想读了，爸。"

"什么？不读了？那肯定不行啊！"

我爸那头摇得比拨浪鼓还快，明显是坚决肯定一定以及确定地表达了他的意见。他紧接着说："奋斗了 18 年，就是为了你以后能有改变家里未来的那一天啊，不读书，你干吗？打工？高中都没有毕业，以后你怎么踏入社会，而且你也没有一技之长，别跟我开这个国际玩笑！我心脏病都要被你吓出来了，幸好你妈没听见，不然又要死要活大哭大闹，让人省点心吧孩子！"

"我不是这个意思，我就想早点出来工作挣钱养你们啊，我想为你们减轻负担啊！"

"不用！家里有粥喝粥有饭吃饭有肉吃肉，吃口饭的钱你爸我还是给你出得起的，不需要你现在工作，你现在的任务就是好好读书！"我爸碗里的面剩下了大半碗，我知道我影响他的食欲了。

"爸，我觉得读书太苦了，你看我现在都已经不在重点班了，老师都对我失望了，我自己都没想到自己会这么不争气，读什么大学啊，现在大学生都找不到工作，我可以去学音乐啊，这样以后还可以去酒吧唱歌，要是唱出名了，说不定以后就可以挣更多的钱养你和我妈了！"

"我知道你的心思是好的，你可是家里的骄傲啊！当年你外婆反对你妈嫁给我，你奶奶也觉得怎么生了个女儿，我们把你从小当儿子一样在带，自私一点，我们也想让你完成我们的心愿，为这个家光宗耀祖。但是话说得长远一点，我们不可能一辈子在你身边，你读的书就是你未来在这个世界立足的根本。老爸没什么钱给你，只希望你能把书读好，以后过好自己的生活，我再没有钱，也不去腐败不去贪污给你弄个重点中学，我只希望你健健康康平平安安的，顺利找个好工作和好婆家，有朝一日你自己成点事儿，我这辈子就安心了。真不求你当啥明星，所以你别给我整这些话，回去读书，把书读好，就是对我们最大的回报！"

我爸哇哇啦啦地说了一大串，我好惊讶，哇，老爸这个当年的大学生，关键时候头脑还是蛮清醒的欸！我计划休学，却连我爸这几句话，我都反驳不了，得！老老实实回去读书吧。

就这样，高三那一年，我的成绩又开始有所提升，最后被川师大录取了，文理学院，以前还在川师大东校区，后来搬到了郫县（今郫都区）那边。

跟其他的大学生一样，我有了第一次懵懵懂懂的恋爱，有了第一次为室友出气打架的英勇，有了第一次和室友不和的斗嘴内讧，有了第一次为了想多睡一会儿而翘课的纪录，有了第一次外出打工居然被黑中介给骗了钱的惨痛教训，有了第一次真正意义上离开了父母去住校的自理自立，这一切，都是我真正踏上独立前行的第一步。

我的大学生活，其实跟音乐有着很大的关系。

大学阶段的惊天地泣鬼神，主要体现在我参加了好多好多比赛，得了好多好多奖，开始在大学音乐界小有名气。

读大学一年级的时候，参加小柯老师组织的"顺爽音乐先锋行"的比赛，还拿了大学期间我歌唱比赛的第一个奖。

对，小柯就是北京的音乐大神，我的音乐启蒙老师啊。

我那个时候才第一次知道，原来原创的歌曲才更有竞争力，好的歌手一抓一大把，但是好的创作人就凤毛麟角了。

从此我进入了比赛达人的行列，一直到现在，我参加了大大小小几十场比赛，《我型我秀》《超级女声》《中国好声音》等等，而当年都是选秀出身的张靓颖、张杰、纪敏佳、师洋、Mike 隋（隋凯）、王啸坤、戚薇、谭维维、郁可唯、尚雯婕等，现在在中国都混得风生水起的。

当年和张靓颖一起参加"统一冰红茶全国大学生歌手"比赛，我居然还获得了四川赛区的第一名，她第二。但是后来她获得了那年度的冠军，我因为在重庆那场西南总决赛时患重感冒而获得了第四名，无缘总决赛。

但是我真心觉得，这个女生不得了，那个时候连我自己都喜欢她喜欢得不得了，如今她有了在歌坛上的成就，真心祝福她。

和张杰一起参加川师本部的比赛，在当年他的人气就已经很旺了，小伙子歌唱得真好！最后一次看到他上欧洲华人的新闻，是他穿豹纹大衣被吐槽，其实，以他今天的地位，能到这个高度，这个小伙儿背后付出的努力也真的是让人佩服，祝福他和娜娜，你们就不要一天到晚笑人家"闰土"了，好不？

我在全国参加各种比赛、演出，其实家人并不支持，因为在他们眼里，这是青春饭，谁唱歌还能唱到退休啊？而大爷大妈们往往都是退休以后才开始在各大公园及社区开始自己的演艺生涯。

虽然他们反对，但是从小到大我去合唱团唱歌，请声乐老师，我老爸一直都是那个赞助人，他说，我喜欢就好，玩儿玩儿就好，却不想我考音乐学院。

他说到做到，音乐学院招生那几天，家门被反锁了。

音乐对我、对我的家人来讲，太奢侈了。

但是就算上了川师，我仍然没有放弃我的音乐梦想，以至我去了法国，都还在坚持，因为我知道，我这辈子与音乐的缘分是割舍不了的，做不了专业歌手，我做个业余的总可以吧，业余的做不了，我自己唱给自己听总可以了吧。

其实我生活得还算安逸，但是毕业等于失业，英雄婆婆和她老公也没闲着，也时时刻刻关注我未来工作的事情，当然还有嫁人的事情。

我妈带我去人民公园相过一次亲，第一次，也是这辈子的最后一次，对方是英雄婆婆广场舞同伴的侄子。

我以前从来都没有被英雄婆婆忽悠过，但这次被她连蒙带骗忽悠得想打人。

她骗我去人民公园陪她跳广场舞，但是去了之后，没有大部队，反而是两个阿姨出现在人民公园保路死事纪念碑的下面。

之后就是两个阿姨打量我，跟在集市挑牲口很像，就差把手伸过来捏我的下巴，上下看看牙口了！

是，我个子矮。

是，我皮肤黑。

是，我还没有工作，大学也不是清华、北大、剑桥、哈佛。

我以为她们会挑剔我的体形，但是没想到她们说，胖点好，好生孩子，弱不禁风的才不好！

我不介意相亲，我介意的是我妈好不容易把我骗到现场，男孩儿居然没有出现，还是男孩儿姑妈作为代表来的。

生孩子是不是也跟他姑妈生啊！！！

回到家里，又是一次大熊猫和小熊猫的搏击战。

人民公园，总是美好的记忆在那里，是小时候看花展和灯展的好去处。

但是那次非常不愉快的见面之后，我就再也没有去过了，好怀念当时人民公园门口新疆人买买提烤的羊肉串。

所谓的小时候，我知道，已经一去不复返了。

（二）

在我爸和我妈眼里，大学期间我就是一个"混世魔王"，因为我在川师读的是汉语言专业，但是发展得最好的还是音乐，他们一万个不愿意我走那条根本就不适合我的吃"青春饭"之路。

终于"混"到毕业了，老爸在阳台喝茶看报纸的时候，注意到成都金沙遗址博物馆招讲解员，逼着我拿着简历去应聘了，他和英雄婆婆坚决让我去那里试试，不然就把我反锁家里，这辈子就在家请个菩萨给我弄个感业寺分寺。

我听着张信哲的情歌，坐着公交车到了成都金沙遗址博物馆，对，我就是这么怀旧，喜欢你们可能觉得已经过时了的阿哲，我的工作内容都是讲几千年古蜀文化，是不是感觉到了古蜀文化的厚重？

我觉得那一年在金沙遗址博物馆学的东西，真的是让我开了眼界，还有很多老外到那里拍东西，那时搞不懂老外对这个怎么这么有兴趣啊！

做一行爱一行，我是一个随遇而安的人，既来之，则安之。

我也挺有冒险精神的，没有尝试过，怎么就知道不行呢？

真要干上一段时间才有说"我不"的底气和理由啊！所以先别叨叨，先做事再作诗!

我最开始也觉得,这工作应该是一些喜欢玩儿古玩提鸟笼,像马未都老师那样的高级历史学家及知识分子在做,我还是洗剪吹杀马特造型的摇滚女青年,这个跨度需要点挑战啊。

但是工作了之后,才发现这不仅仅是一个博物馆,更重要的是让我对历史有了极大的兴趣。

各行各业,都有它吸引人的地方,所以多朝着好的方向去做去想,肯定能让你有不一样的收获。

第一份工作,也不要挑肥拣瘦好不好,主动、坚持、有价值观、有眼界是一个人在每一份工作中都要训练自己的,就跟你玩儿游戏打怪一样,不打小怪怎么打得赢大怪?

做第一份工作千万不要有虚荣心,因为它是你痛苦的原罪,脚踏实地一步一步才能让你历练后的实力配得上你的野心!

终于大学毕业了,找到工作了,老妈立即给我报了一个半年的川菜厨师班。

所以我在上得厅堂,下得厨房这两方面一直都是在英雄婆婆恩威并施的情况下兼修得道的。

我在成都金沙遗址博物馆上班时,带我的老师叫胡晓蓉,这可是我正儿八经在中国上班时候的 boss 啊。

在金沙,玩儿的就是跨界,对,超女对战传统。还真别说,因为当年在金沙的历练,我哪怕现在都还喜欢看各种考古新闻,听马未都老师在音频视频节目里唠嗑。在国外多少个日日夜夜,马未都都是我的"枕边人"啊,直到哈喇子流手机屏幕上湿了马老师的脸惊醒后,才关手机重新入眠。

古蜀文化,这个扯得有点远,春秋初期,我蜀人已经牛到有文化有知识的阶段了。

三星堆有个大眼大耳青铜怪，金沙有个太阳神鸟。

物是死的，符号延续它的灵魂；人是活的，故事传承他的精神。

在金沙遗址博物馆有只活的"火烈鸟"经常穿梭在各个展馆，她年纪虽已64岁，身材却保持在24岁，行动自如似14岁，这是一只神奇的大鸟，可以穿着7厘米的高跟鞋，每天爬坡下坎，在各种楼梯上飞奔。这只火烈鸟体内有无限内力与小宇宙，从来就没有听她说过"累"这个字，但是她干的都是"累"的事情。

苦其心志，劳其筋骨说的就是她这种责任心很强，任何事情都亲力亲为的人。

她在金沙可是无人不晓的名人，名号"胡老师"。她，是传奇，是金沙的传奇。

我"厚颜无耻"地自己给自己认了个干妈，我不要脸地在这里自己给自己贴点金哈。

当年我去金沙工作，其实有两个原因：

一个是离我家近，因为老房子在磨底河沿岸，小时候还有抓鱼抓蟹那么回事儿，现在只感觉是一条臭水沟。这条家门口的磨底河当时还通向金沙遗址博物馆，当年都想买条船走水路，早晚划着来回，上班回家，还不堵车。

第二个原因就是安家里俩老人的心。想想我也老大不小了，其实去做一份稳定的工作，让爸妈过上好日子不愁吃穿，这才是我的真心实意。

那个时候去金沙遗址博物馆工作是要面试和笔试的，问的问题不是马列思想也不是逻辑思维，都还和博物馆啊，考古学啊有些关联，平时奇幻杂书和电视里播出的《探索·发现》看得多，底子还是有点的吧。

考试，我过了！

去金沙工作，当时可是香饽饽啊，可是我去金沙工作除了对文化的喜欢，关键的原因就是老爸几个月前说的话："你大学马上要毕业了，还是要找个正式的工作。我也晓得你喜欢唱歌，但是这个不是长久之计啊，你可以白天工作，晚上去演出啊，这样你妈也放心啊！不然以后你连婆家都找不到！"

酒吧歌手怎么就低人一等了？我还有粉丝呢！就我每天晚上在酒吧唱歌都能挣一两百元呢！别瞧不起人！无非就是要安你们两个人的心，对吧！

好！我就好好做给你们看，我工作要做，歌要唱，音乐也要玩儿！

我到金沙工作的时候，大家都叫我超女，毕竟超女这个名号在成都当地混混，还是很吃得开的。

那时是我第一次见到胡妈，全金沙的人都叫胡妈或者胡大姐，这个妈是遗产，是公众所有的，所以连我爸见了胡妈都要来一句："胡妈好！"

我被我爸惊出一身的汗！大哥，有没有搞错欸，你们差不多大欸！

当时我对胡妈不了解，心想这位阿姨肯定雷厉风行，会不会为难我们这群小小的讲解员呢？会不会把我们训成小虾米啊？

太多人对这个带我们这群小朋友的火烈鸟阿姨带有恐惧感。

因为在毕业后，突然给你一堆讲解材料，100来页一周后在火烈鸟阿姨面前背诵，这可是很累的欸！

看，懒病是从对一件事情的态度而开始的，我就不信邪了，我还啃不动这100来页？

我背，我背，我背背背！

一周的时间，我连上厕所都跟富士康的工人一样，要跑着去，除了吃饭，就是背书，我都忘记了我到底有没有睡觉，果然功夫不负有心人，凭着"今日事今日毕"的干劲儿，一周之内全给啃下来了！

我这人，就是好强。

但是后来发现，有些同事一周内也没有背诵完，不过胡妈并没有责备他们，还跟他们讲这个是需要花时间的，慢慢来。

当时我并没有因为胡妈没拿个大喇叭在金沙的广场上表扬我而失望，而是第一次觉得这个阿姨好有爱心，像个慈母，她还鼓励大家。

她没我想的那么严厉，也没有我想的要是完不成组织给的任务会被骂成狗头一样的难堪。

当时金沙遗址博物馆才开放，好多上了年纪有老年证的婆婆爷爷也来金沙凑热闹免费逛公园。

我那个时候才知道浩瀚的老年大军到处都是，一个是国家政策好，他们有个去处；一个是我发现博物馆真的是老年公园，就差广场舞在遗址中舞动了。

我平均每天要讲4~5场，胡妈也是每天超时工作，因为刚开馆，看热闹的人比较多，所以讲解员们每天讲得口水都干了。

这个时候我就比较占优势，因为比较会用声音，所以一天就算是讲6场，我丹田之气都可以hold住！

我经常在串展厅的时候，看见穿高跟鞋的胡妈。

一次一楼到二楼的手扶电梯坏了，一个胖胖的老爷爷就开始爬我们博物馆专为水浒108好汉开通的楼梯，他真是一步一喘，我在他面前飞奔下楼想赶紧回岗位，胡妈也在我身后，我突然听到胡妈的声音："大爷，非常不好意思，今天电梯坏了，看把您累的，我扶您上去。"

　　我停住了脚步，转过身，看着胡妈非常耐心地把老爷子给扶上最后一级台阶。

　　下班的时候，我正好去胡妈办公室帮冉姐转交一个东西给她，胡妈在我满头大汗放下东西正准备走的时候叫住了我："李莉娟，等一下，这个可乐你拿着，天气热，看你今天讲了很多场一口水都没有喝，晚上早点休息。"

　　一口下肚囊，满身超清爽！可口可乐的魅力就在于你累得跟狗一样的时候，来一口，满身舒爽的感觉。更让我记忆犹新的是，博物馆 100 来号人，才一个来月，她居然就能叫出我的全名！

　　人说，一件小小的事情就会让你对另外一个人改观。

　　偶像，尤其是身边的平民偶像，就是这样一次次用小事情影响着我的。

　　尤其这是我懂事以来，除了唱歌，真正的第一份事业，带我的老师也就成了我的榜样了。虽然以前也在省公安厅的《人民公安报》短期工作过，但是在金沙的这段时间才是我真正成熟的一个里程碑。

　　胡妈的讲解非常生动，感觉像话剧走进你我他一样。

　　我敢指天发誓，只有你来了金沙，才能知道什么叫能让你哭得一把鼻涕一把泪的讲解，特别想请大家来这里听一听。

　　我虽然走的是逗 × 搞笑、生动有趣的路线，但是胡妈的讲解我是听一次哭一次，能把人说哭，胡妈有神功护体，她是咱金沙的催泪弹。

　　我可能这里没有说得太清楚，关键是她可以带着你进入几千年以前的那种活僵尸的状态，她是用情用意地在给你讲古蜀人那段文化，那段重见天日后的历史，我们不可以忘记历史，我们要记住它曾经的辉煌，每每听胡妈娓娓道来金沙的故事，你都会感到做蜀人的自豪。

　　尤其推荐那些有自杀倾向的人去听胡妈的讲解，就算不改你的三观，也能让你的思想重获新生。不信，你就只花几十元门票钱，然后蹲点守候胡老师的出没，她讲的时候你蹭听就可以了，可不要说我教你们的，免得付了费的听众朋友一脚给你踹开，这种技巧，留着读者们自个儿享用。

说到付费，我觉得我可能属于语言风格搞笑型的，有时候还有别人来"钦点"我给讲解，或者给点小费以示赞赏。

我第一次拿到的小费，是一个新加坡客人给的，当时因为客人寄存包裹了，都没有带钱在身上，他口渴得厉害，因为他已经问了我两次还有多久讲完，他想回去拿钱包买水。

我这么细心的小姑娘肯定知道客人不好意思开口找我借钱买水喝，我们路过景点摆摊卖水的地方，我停下来给他买了瓶可乐，也让他舒爽舒爽。

整个讲解过程他都非常开心，他觉得咱博物馆也挺人性化的，这不，客人前脚刚走，前台呼叫台就让我过去一趟，说有客人给我留了200元小费，巨款啊！

我讲一场，口水都讲干了，洪荒之力都用完了才能得到20元的讲解提成，200元，可是10场的费用啊。

博物馆的园区里有电动车，我都没有坐，直接连蹦带跳地狂奔去了前台，拿钱下班准备晚上整火锅。

可胡妈又开始讲了，离下班还有15分钟，她这一开始，又要一个半小时才能下班。

听身边的小伙伴儿们说，胡妈今天讲3场了，饭都没有吃，水都没顾得上喝一口，又出场去了。

我当时第一反应就是，要是没有胡妈当时给我一瓶可乐的事儿，我也不会设身处地为客人着想去给他买水，所以我的这200元小费，还有胡妈的功劳呢!

　　我下班后,去离博物馆没多远的超市买了一箱可乐搬到胡妈的办公室,正好胡妈也讲完回来了,她看到之后坚决不要,说不可以让我花费。

　　说实话,那时候还有同事说我去给领导拍马屁送东西,我听着挺难受的,但是当时真的就是想由衷地感谢一下胡妈,可是在一部分同事的眼里,真情也都被当作拍马屁了,可悲。

　　好说歹说,胡妈终于同意了,后来她也分给了其他的小伙伴儿,我怎么知道的?因为有小同事来感谢我给的可乐。

　　看,胡妈又在传递爱与关怀了。而且,她真的是把金沙当成她的家和事业了,我出国10来年,她都在金沙从开馆到现在一直守候和传承。

　　关键是,她还把每个小朋友都当她自己的孩子,不管你事业顺利不顺利,爱情甜蜜不甜蜜,家庭有没有问题,她都是那个在办公室跟你一起喝可乐品咖啡的知心妈妈。

　　但凡有啥抱怨,我宁愿告诉她都不想告诉我爸妈,怕爸妈担心,所以总是报喜不报忧。但是每次找胡妈妈哭诉,她在电话那头哭,干着急的时候,我才知道,这个妈妈也像我亲妈一样关爱着我,所以才会疼我、惜我。

　　我到了法国,刚开始的时候超级不顺。所以想告诉想一个人出来创业的青年们,不要把一个人出去闯想得那么简单,父母有时候热心的打算也是不想你们吃苦,但是如果你有颗不安分的心,那么,还是出去吃吃苦,就算失败了,还能背着铺盖卷儿回来再来一次。

　　毕竟人生地不熟还背井离乡,再加上法国人民不怎么讲英语,我来到了一个叫天天不应,叫地地不灵的国度。

　　给胡妈打电话,她叫我坚持,有时候实在顶不住了,胡妈在忙,我还去骚扰我家马俊姐姐，反正她俩"轮流值班"，听我诉衷肠。

每个人都不是随随便便成功的，如果没有他之前的经历就不会有他现在的成功，未来你事业的成功都是由你曾经做过的每一项工作所串联而来的，就算你在值得付出的事情上暂时看不到希望和结果，等到你成功的那一天，你也一定会感谢你现在的坚持。

英雄婆婆终于如愿地看到我有出息了，我做了他们希望我做的工作，有份稳定的收入，关键晚上去酒吧唱歌还能比在博物馆多赚 2 倍的薪水。每次我都把我挣的所有钱都交给她，两年下来，还真存了些钱。

好景不长，我开始想去国外读书了，感觉自己是迟早要走出去闯闯的人，国考教材被英雄婆婆一驳回来，我就把它们撕了个精光。

母熊猫扁小熊猫，小熊猫反抗，还是一如既往地反抗无效被 KO，但是最终，母熊猫知道我和她流淌着一样不怕老妈的血，就跟当年她敢偷户口本儿跟我爸结婚私订终身一样，现在我也敢偷偷地去申请出国留学，只是在机场临走时她的眼泪和那几句话让我感动万千："妈妈管你只是希望你不要走冤枉路。我也只是好心想保护你，就像老鹰捉小鸡里面的老母鸡不顾一切地去保护小鸡，你不要讨厌妈妈，我的出发点也是因为我爱你。"

我长这么大，至少现在我活到 34 岁了，从我妈嘴里冒出"我爱你"三个字，我就只听过那么一次。

其实我的青少年时代，真的是很普通很普通的一个成都女孩儿，甚至可以说经济条件不是很好，但是当我迈出国门的第一天，我就告诉自己，要混出个样子来，让老妈老爸知道我当年的选择没有错，我的离开，也是因为我想证明我对他们的爱，我希望靠自己的能力让他们过上衣食无忧，打一元钱小麻将的时候还可以随便输的小日子。

人性中有一点，叫作感恩，每个子女都应该是知道感恩的天使。

你说我喜欢钱吗？

是个人应该都喜欢，但君子爱财，取之有道。

为什么每个人都想着要挣很多很多的钱？

因为有钱了可以买一切想买的东西，不再会因为买不起一个东西而想方设法地凑钱，实现财务自由，有可能就是我们说的有花不完的钱。

当然，这只是对金钱的初级阶段的认识。

而金钱，还有一个作用就是，也让你知道，钱就跟浪一样来来回回或多或少，而挣钱的能力，才是真正拥有金钱的钥匙。

我爸也一直教育我，就算穷，也不能偷不能抢，自己多大的脚穿多大的鞋，人不能好高骛远。

当然我听得耳朵起茧的生命格言，也一直在引导我走一条正道，走一条平凡的靠吃苦耐劳也可以过上自己想要的生活的道路。

我白天去金沙遗址博物馆上班晚上去酒吧兼职唱歌那段时间，可以说是我在出国前最富有的一个阶段。

整整两年的时间，从我一毕业开始剩几百元钱在银行卡里到我 24 岁之前，我自己卖艺和工作挣的钱就已经超过了 10 万元人民币，幸好我妈仁慈，从来不让我交生活费，因为工资卡都在她那里，呵呵。

我以前还抱怨说自己都没钱花，我爸笑笑：自从中国使用银行卡当工资卡，我就看过摸过一次，你妈就帮我"保管"起来了，你反对无效抱怨无效。确实，我妈是一个善于理财的家庭主妇，她可以让你感受到社会主义制度的人文关怀，也可以让你立马知道资本主义的万恶。

我经常累得一回家倒头就睡，根本不想多说一句话，那个时候身体确实超负荷工作，现在年纪大了，觉得当时好拼啊！

但是付出就一定有回报。

说实话，我自己都没有见过这么多钱，也不敢想象靠自己居然还能挣这么多钱，太佩服自己了，按照当时的房价，我可以在成都边上买个 30 平方米的小公寓了。

可惜我并不满足，我不想这么早就结婚，我还想去外面的世界再看看，虽然我已经达到了可以成家立业的条件，但是我在金沙遗址博物馆遇到那么多来自全世界的游客，我多么希望自己也能以游客的身份去探索全世界的奥秘，去畅游人类文明的每一个角落。

有一句旅游卫视的电视广告语："身未动，心已远。"

我的心，在我有了初步经济条件可以支持的时候，满足了我去其他城市穷游的第一步，这个意义对我来讲是非常大的，认识不同的人，知道每个人背后的故事，获知不同的信息，明白原来世界上真的有不同的人生和不同的活法。

我还想走得更远一些，还想飞得更高一些，还想带我那连国门都没有出过的英雄父母去外面看看。

把废话变成现实吧，我就这样，偷偷地申请了去法国读书的机会。

我妈眼睛都瞪大了，没文化真可怕，不懂法语更可怕，我拿着我自己都看不太懂的国外大学预科录取通知书，张嘴就随便给她翻译，说我被国外大学录取了。

英雄婆婆老泪纵横，闺女有出息，昭告天下，摆宴请客，虽然她知道接受更好的教育意味着更大的压力。

因为老妈在我外婆眼里，始终是嫁出去的女儿，泼出去的水，所以英雄婆婆也是一个"安居乐业"型的女人，她以前老给我念叨，21世纪新女性，要上得厅堂下得厨房，还要有份体面但薪水不用太高的工作，完胜！

亲戚好友们当年都"意思了一下"，我突然有种自己有点像贫困户的感觉，老妈讲：

"反正你这一走不知道是不是天长地久，我们以前送别人的红包就当还礼了。你出去自己照顾好自己，国外消费高，没钱了跟妈讲，我们凑不出来，还有亲戚朋友们，我们都是你坚实的后盾！"

说实话，到现在为止，我一直都记着当年亲友们的帮助，曾经你们200元、300元的"小红包"，也是支撑着我一鸡三吃一兔五吃的饭菜钱。

我临走时，那种每天比较忐忑、比较压抑的感觉其实还是挺难受的。

毕竟要只身一人前往连一个鬼都不认识的陌生国家闯荡，真的还是需要两把刷子的，想想，觉得自己真的有点勇猛，现在你要让我去美国啥的，再从头来一遍，我可能心里还真会打退堂鼓，输不起了。

所以小年轻们，你们拥有的最大的资本就是时间和大把大把可以去挥霍的青春，你现在不出去勇猛地闯闯，难道把这一身的昂扬斗志留着过年吗？

有微博网友问我，怎么才能在国外好好地读书？我说，走出去，语言是要过的第一个坎儿。之后的几年要耐得住寂寞、经得起诱惑、不忘初衷，以及独立自主地学习和生活，你才能真正地完成一次凤凰涅槃。

有前辈说女人学法语，是种浪费，如果你只是来法国旅行，三脚猫功夫的三级英语，够你闯荡各大旅游景区了。

当然，如果你真心要在法国这边生活和工作下去，法语必须要讲得和大山讲普通话一样，学历至少得是研究生，没个十八般武艺傍身和体力，除非砸个几百万元人民币，不然很难在这个非移民国家留下来。当年一起来法国读书的 15 个同学，最终就留下来两个，很庆幸其中包括我，绝大多数的老同学都回中国发达去了。

别觉得我显摆，法国没你们想的那么发达，啥美团外卖这些，通通没有，不然也不会有法国小哥用普通话呼唤微信来欧洲发展的视频请求了。我有时候住在波尔多会感觉自己像穿越到了清朝，Wi-Fi 的速度等于 2G，由于什么都慢半拍，你会感觉在这里寿命都比别人长些。所以有时候我还特别羡慕我那些回国的老同学，各种发展都非常好，把自己的知识都转化成了人民币，这些海外留学经历都是老了之后的一段美好回忆啊。

关于留学，有钱就出来；没钱，打工都要挣点钱，假期跑出来旅旅游开开眼。

我不是教大家崇洋媚外，而是出来了你才知道，在中国你是多么幸福和方便，国外没你想的那么美好，但是这种什么都要靠自己的艰苦经历，是别人复制不来的，是你的一笔无形的财富，这辈子都在你身上烙下烙印。

去不了英德美，北上广你总要去感受一下，以后才好建设家乡啊！

如果你不能自由地离开，相信这份责任，也能转化成你的动力，让你在自己最熟悉的地方再次耕耘收获。

如果你心里有希望，在哪里都有通往美好的引导。

表妹说好羡慕我出国后发展这么好，以后她也要出国！呵呵。

又是一个上当的家伙，你以为就光买张机票，这事儿就能搞定？妹儿嘞，从什么都没有到要什么有什么，这个过程要付出多少根黑头发和多少颗青春痘啊？

国外不是绝对的天堂，因为在这里没有人帮助你，什么都要靠自己。我刚去法国两个来月的时候，抱着枕头大哭大号："李莉娟！你简直是个疯子，为什么要来这个鬼地方，连辣椒酱都买不到一瓶！去菜市场想买几斤兔头和鸡爪子，还有猪尾巴什么的，人家都以为你有异食癖！"

那时候，老干妈是我日思夜想的女神，就跟男生想苍井空老师一般执迷不悟。

自己当初既然选择出国，这个时候就怪不得别人了。如果有机会和条件，还是要出去看看。就跟我当年北漂的同学一样，现在都混得倍儿牛，所以，我们也要走出去啊！

但是最后别忘了走出去带回来的方针指示。因为人，不能忘本，更不能忘了生你养你的那片土地，而我最要感谢的就是我的父母，尤其是我那初中毕业但是思想如大学士的英雄老妈。

▶ ▷ 《长大了》(*Grown Up*)

▶ ▷ 《呼啦啦》(*Hulala*)

Chapter

03

Lily, L'enfant de Chengdu!

法国是一场
幸福的苦修

　　这是一种幸福的苦修，要知道还有多少人羡慕着我们在国外的机会，所以我特别珍惜在国外的每一天，况且，每一次为生活和生存抗争，如果不想被迫原路返回，那就必须杀出一条血路。

（一）

我第一次对国外有兴趣，是我还在上初中二年级的时候，爸爸一个老同学从美国回来，还带着他的老婆。

照理来讲我应该叫叔叔和阿姨，但是这个叔叔说："别别别！叫我 Tom（汤姆），我老婆你叫 May（梅）就可以了！"

我哪里敢叫名字，还不被我爸一掌给劈死！所以只敢汤姆叔叔和梅阿姨这样叫，嘴巴甜的小孩儿会有礼物，我收到了他们送给我们全家的鱼肝油，听说美国人都吃这玩意儿，都倍儿聪明，恐怕美国人跟我们中国人一样，也相信食补。

我觉得汤姆叔叔是一个造梦者，那时候对他的崇拜简直是对变形金刚般的崇拜，他给我讲美国的自由女神像，给我讲美国的中国城，给我讲美国孩子的教育，没作业每天就光玩儿，给我讲富豪聚集的华尔街，给我讲外国的月亮好像真的很圆，我本来英语不咋好的，被汤姆叔叔一句"语言，是你能打开一个国家的大门去了解它的唯一途径"，直接振奋到要把英语当四川话来学。

自从他们走了之后，我学习语言的动力真的就提升了，不仅仅是因为他讲的各种美好，关键他还说美国大街上的麦当劳、肯德基，便宜得就跟这里早上吃个包子的钱一样，要知道每次经过肯德基的时候，一阵炸鸡翅的美味飘来，英雄婆婆就说："不营养，油太多对身体不好！"

而几十年后长大了的我知道，20年前吃肯德基比在成都吃顿烤鸭还贵，那时候对我家来讲，是我们那个阶层的米其林餐啊，也是那个时候我告诉自己，以后一定要挣钱，要挣好多好多的钱，去买肯德基的鸡翅膀，全买下来吃，吃不完就扔，跟撒钞票一样到处撒鸡翅膀。

少壮不努力，老大徒伤悲，远走他方，可能会实现梦想，梦想要是实现不了，滚回家吃口死饭，英雄婆婆应该还会时不时请我吃火锅的，怕啥，还有家人。

人在什么时候会背井离乡？

有人说是因为在原来的地方混不下去了，烦了，腻了，所以要出去找新的机会和动力的源泉。

游子，远离了家人和祖坟，带走的是浓浓的乡愁，和等待着总有那么一天载誉而归的雄心。

而我的离开，或多或少是因为内心的挣扎和天时地利人和的恰到好处，以及我的大哥铁成和大冰当时的临门一脚，滚出了第一步之后，就开始了火箭般的冲刺了。

出国的钱是咱家老铁赞助的一部分，再加上我自己平日在酒吧唱歌、博物馆讲解攒来的"自强不息基金"加"英雄婆婆爷爷的养老基金"。

　　当然，还有英雄婆婆用红布包包着的私房钱，这都成了我迈出第一步的关键，对，要出去打仗了，弹药还是要备齐的啊！

　　很多人问我，为什么去法国这么浪漫的国家？

　　答案是："便宜！"

　　欧洲福利好，在法国读公立大学是免费的，对我们这种工薪阶层的家庭来讲可是首选。

　　但是，坐吃山空的道理你们不是不懂，我更是懂上加懂，在出国之前，我就在网上查阅各种资料，找我法国的朋友问东问西，看看有什么我可以赚钱的方法。

　　可能是我从一上大学就开始各种演出跑场挣钱，很早就踏入了社会，所以我对钱的概念是，只要不怕辛苦，满地都可以找钱的。

　　因为我还记得，当年白天上班，晚上跑场当酒吧歌手的时候，由于晚上的工作不稳定，不下 30 次，我已经躺床上睡着了，电话一来，伴着对方电话里"蹦次卡次蹦次卡次"的背景音乐，前台的刘姐都会喊道：

　　"李莉娟，开工啦！半小时内必须到哈！今晚多给你 50！王哥给他老婆过生日，你赶紧的哈！"

　　"好好好！马上来！"

　　我这时从床上一蹦就起来了！

　　2 月春节之后的成都，冬天还是贼冷的，吸一下冷空气都钻喉地疼。

　　我这去演出的速度，赶得上消防员去救火的速度了，头发一梳，马尾一扎，大红口红一涂，麻溜地出门，晚上顶着那造型在大街上游走，特别像清明节时烧的那种小纸人。

　　身后英雄婆婆喊："大半夜路上小心点！3 小时以内你没回家，我就骑车去酒吧找你！”

"知道了妈！"声音在我们磨底河沿巷的小区内回荡。

所以去了法国，一切都动摇不了我想找工作的决心。

但是让我这个好面子的人脸上挂不住的是，通过法国朋友 Laurent（陆航）介绍，我的第一份工作居然是做互惠生！

什么叫互惠生，讲得好听一点是年轻人去外地读书，吃住在别人家里，然后帮助小朋友吃喝拉撒，互惠的家庭帮你交学费学法语，每个月还有 300 欧元的零花钱。

说得不好听呢，就是"保姆"。

啥？保姆？我家都有钟点工的好不好！让我去做保姆？陆航是不是疯了，给我介绍这个工作！好歹我也是个小明星啊，让别人知道我当小保姆，我老脸往哪里搁啊？！

但是找了几个月，真的是天天找，日日夜夜地找，就只有这一个项目，我可以又赚钱，还能蹭吃蹭住学法语。

我心一狠，接受了 offer。

可是令人揪心的一幕是，我和当时飞逸法语的一群同学吃饭，有一个绰号叫"汤圆"的，说了我这辈子都觉得好扎心的一句话：

"你去法国读什么专业呢？"

"我想读艺术史考古学！"

"那你第一年预科在哪里读呢？"

"哦，我不读预科，我第一年做互惠生。刚找到一个很好的家庭，在法国西南部的海边 Biscarrosse（比斯卡尔洛斯）小镇上。"

全身都穿着耐克的汤圆，阴阳怪气地说了下一句："哦，去当保姆嗦

（四川方言词）！"

这可是当着一个班的同学说出来的话啊，我红着脸，心绞痛啊当时。

但是姐不能在气势上输给他："总比 20 多岁的人，有手有脚还当啃老族全用爸妈的钱出国的好啊！"

其实我这一说，又波及了其他的 N 位同学，那天，大家的心里都很难受，因为不管是自己愿意出国还是被逼出国的，其实都有想出人头地的雄心和想闯出名堂的壮志。

不管是做保姆，还是花父母的棺材本儿出去，每个人其实都是有压力的。

要知道，如果不是大冰的《我不》一书里写到我去做互惠生的事情，我爸妈根本就不知道我还当过"保姆"。

我是爸妈的命根子，他们自己再苦也不想我受苦，在他们眼里我还是个孩子。

我妈说快递小哥打电话说订的书的包裹到了，我爸是立马放下他手中的麻将冲回家的，他把冰哥的书看了好几遍，之后一周都没去打麻将，心里沉甸甸、脸上灰突突的。

其实老爸不必这样，我都觉得无所谓了现在，能屈能伸走到哪里都不会混得太差。

想想当年，最难过的还是在成都双流机场与爸妈泪别。

临别时，老妈准备了 40 公斤的箱子，我的妈呀，航空公司免托运费的包裹也真给力，送行时可是全家老小，到达时，我就只能拖着跟我一样重的行李箱出机场了！

是的，还有那个松下电饭锅，质量挺好，到法国用了 10 年都还能用！

　　那 5000 元的人民币现金，我感觉随时要被人偷，所以揣在怀里生怕丢了，那可是满满的妈妈的爱，可惜这 5000 元人民币没有任何用，两年后第一次坐飞机回成都，我带回来在双流机场换成了欧元又再次带回了法国。

　　我走之后，老爸意见很大，电话里说要告我妈的状，他说自从英雄婆婆给了我这 5000 元的私房钱后，我家的伙食连着几个月真的是一言难尽。

　　来了法国，才知道，这些快餐居然真的是我妈口中的"垃圾食品"，有些法国人甚至还要去 KFC 或者麦当劳泼粪，我的妈呀，吓死本宝宝了，因为他们觉得这些鸡肉都不健康，原来不是我一个人这样觉得。虽然我来法国一共就吃过 2 次 KFC 和 3 次麦当劳，真的是扳着手指头就能数出来，但是我可以肯定一定以及确定地告诉你，论 KFC、麦当劳，当数中国的最好吃，因为他们绝密的超级辣酱，就是 made in China 的秘制豆瓣酱啊。

　　在吃上面，对每个留学生来讲，都是一道难过的坎儿啊。我身边认识的人有因为法国的菜不合胃口待了半年就回国了，什么理想什么抱负什么未来，都不如一碗沙县小吃来得踏实。

　　但是也有人把做得一手好菜，当作自己在国外安居乐业共享繁荣，给在海外的中国式家庭带来美好生活的希望，还有就是靠着做饭还能挣钱，我觉得人在什么阶段做什么事儿不代表一辈子就这样了，我们永远都要去想想未来，这样才能有所谓的"好的未来"。

　　有些人就喜欢安于现状，这也是个人性格所决定的，比如英雄婆婆，要改变她，真的比登月球还难，她直接就把你登月球的想法都给灭了，要身心多么强大才能说服一个英雄婆婆啊。

我来法国这 10 年，最难的还是前 5 年，就是我真正在读书的那几年，差点把我给读死，真的。我在拍纪录片《法国过客》（书中有视频二维码，可扫码观看）的时候，刚刚参加工作，也刚刚完成毕业考试，很多网友发私信问我："莉莉莉莉，你是怎么在这么苦的环境里面坚持下来的？""莉莉莉莉，你是怎么面对挫折的，你怎么就这么挺得住？太佩服你了！！""你能和大家分享一下你的经历吗？我们好向你学习！"

我在这里，跟大家掏掏心窝子，别说我没有给你传授经验哈。

说实话，我的经验，不是说别学，而是说如果你要学，那一定要结合你自身来做一些适当的改进，每个人的经历都是不一样的，首先要认清自己这个个体，反正我觉得，懒癌是病，要治，药不能停。还有，说白了就是，你能干啥！不会干，那就多学习怎么干，要不怕吃苦不怕累地去干，有几个成功的人是天天睡觉睡到中午，还夜夜笙歌的？

留学没你们看起来那么高大上，可能头两个月还好，一切都是新鲜的，最可怕的就是要一个人熬过那些漫漫长夜，这也是为什么那么多人来国外读书要交个男女朋友，我告诉你，孤单寂寞冷的那种独居老人的生活，真是留学的时候你才能彻头彻尾地感受到。

为什么？就因为一个人在外面无亲无故，就因为好不容易交了一个好朋友，可惜各有志向，在几年后也就各奔东西了，所以友情对我们来讲真的是好奢侈好奢侈的事情。我可以这样讲，我当初来波尔多认识的那拨人少说也有 200 个吧，然而经常见的，顶多两个，就像谈恋爱容易，涉及柴米油盐就没那么简单了。

所以首先要过的就是寂寞的心魔这关，要学会"自己玩儿自己"，这样你才能真正地明白花再多时间在别人身上，都不如自己静下心好好培养下自己。如果当年我没有选择来法国，可能我现在都还在金沙遗址博物馆背着我的小喇叭讲金沙，然后过着无忧无虑相夫教子的生活。我在法国读书的闲暇时候，是我法语老师 Yamna 在一开始就给了我很好的指引，让我知道给别人空间也就是给自己空间和时间，所以要好好利用这个时间去不断地充实自己，修炼自己，而这些都是在转瞬即逝的留学岁月里沉淀而成的，所以我奉劝刚来法国读书的小朋友们，真的要把时间多放在读书上，在你还没有找工作的时候，读书就是你最好的投资储备。

战胜了心魔，还有就是战胜自己的体力，你看我能抬煤气罐，能补自行车车胎，能换灯泡修水管，能吃苦工作，能专心学习，这些都是要靠非常大的毅力和非常强的体力才可以完成的。

我一个表弟去美国读书，抱怨纽约的中餐不好吃，抱怨去学校坐校车好远，抱怨作业好多，够了！你这样生活在美国真的是我可望而不可即的事情，不像我在这里，解决了读书的问题还要解决温饱的问题。这些孩子一点吃苦耐劳的精神都没有，要和非洲的儿童比起来，真的，这些算个啥啊！

而第三关，就是连我都没有过的一个劫数——桃花劫。真的是连我自己都没有想到，这件事情对我之后的生活造成了非常大的影响，所以恋爱如股市，相爱有风险，交往请谨慎。所以有事儿没事儿别乱走心，我一直都有这样一个观点，就是在能恋爱的时候多恋爱几次，结婚之后就好好把对方宠到天上去。多恋爱几次不是让你多睡几次，别把自己的每一次都想得那么随便，心里要有第一次也是最后一次的想法，所以要特别慎重，你又不是种猪，干吗不好好对待自己？

钱不怕还不起，有时候感情债就是用命还都还不起的。

出来读书涉及的问题真的挺多的，从哪里来到哪里去，对未来总要有个想法吧，不然花那么多钱留学是为了啥啊，还高利贷啊？多大的脚穿多大的鞋适用于各个领域，我当年没那么多钱，才来到法国这个读大学比在中国读私立幼儿园还便宜的国度。都说英国美国才是世界顶级的教育圣地，我还是那句话，师傅领进门，修行靠个人，学校好还是坏，也是因人而异，哈佛毕业的也没有人人都当总统当世界首富啊。

读书很辛苦，我知道，真的是很辛苦，尤其对留学生来讲，我们什么都要翻译成中文去理解，这得花很多功夫在上面，关键读书读那么多年还不一定能找到一份合适的工作。

我每次想到这里都觉得曾经吃的苦算什么啊，有很多苦后的甘甜会让一切的饥寒交迫、孤单无助、惆怅万千都化为泡影。生活中我总是"骑驴找马"，因为我知道还有好的机会在等着我；我会"走一步算一步"，因为我知道人生的路上，没有终点，所以享受过程比知道结果还重要；我的择偶标准是"宁缺毋滥"，因为我知道对自己太随便，别人也会很随便地对你，所以感情中需要慎重地长时间观察一个人才可以做一个推论而了解这个人；我会"咬咬牙就过了"，因为也没有办法，我们在这件事情上生来就是解决问题制造麻烦的物种，所以习惯自己犯下错误后好好地去改善和弥补自己的过失。

而我很幸运，总能遇到贵人相助，都说爱笑的人运气都不差，所以乐观的人总能不知不觉地让别人友善地来帮助你，我相信这个世界上，好人还是占多数的。

其实，谁不羡慕别人过的那种更好的衣食无忧的生活呢？

我也想天上掉下个大馅饼，砸死我吧，可惜这种机会就算有，也不是人人都能够碰到，所以与其坐等好事儿好东西砸头上，不如自己主动去争取。

所以当我艳羡别人生活的时候，我自己也在努力地去做好每一件事情，因为我知道，机会是为有准备的人准备的，我的一切努力，都是在养精蓄锐，就等着机会来的时候，抓住它，以待咸鱼翻生。

我在中国的时候，当过大学生，当过博物馆讲解员，做过酒吧驻唱歌手。

在法国的时候，当过中文老师，刷过盘子，做过跑堂，当过导游，当过司机，组过乐队做歌手，当过两次研究生，当过酒庄经理，现在做着佳士得酒庄部的中国市场总监。

连法国的媒体都说，在法国失业率这么高的地方，我居然还升得跟坐火箭一样。

是啊，跟坐火箭一样。

但是你们知道我在工作中付出多少努力，自己给这个火箭提供了多少推进剂吗？

没有人可以平白无故地就成功，我好好地研究了下福布斯排行榜前100位的成功人士是怎么成功的，每个人都在唱着他们各自那首惊世骇俗的歌曲。

我流的每一滴汗，都是助我成功的原子弹，所以我知道我自己在期待什么，花时间在做什么，期待我的小宇宙爆发的那一天。

我在法国米歇尔·德·蒙泰涅－波尔多第三大学还有INSEEC（英赛克高商）读过书，INSEEC的葡萄酒专业是波尔多乃至全法国最棒的。很多波尔多有名酒庄庄主的子女都在这个本地的葡萄酒商业学校读书，好像中国上海也有分校，学校的校董都是美国人。

虽然当年我申请巴黎的 HEC（高等商学院）被录取了，但是两年的学费高达 72000 欧元，再加上在巴黎的吃住行还有各种公共活动等费用，这两年一共要 100 多万元人民币，所以我果断放弃了这个虽然很牛但是学费很贵的顶级高商学院。

曾经有在法国高商读完书的同学，想来我公司实习我都不敢要，因为他完全没有工作经历，连车都不会开，自尊心强到极点，完全没有自我认识，所以学校好不好，只能代表师资力量好不好，而不能代表所教出来的学生个个都是好的，一般的学校也可以培养出很优秀的学生，关键在于学生自己。

我们读书的时候，真的是老师带入门，修行靠个人，我一直觉得，自己课外多学点相关的额外的本科知识，真的是锦上添花的事情，国外的教育是让你去证明你的观点，所以要去寻找很多证据来支持你的观点，中国的教育是让你背下已经证明过的观点。

我在佳士得工作几年后，记得有一年，我去给中国某商学院的 EMBA（高级管理人员工商管理硕士）学员上酒庄投资课，就深深地感受到中国的教育方式是灌输，学生们是等着老师给指明未来的方向和道路，让他们发散思维的时候都是我等你，你推我，虽然他们都是很成功的商业人士，不乏业界大佬坐在下面，而我在法国给商学院的学生们上课的时候，我感觉下面的学生们更多的是想表达自己的想法。

不能说哪种好哪种不好，在中国，有可能一切理论都不及实战经验来得更有效果，只能说，如果两者结合，我觉得企业家会把很多企业做得更

"长寿"，而不是只看眼前利益，所谓的百年老店只是传说而已。

（二）

留学的时候，真的是痛并快乐着。

妈，这个词，是我在家里用得最多的词，可是来了法国之后，偶尔梦里能嘶喊两声，我觉得这也是最没有实际用处的词，因为在这里，喊妈没有任何用。

我去洗过盘子，一边被老板骂洗得慢，一边自己偷偷抹泪，我敢说在这里把我这辈子该洗的盘子都洗完了！

选专业，就差去学个当国家总统的专业了，想得很好，本以为可以学到自己向往的专业知识，后来才认清现实，得先糊口，有了钱才能有自己的追求。

在法国求学的那头几年，搬家就搬了20多次，奔波的岁月让我感觉就跟时时刻刻在军训一样。我的侄子龚勋来波尔多读了两年书学葡萄酒，发誓再也不回来读书了，还好我后来嫁为人妻，他可是单身单了两年终于熬出头要荣归故里了。

复习功课，学习比法国同学付出多很多，熬夜学习是平常事儿。吃东西，经常是一鸡三吃，一兔五吃，变着法给自己改善伙食。语言不通，让理发师剪头发，跟他说剪短一点点，最后发现剪得只剩了一点点，差点被气死。

　　终于没有妈妈的唠叨了，但是也没有最爱的那个人的叮嘱，我出门的时候，不是忘了带钥匙就是忘了带钱包和手机，多想家里的"一宝"能提醒我啊。

　　在国内没做好事情，各种怪别人，然后觉得全世界都针对我，太不公平。

　　但是之后来到法国边陲，就什么事情都要自己扛，换灯泡、打小强、打老鼠、修马桶、买菜、做饭、打扫清洁、管理银行账户、交水电气费、报税等，没有想不到的，只有自己做不到的，那个劳神劳心的劲儿啊。

　　看着账户上，每个月末所剩不多的生活费，我想到了诗和远方。

　　在这里，女人当用人用，男人当超人用，但是身体强壮绝对是在海外漂泊的最低保障。

　　煤气罐那个事件，大冰的《我不》里面已经写过了，我还是比较想跟你们更深入地讲一下蘑菇事件。

　　我说我命硬，与死神无数次擦肩而过，你们可能不信，但是我信了。

　　Biscarrosse 是个坐落在波尔多西南部的美丽的海滨小镇，我刚去的时候，全镇仅我一个中国人，据镇长讲，虽然中国人 everywhere（随处可见），但是我是这里百年不遇的中国面孔。

　　我住的房子旁边，有一片特别大的森林公园，我经常看到年长的人在这里采蘑菇，所以冰哥又提前跟你们分享了蘑菇中毒事件。

　　可是冰哥没有跟你们分享之后的事情。

　　吃完面，我收拾完赶紧去学校上法语课，索菲老师可不喜欢我们上课迟到。我骑着车到了学校，可能因为太久没有吃过这么好吃的蘑菇面了，下午就开始犯困，我以为是蘑菇面吃多了。

夏末，困，窗外还有在湖边冲湖浪的法国肌肉帅哥们。

阳光，湖滩，蓝天，荷尔蒙（激素的旧称）被老师压抑在法语课之中。

我一睁开眼，发现躺在床上，感觉是那股清洁剂的味道熏醒我的。

脑子里只记得最后一个画面，是索菲老师让我站起来回答一个问题。

我看看床边，是Kate，我的加拿大籍同桌：

"Kate，我在你家吗？"

"你在医院，Lily。你快把我们吓死了！"

"我怎么了？"

"索菲老师看你在打瞌睡，让你起来回答问题。结果你边说边流哈喇子，口吐白沫的同时咣当一下就昏倒了！班上同学吓坏了，赶紧和索菲老师送你来医院急救，医生说你中毒了！洗胃洗出了一大堆蘑菇和面！"

我晕！食物中毒了！

森林里那个大妈不是给我鉴定了没毒吗？大妈就不怕我变成个蘑菇鬼天天去找她啊！

后来和医生沟通才知道，蘑菇可不能随便吃，有些有毒的蘑菇和没毒的蘑菇长得特别像，有时候一朵毒蘑菇连一头大象都能毒死，可当时我都没有一个一个让别人看了之后再食用，胆子太大了，真不怕死啊。

这样都没死，那大难不死，必有后福！

其实最大的折磨，不是肉体上的"折磨"，而是那种绝望透顶的家人不在身边，出了事儿都没个人照应，觉得干脆死了一了百了的心境带来的。

每个月，我这"大姨妈"都要来看我一次。每看我一次，我感觉自己就跟《白蛇传》里的白娘子脱一层皮一样。

别人家姑娘"大姨妈"来的时候，顶多血崩，我"大姨妈"来的时候，基本是海啸。

痛到最后只能靠吃药解决。

如果"大姨妈"遇上感冒，那真的就跟去阴曹地府走了一圈儿一样。

在 Biscarrosse 小镇待了一年后，我终于搬到了波尔多的市中心。

那年冬天，我由于感冒了，身体甚是"欠安"。我把自己包裹得跟冬装 UGG 版的木乃伊一样，骑着我的小车车去学校，惨了，手机忘记充电了，没关系，等会儿到了学校用学校的电充充，我能节约几毛钱电费。

波尔多好难得下一次雪，我怀里揣着个暖水杯，欣赏着如梦一般的雪景，"阿嚏！"一喷嚏把自己打到轻轨电车的凹槽轨道里面，"砰"的一声，直接摔成神经病。

好心的路人叫来救护车，我都摔成那样了，心里还惦记着我的车怎么办。路人留给我他的电话号码，说他会帮我把车保管好，等我出院，可以去找他要。救护车把我送到了医院，我在医院躺着，等着医生来询问我的病情。

10 分钟、20 分钟、半个小时、1 个小时、1 个半小时、2 个小时、3 个小时……

都说一个人霉起来，是一茬一茬的。

本来想用手机解乏的，晕，早上出门还想去学校蹭个电，找了半天，充电器还插在我家床头的插座上，不是折磨人吗！

"哟喂！这个医院有人吗？有医生吗？怎么我都快摔死了还没个人来问我一句？"我用法语嚷嚷着。

隔壁床的一个大哥说："别着急，等会儿医生就应该来了。你这没见血的，死不了，会有医生来的，顶多再等 1 个小时！"

　　纳尼（什么）？？我明显感觉我肯定屁股摔开花了，我的膝盖肯定裂了，我的大腿肯定骨折了。这群不靠谱的法国人，不是说这里人人都免费医疗吗，要是在成都，我爸肯定给我找关系让哪个七大姑八大姨的医生亲戚来看看我死没死了好不好！

　　又苦等了半个小时，来了一个护士："您好！还给您您的居留卡，刚才在救护车上，我们的同事登记了基本的信息，我们检查了一下您的身体，有大面积的软组织挫伤和皮外擦伤。我们帮您做一些简单的处理，等会儿医生会给您一个信件，您可以用这个信件预约您的护士去您家给您换药。您的家人今天晚上就可以来这里接您出院了。"说完之后给了我几粒药让我吃了，"再休息一下等会儿见医生。"

　　家人？我是一个人来法国读书的，刚来波尔多，我在这儿可是举目无亲啊！平时专心上课，下课后就认真做作业，跟同学都不熟的，哪里来的家人接我啊？我家人在成都欸。

　　我终于向隔壁床的求救了："请问您有苹果充电器吗？"

　　"苹果？那么高级的手机，没有哈。我的是三星。你要打电话吗？"

　　"我是要打电话，但是电话号码都在我那部没电的苹果手机里。"

　　"我老婆的手机是苹果的，我让她带一个充电器吧，我老婆等会儿下班就要过来了，我现在吊着瓶输着液走不了，别着急小姐，你先休息一下。"

　　我表示感谢，然后静静地等着他老婆来，又是漫长的等待。

　　我感冒了，我"大姨妈"来了，我摔成这样都快残了，手机没电连给学校打个电话请假都不行，怎么这么倒霉！

　　实在憋不住了，顿时感觉委屈得不行，我流下了第一滴眼泪一秒后，接下来就是气吞山河般的号啕大哭。

在成都，我的手被针扎了，我爸妈都心疼得要把那针碾成粉，而如今，我连个陪伴我的家人朋友都没有，我已经饿了一天了，好想喝口粥，好想英雄婆婆的熊抱，好想有个人在我旁边为我端茶倒水，好想有个人问我还痛不痛，好想用手机拍个照发个朋友圈让大家集体同情我，对我嘘寒问暖一下。

我长这么大，第一次感觉有种痛，一种撕心裂肺的痛，好像被全世界的人都忘记了一般，等会儿要是医生轰我出院，我一个人怎么回去啊？

我好想我爸我妈！我想给他们打电话，我想他们来看我！我家铁成哥，我此时拜拜你在我钱包里的照片都无济于事了，远水救不了近火啊。

突然有人撩开我的被子："你还好吗，小姐？"

我一看，是吊着药水瓶的大哥，旁边那个应该是他老婆，我脆弱得抱着那大姐就哭："我好想我的爸爸妈妈。他们在中国，我好痛，我都没有家人在这里照顾我。"

这大姐抱着我，轻轻拍打着我的背说："不要担心，我们就是你的哥哥姐姐。不哭不哭，你要的充电器给你带来了。"

我拿着充电器如获至宝啊，赶紧充上电。

"小姐，你吃东西了吗？我给 Pascal 带来了一些吃的，你吃一点东西吧。"

"谢谢您，我不饿。"我看着她手里准备递给我的香蕉，我的眼神出卖了我，我咽下去的那一口口水也背叛了我。

她把香蕉剥开，又递给了我。

说实话，我最讨厌吃的就是香蕉，因为感觉那玩意儿吃了会撑得厉害，据说香蕉不容易消化。

但是，集感冒、"大姨妈"、酸痛、饥饿于一体的我已经招架不住一根已经剥开的香蕉的诱惑。

我可以绝对地告诉你，这根香蕉，是我这辈子吃过的最好吃的病号餐了。

这是一根救命香蕉。

之后我和 Pascal 还有他老婆 Cecile 成了朋友，Cecile 把我送回了家，还帮我预约了护士来给我换药，Pascal 的急性肠胃炎也很快就好了。

伤筋动骨 100 天，但是我恢复得很快，一个来月就又蹦又跳的了，Pascal 和 Cecile 轮流来照顾我。一个半月后，我又联系了帮我收好自行车的法国哥们儿，他是把车擦得干干净净的骑来我家的。

这种暖暖的情谊，当你一个人在国外的时候，那种被放大的关爱，点点都是深刻的烙印。

我们在国外的孩子，都有一个特点，就是再娇贵的孩儿，在国外待上几年，个个都没以前那么娇生惯养了，而且从来都报喜不报忧，再苦再累都把牙打碎了往肚子里咽。

直到现在，我都从来没有亲口告诉过我爸妈我在国外受的一丁点苦难，我只想让他们不用操我的心，安安心心享晚年，有钱打点一元两元的小麻将，随便输，可能也是爸妈搓麻将时最大的底气了吧。

就跟我们的父母一样，他们再辛苦，付出再多，都不会在孩子们的面前抱怨一句，他们的承受力是在他们当父母时养成的，而我们留学生的承受力，就是在一次次病倒，一次次没钱交房租学费，一次次送外卖打零工中锻炼出来的。

这是一种幸福的苦修，要知道还有多少人羡慕着我们在国外的机会，所以我特别珍惜在国外的每一天，况且，每一次为生活和生存抗争，如果不想被迫原路返回，那就必须杀出一条血路。

去国外读书的小孩儿，分为两种。

一种是家里钱多，父母想让孩子受到更好的教育，所以很早就帮着孩子一起规划蓝图；还有一种，就是家庭条件一般，孩子自己一心想要活得更好，出人头地。

第一种孩子，没有危机感，可以幸福地做自己想做的事情，或者说是一定程度上已经知道了父母给安排的未来道路是什么样，所以可以按部就班。

第二种孩子，没有退路，只能向前冲，只要自己一停下来，全盘皆输，所以只能硬着头皮死扛。这种孩子，一般自尊心都很强，好强，不服输。

我属于第二种，出生在平凡的家庭，打死都不服输的家伙。

你们经常问我，是什么动力让我不怕艰难、勇往直前的。

我不喜欢说太多客套话，真实的内心想法是：

当时那种情况只能硬着头皮上，而且是义无反顾地冲，不出色，就意味着出局。

感谢我父母，从不逼迫我；感谢我自己，从未放弃过自己。

我在法国读的是高商，什么意思呢？就是私立大学，在法国可跟中国不一样，国内要读个211，要读全国公立的顶级高校北大清华什么的，而在法国，高等商学院才是精英们的首选。高商出来的学生，基本工作都比较好找，当年我还没有毕业，就已经有十几个 offer 了，最后还是选了去佳士得工作，大家看新闻里讲的什么赵薇、马云买酒庄来着，我做的就是这类的工作，对，卖城堡酒庄。

这是一份让我的同学们羡慕的工作，就连当年实习的时候，我 INSEEC 的教导主任在看到我的实习合同的时候也留下了一句话："祝贺你 Lily，佳士得，这是我当年梦寐以求的公司，好好实习，希望你有机会留下来。"

我第一次感受到，那种从同学还有老师眼里流露出来的羡慕和佩服，心里美滋滋的。

很多人说我工作就跟每天旅游一样。我说，你们只看到我白天带客人们看酒庄，吃香的喝辣的，怎么没看到我通宵熬夜看各种财务税务法律、地块、库存这些报表的时候呢？我可是感觉这10年在法国法语水平的提高，全是看报表看来的。

关于读书这件事情，真的是师傅领进门，修行靠个人，每个人都有自己闪光发亮的一点。关键我在中国读过大学，现在又来法国读大学，真的算是有发言权的人了。

打开手机或电脑，百度一个视频《法国过客》。这部讲留学生的纪录片分为两个版本，一个是60分钟的中法文纪录片，还有一个是旅游卫视分为三集的《我的海外生活——法国过客》，我在第二集里面。

写这篇文章的时候，我把这部片子又看了一遍，看得我简直是老泪纵横啊，酸甜苦辣，椒麻四起的记忆，直辣眼睛啊！看了这20来分钟的视频，真的感觉混到今天太不容易。

当年阿斌介绍星哥来波尔多拍片子，我也是因为帮朋友，所以答应了他们的拍摄，现在再看这部片子，感觉就是记录我成长的一个里程碑。

斗转星移，过了3年，法国的一个杂志 La Vie Economique（《经济生活》）让我登了封面，内容写的是坐火箭成长的李莉娟。

是啊，几十年前来法国的中国人都还是在法国各个城市开餐馆的命，现在开始买城堡的中国人已经把法国人吓尿了，而我就是中国人来波尔多买酒庄的桥梁。从一个穷学生，到今天的波尔多一姐，我奋斗的点点滴滴，真的可以写部传记了。

同一个视频里面还出现了一个男生，考上了工程师学校的超哥，他的学校简直可以说是我们留学生界的北大清华级别的院校，毕业后就能获得铁饭碗。哥老关（这位大哥）却迷失了方向，在餐馆里面当后厨。

之前他们说星哥有点狠，同一集放了一个天一个地的对比，但是我觉得这个片子就是要真实地告诉你，起点都是一样的，坚持和朝着理想一步步脚踏实地地做自己想做的事情真的是可能的，放弃了，也就没有成功的机会了。

（三）

来法国之前我不爱喝酒，顶多在吃火锅太辣的时候来点可乐、豆奶什么的压压辣，哪天实在高兴了，来瓶啤酒嗨一下，从来没有在吃火锅的时候喝过白酒和啤酒，更别说葡萄酒了，我那时候只知道也只喝过一种葡萄酒——国产的张裕。

初到法国波尔多，超市里有些葡萄酒比高级矿泉水还便宜，那可真是琳琅满目，随便你选。学生时期买来葡萄酒和同学们一起拼餐拼酒，真便宜，那时候还觉得在中国做葡萄酒的商人赚的利润高，后来自己做这一行了才知道，因为有各种税费、运费、中间商渠道商的费用、广告费、入场费，所以酒才卖那么贵。

很多人问我，法国可是艺术天堂，你怎么就进入葡萄酒这行当了？

其实 2008 年刚来法国，我本来是要学习艺术史与考古学的，谁知老师上课天天讲欧洲史和耶稣，稍不留意老师一句"这个你们都懂，我今天就不讲了"，我就感觉自己像是一个小学生去读高中一样，完全摸不着头脑。无奈，这是一个连实习和工作都不好找的专业，我的导师跟我说，你要学这个专业，在法国找 CDI（长期劳动合同）工作的机会基本为零。最开始我还不相信，正好我房东的姐姐的儿子就是读这个专业的，他是上知天文下知地理，就他这样的，找了两年都找不到一份合适的相关专业的工作，我泄气到了极点，觉得自己在这个行业根本没戏，当年升职加薪当上馆长走上人生巅峰的美梦也瞬间泡汤了。

2009 年的时候，我恰巧有朋友在做酒商工作，他那里主要就是卖拉图拉菲这些顶级名酒，在波尔多每两年最盛大的 Vinexpo（葡萄酒与烈酒展）上，他需要我帮一组中国进口商进行翻译，那个时候我的法语还很差，所以只能用英语和中文来互翻，没想到就是这一次短暂的几天工作经历成了我开启葡萄酒大门的钥匙。

现在全世界的葡萄酒展有很多，但是在全球最牛的还是数法国波尔多的酒展，Vinexpo 你们可能没啥概念，成都糖酒会听过吧，声势比这个还浩大，在展会上大家除了可以品尝全球的美酒，还可以见到很多明星，为什么呢？

因为白天是酒展，晚上就是像戛纳电影节一样的晚宴、酒会、演唱会等，在这里你可以看到各奢侈品集团的董事来他们的答谢晚宴演讲，你可以尝到全世界最有名的大厨的手艺，你可以看到衣着高贵的名流们、一块表的钱就能买好几辆法拉利的土豪在你边上抽着雪茄腾云驾雾，你可以与罗斯查尔德家族的人一起谈笑风生，你可以和苏菲·玛索合影留念，你可以喝得大醉顺便搭讪一个白富美或者高富帅，一个个晚上都是如电影般地令人目眩神迷，电影中能看见的高大上你在这几天的名利场都可以一览无余。

对我这种当时法语都讲得磕磕巴巴的人来说，无非是像《泰坦尼克号》里的杰克去了露丝的晚宴，我一晚上只敢翻译和吃还有喝，其他的一切都只在我的眼前像电影一样播放，好生羡慕。

一个个穿着性感长裙、身材妖娆的女星从我面前经过，她们是被各奢侈品集团邀请来这里站台的，所以在走动的时候我能看到好多我记得住脸但是叫不出名字的人。这一周，第一次被这样的场景带动的我都感觉自己是他们中的一员，但是酒展结束后的一天早上一睁开眼，15平方米巴掌那么大的家又把我从梦幻中一耳屎打醒到现实中，该干吗干吗去！

葡萄酒，到底为什么值得那么多老外对它垂青，现在又传播到了亚洲大陆？

很想趁着这个机会跟大家聊聊葡萄酒，别的我还真不懂，这玩意儿我都学了10来年了，所以真想和大家聊聊这个话题，别说没兴趣，多了解下总有用，以后帮别人选酒，在这儿你看到的，都能现学现卖哈。

从什么开始说呢？呵呵，还是说我最熟悉的波尔多吧，这样如数家珍我感觉说得更清楚。

很多人都以为波尔多是葡萄酒的名字，是的，确实是葡萄酒，但是它是一个大范围产区的代表。

波尔多的面积约为50平方公里，市区人口约25万，是现在法国经济发展最快的城市，没有之一，你没看那房价，涨得跟北上广一样让人心寒。

波尔多由于有葡萄酒行业、军事航天航空行业、旅游业等，所以是法国主要的纳税城市，你别看人少，这 GDP 增长得还真跟坐火箭一样。要知道波尔多这一个城市就有 7500 家酒庄，西班牙那么大个国家一共才 6000 来家，加上世界顶级名酒的鼻祖都在这里，所以波尔多也有世界葡萄酒之都的美誉。别羡慕我住这里有多好，我更羡慕你们在国内有美团外卖有各种美食，法国虽然美食多，但是那个上菜的速度，真是慢得有时候想睡醒一觉再吃。

波尔多的葡萄酒世界闻名，靠的是啥？别忘了，是哪个国家把波尔多的葡萄酒传播出去的。

英国！

波尔多在 12—15 世纪长达 3 个世纪都是英国的殖民地，因为阿基坦女公爵埃莉诺和金雀花王朝的亨利伯爵结婚后，波尔多成为陪嫁，也就成了英国的领土，因为在他们婚后不久亨利伯爵就成了英国亨利二世国王。在法国讲英语最好的两个城市一个是巴黎，还有一个就是波尔多了，我卖的酒庄很多都是当年的英国贵族留下来的产业，再过 100 年，肯定又有很多中国人的酒庄倒手卖，别觉得不可能，有中国人的地方，那就一定能有地产商机，没看加拿大渥太华的中国区满大街都是中文了，有些加拿大的本地人都说买不起房，全是中国土豪来买房，只不过跟加拿大 177 万的华人相比，法国的华人才 45 万，波尔多多少呢？4000 个华人。

中国人买了多少家酒庄呢？150 来家，占整个葡萄酒酒庄的 2% 左右，所以我们中国人在这里也是稀罕物，我大中华民族自豪感油然而生。

话说英国一直都觉得波尔多是自己的，对这个地方有很深的殖民地情感，所以在英法百年战争后的 1754—1763 年之间一度想把波尔多"收回"。号称日不落帝国的英国在之后又把波尔多的葡萄酒批发到了全球，奠定了波尔多葡萄酒在世界范围内的葡萄酒王位。

巴黎大规模的城市改造要感谢拿破仑三世时的奥斯曼男爵，而波尔多的城市大规模改造靠的是路易十三时期的图尔尼男爵，这可比巴黎的城市大改造早了 200 多年哦。来过波尔多的都感觉它和巴黎很像，所以波尔多又有小巴黎之称，关键是法国政府在一战和二战的时候，都撤往过波尔多，所以波尔多在政治、军事、文化方面对法国具有很重要的作用。

Prenez Versailles et mêlez-y Anvers,vous avez Bordeaux. "将凡尔赛加上安特卫普就是波尔多了！"这句话是法国大文豪维克多·雨果形容波尔多的，可见这个城市的美是得到了主流人士的认可的。

而波尔多在 18 世纪处于黄金时期，就是因为和英国、德国还有西印度群岛进行葡萄酒贸易。

现在波尔多的葡萄酒旅游也做得挺好的，很多人到这里来进行葡萄酒知识短期培训，几天后拿个证书还挺神气的，也有人来这里边学葡萄酒边学法餐，所以还涉及美食美酒的餐酒搭配。

这里不光有酒，过来学学马术、陶艺、绘画、人文历史，旅行，关键旁边还有盛产生蚝的阿卡雄和卡弗尔雷的海滨度假胜地，到那里打高尔夫，乘船出海，风光无限好。

所以我们在波尔多住的人，都对海有特殊情结，其实法国人也都对海有特殊情结，从波尔多去往大西洋开车一个小时就到了，九九最喜欢带我去他外公留给他妈妈的在卡弗尔雷的森林屋，我们去采生蚝，捡蛏子和花甲，大西洋的海也非常适合冲浪，每每想到夏天去那里我就非常开心！

当然，这种简单又能和家人一起分享美好时光的野餐时刻，怎能不带一瓶葡萄酒把酒言欢呢？

别说喝不来，我最开始也喝不来，曾经美国 *Time*（《时代》周刊）给我捅了一个大娄子，记者真的是黑的能给你说成白的，起因是我们聊我喝过的第一款很名贵的葡萄酒叫木桐·罗斯查尔德，这是五大名庄之一的名酒，上万元人民币一瓶的，我哪里会喝葡萄酒啊，就觉得这玩意儿酸不拉叽的，还上万，送我我都不要。换作现在，你送我多少我要多少，可当时无心的一个小玩笑，记者大姐 Lisa 在《时代》周刊上为了吸引眼球，来了句我不喜欢木桐酒庄的葡萄酒，原文叫 *Red Red Wine*（*http://time.com/342990/red－wine－chinal*）。这下在木桐·罗斯查尔德酒庄工作的一个中国姑娘不开心了，打电话来问我怎么能这么说。我当时也是脾气好，觉得在波尔多抬头不见低头见的，于是态度很诚恳地说，记者要断章取义，你要这样理解我也没有办法。我晕，她把我好一阵数落，搞得我很无语，大姐，国际长途很贵，我还在香港出差欸。

后来懂得品酒的我才知道，这款酒还是不错的，但是本人还是偏向拉图。

要知道在这个世界上，没有人总是为你唱赞歌的，我们也要允许有不同的人发出不同的声音啊！

其实对第一次喝或不常喝葡萄酒的人来讲，喝葡萄酒真的是要有点勇气的，因为我们大多数人对甜的咸的东西还是很能接受的，但是酸的那就因人而异了，我就不喜欢酸，但是葡萄酒的这种酸叫作单宁酸，主要是来自葡萄的梗、皮、核，对葡萄酒老重要了，是天然的保鲜剂，我们往往还会通过酸度来测评这种葡萄酒未来陈酿的潜力，就是看还能放多少年不坏。

葡萄酒红的一般都能放个 10 来年没问题的，好的葡萄酒放 50 年都可以，我曾经喝过 100 多年前的葡萄酒，可以告诉你们，你还是把这 100 来年的葡萄酒放你家展示柜上吧，别喝了。

现在的中国人喝酒都不讲究了，其实也是因为葡萄酒文化在欧洲盛行了100来年，中国才盛行了不到10年吧，这里的人喝酒都是自家有个地下酒窖，买了酒之后，放个十几二十年才拿出来喝。在中国我妈去买葡萄酒，都给我挑近的年份，她说这样新鲜，我直接晕倒，所以好酒买回来，不是马上喝，是放个N年再喝的，但是在中国大多数人没有这样的储藏条件，基本也就是现买现喝，这也没有问题，那你就选年份久远的来喝点，这样单宁不会太重。

但是一般的粉红葡萄酒还有白葡萄酒，我的妈呀，可不能放你家里10年，3年就是最长了，除了顶级的白葡萄酒，像滴金庄这些，放时间长点没关系，如果你买一般的白葡萄酒，还写着8年前的生产日期，那你还是当料酒用吧。

我曾经带着我的一群好朋友跟着九九的哥哥去看家里酿造葡萄酒，老哥突然问了我一句："莉莉还有你的朋友们，我考你们两个问题：红葡萄可以做白葡萄酒吗？白葡萄可以做红葡萄酒吗？"

我是学这个专业的，当然知道答案，但是我那群朋友的答案就千奇百怪了，甚至还有人连问题都没有听明白。

我就缩减谈话内容告诉你们答案："红葡萄可以做白葡萄酒，但是白葡萄不可以做红葡萄酒。"

为什么？

因为葡萄酒是靠浸泡葡萄皮着色的，时间越长颜色越深，时间短颜色就浅，所以红葡萄去皮、去籽后可以做白葡萄酒，但是白葡萄的皮不能为酒着色，所以以上内容成立，我们自己都试过的，包全过包考研哈。

千万别说波尔多的粉红葡萄酒是拿白葡萄酒和红葡萄酒调配勾兑的就可以了。

哦，这个给你讲一个知识点，也很有用，香槟你们肯定听过也喝过哈，香槟是属于起泡酒一类，但是由于是在香槟这个地方生产的，受到了原产地的保护，所以这里的起泡酒叫香槟，可以这样说，香槟是起泡酒，但起泡酒不一定是香槟，希望对单身狗下次约会喝香槟的时候有用，这样不至于尬聊，对方还会觉得你很有品位。

一说到起泡酒，我就想到我家的白丽美了，都古鳄家族那么多产品（都古鳄网站是 *www.ducourt.com.cn*），自己可以去看哈，我最喜欢的还是九九给我调配的白丽美，醇香撩人。

以前老听九九的爷爷讲，很久很久以前一个公爵给自己心爱的女人做了一款名为"爱之水"的葡萄酒，公爵用 10 年的时间酿造了这款举世无双的美酒，最后赢得美人归。我起先听着故事，感觉爷爷也挺童真浪漫的，后来九九把这个故事变成了真的，他根据我的口感为我调配了白丽美和粉丽美，我也享受了一番"公爵女人"的待遇啊，连我妈英雄婆婆都喜欢喝这个酒，所以我们带了一批白丽美回中国，果真，火锅配冰镇白丽美的舒爽让俺妈欲罢不能。这里跟大家分享一个知识点，就是所有的起泡酒，一定要冰镇，这太重要了，就跟可乐一样，冰镇过的那才是它本该有的样子。

白丽美可不比一般的起泡葡萄酒，工序复杂多了，技术难度也远超一般的葡萄酒工艺，这酒需要用一等的白苏维翁葡萄酒液作为基酒，然后要把柠檬啊，柚子啊，百香果啊，橙子啊，桃子啊这些水果加热蒸馏，再把基酒和蒸馏精华混合，才能调配出香气浓郁的起泡酒。

这个工序对蒸馏技术、酿造冷冻技术、加气技术的要求都很高，一个环节出错，这一批酒就都废了，所以前期的时候，九九他老哥说这小子不知道浪费了多少白花花的葡萄酒，当然喝起泡类型的酒，包括香槟这些，最好用笛形杯。笛形杯杯口小，杯体长，这样观察起泡很方便，但是以前18到19世纪的时候，用的却是碟形杯，据说是根据路易十六的老婆玛丽皇后的乳房设计的，我第一次用碟形杯喝时喝了我一鼻子的酒。

如果你想不出这两种杯子什么样，就麻烦度娘一下。

很多人问我，为什么老外喜欢喝葡萄酒啊，酸不拉叽的不好喝，拜托，葡萄酒不只是有红葡萄酒，还有甜白葡萄酒、粉红葡萄酒、桃红葡萄酒、起泡红葡萄酒、起泡白葡萄酒、利口酒等。

葡萄酒是有很多的种类和口味的，而且红酒酒精度数低，能预防心脑血管病，防癌抗衰防老化，帮助消化滋养身体，这也是他们的饮食文化，就跟我们喝茶、喝绿豆汤一样，你问老外知道绿豆汤吗，他也会很奇怪我们喝的啥玩意儿啊，你让他干两杯白酒，他一晚上基本也就废了。

葡萄酒知识博大精深啊，我这10年才学了三脚猫功夫，连九九的爷爷都只敢说自己"略懂一二"，那我就只能是略懂零点一二了，所以我真怕别人叫我李大师，我又不会空盆来蛇。

如果针对葡萄酒有兴趣，可以去听听我做的一个音频节目《莉莉的波尔多红酒课堂》，也许你也能对葡萄酒"略懂一二"。

靠着我这点略懂零点一二的知识，我在葡萄酒行业内小有名气，又是在佳士得这样的一个国际平台，很快就被别人记住，加上我做酒庄投资并购这样的生意，做的人也比较少，成绩很不错，所以后来也就成为这块的先进代表了。

2013年的时候，佳士得酒庄部推荐我获得了Pomerol（波美侯）马耳他骑士勋章，我当"党"代表去了。Pomerol 出产的葡萄酒，最具代表性的两种分别是 Petrus（柏图斯）和 Le Pin（里鹏庄），以大家熟知的拉菲做对比，拉菲一支卖 3 万元人民币，柏图斯和里鹏庄就敢卖 10 万元人民币一支。小伙伴儿们，以后在行家面前说你知道柏图斯和里鹏庄，那算是我没白教你在葡萄酒行业里装 × 了。我参观过 Petrus 和 Le Pin 的酒庄，其实在喝的时候我真的会去体会他们每一个做葡萄酒的人的心血和付出，这时的葡萄酒不仅仅是饮品，更是艺术品。

接下来的就是各大欧洲媒体的采访，法国本地辐射欧洲到美国再到全球，基本我这是在卖波尔多葡萄园的万里长征中当了先锋，你说全世界那么多人来法国买酒庄，为什么偏偏就中国人来买却掀起了那么大的风浪？

要知道，我们中国人在老一辈儿法国人的眼里，就跟我们现在看非洲一样，我们曾经的领域是小商品批发、开餐馆这些，而那些资本主义富豪地主阶级才买得起地啊，城堡啊这些，更别说有闲情逸致买酒庄了，这些高大上的事儿，照理来讲我们是挨不上边的，就比如说中国现在炒茅台，但你真让一个老外来，他不懂的，你给他他都不要，直接回你一句容易醉。

在没钱的时候，基本是有机会挣钱就已经很不错了，哪里还想着事业啊，有事儿给做就已经很不错了，但是去了佳士得工作之后，我的老板 Michael Baynes（迈克）真的是改变了我的人生轨迹，如果说我现在事业很成功，那真的是要感谢我老板对我的栽培。

而且我还是一边工作，也一边在玩儿着我的乐队，我有这一特长，连我老板都觉得我是神人一个，因为他对我的支持，我甚至可以不去上班而去排练，他说这叫开放式工作关系，也多亏了他对我的方方面面的照顾，我在职业上才有了今天的成就。

我现在在佳士得地产波尔多酒庄部工作，酒庄销售业绩，数据量化。

每年公司 60% 的营业额，我都一个人来扛，剩下 12 个英国、法国、意大利、西班牙、美国籍的同事都说我太猛了，销售女王当之无愧。

最开始的时候卖酒庄也没有那么容易，但是近几年，在马爸爸来波尔多购置了酒庄之后，我感觉波尔多的酒庄买卖到了井喷的状态，天天都业务繁忙。

我在波尔多卖了快 50 个酒庄，连波尔多市长都说我是不是想把波尔多变成 Chinatown（中国城），你们以为讽刺？

错，中国人到这里，对波尔多的葡萄酒简直就是救星驾到，中国已经连续数年是法国波尔多葡萄酒的进口第一大国，美国都在我们后面，波尔多的葡萄酒经济很大层面上都依靠中国。

你看温哥华，30 年前没多少中国人，现在去温哥华有些街区，一大片一大片的街道都是写的中文，不知道波尔多的将来会不会也这样。

我，号称公司在法国却兼顾法国和中国两国时差的雅典娜，在他们印象中，我是一个从来不睡觉的人。

我不是不睡觉，而是我喜欢睡短时间的觉，所以精力非常充沛，但非常容易疲惫。

要知道中国早上 9 点上班，法国是凌晨 3 点，要是我头一天不把东西发给国内的客户，等我早上 9 点醒了，他们又差不多要下班了，所以近 5 年的时间，我都已经习惯了。

同事们说，现在晚上都养成了调静音的习惯，不然的话，凌晨都会收到我发来的邮件，"叮叮叮地响个不停"，因为没有人会在半夜给他们发邮件或者信息，如果有这种情况，那个人一定是 Lily。

而我是跟我现在男神级别的老板一起转运的。我 boss 人长得帅，身高一米八八，精气神好，走在大街上能被星探拦下来签约的那种，光这颜值就能甩其他公司领导好几条街。

关键是一个好老板你会感觉得到他在培养你，而不仅仅是在利用你，对，我用了仅仅这个词。

有点粗鲁和直白，但是职场如战场，各位要知道这就是一个弱肉强食的世界。

我曾经的 W 老板不仅肥头大耳，而且不拘小节得很，公司形象毁于老板剔牙直接把食物渣掉在了咖啡里，法国供应商惊愕地张开嘴的那一刹那，W 老板一口把咖啡干了。

之后再打供应商的电话，人家就再没有接过我的电话、回过我短信了。

论选老板的眼光，直接与选老公的眼光挂钩啊！

2012 年春天的时候，我正式加入佳士得国际地产法国波尔多地产酒庄部（Christie's-Vineyards Bordeaux-MaxwellBaynes）。

没错，这个还算是徐志摩剑桥校友的 Michael Baynes，是我现在在佳士得波尔多的老板，对，生活在法国的英国人，要知道佳士得的高层基本都是英国人，终极大 boss 却是法国人 François Pinault，没听说？没关系。

佳士得圆明园兽首的事情大家还有印象吧？2013 年 4 月 26 日，终极大 boss "皮诺爸爸"把兽首无偿送给了中国，皮诺爸爸的开云集团 Kering（以前叫 PPR）是现在全世界三大奢侈品集团之一，旗下产业包括中青年贵妇喜欢的 Gucci（古驰）、YSL（圣罗兰）、运动品牌 Puma（彪马），还有法国高速路的收费站 Vinci，以及我所在的佳士得拍卖行。

迈克是中 boss，是负责佳士得酒庄投资部的 CEO，我就是迈克在葡萄园酒庄资产的收购并购事宜对亚太区的左膀右臂。

快毕业时，作为一个还在读书的学生，能去佳士得工作，那不是走了狗屎运，是直接掉在了粪坑里的幸运。

我到处投简历，投了 20 来个我比较向往的公司，之后有 14 个给了 offer。

除了那些本身就是庄二代的同学之外，N 多同学都有找实习困难症。

我的 N 多同学都跟我讲，莉莉好厉害好厉害。

人嘛，都有虚荣心的，我立马感觉自己很牛，虽然不表现在朝气蓬勃的脸上，但是见到同学们第一个问题就是："××，你实习找得怎么样了？"

唉，当时我这是小人得志啊，还嘚瑟了好几周，不该不该啊。

在实习之前，迈克带我去了尼斯，去见佳士得的其他同事，因为正好一年一度的年会在尼斯举行。

有个细节我一直记忆犹新，就是关于迈克的绅士风度。

我们去尼斯的一路上，他都帮我提行李箱，那天很冷，我为了风度不要温度，连件外套都没有带，冷得我直哆嗦。

迈克把他的西服外套脱下来给我披上，他自己只剩下一件衬衫护体。

我的妈呀，我哪里敢让老板给我穿他的衣服，他自己还冷得哆嗦呢！

我赶紧脱下来还给他，他却很惊异地回绝道：

"我怎么可以让一位女士受冻呢？！你穿着，你穿着。"

他又把衣服披在了我的身上。

这不免让我想起了我之前还在给中国老板提包包，拖行李，一个人只有两只手，我却拖了三个行李箱，背一个大书包，前面他的秘书还在不停地催我："快快快，赶紧啊你！"

妈的！你们两个大男人，机场里我一女孩儿拖 3 个人的行李，你们好意思吗！！

但是没办法，国内有些有钱人就是这样的，总以为世界要围着他们转。

迈克是个好老板，是一个有远大规划的蓝图设计者。

3 月底的尼斯，海风习习，我当天第一次与佳士得地产部的其他同事见面，我感觉自己是里面最小个儿的了，"海拔"一米七五以下的应该就只有我，大家都西装革履的，一看就是那种职场精英的大聚会。

当时迈克给总部申报的 Project LILY China Desk（LILY 中国项目）针对中国客户海外投资，讲得其他的人都热血沸腾，而我被他强大的气场震撼得讲英语都结巴了！

胆这玩意儿，是被吓大的，我胆小得除了在听，连动都不敢动，僵硬得满头大汗。

现在想想，当时太嫩了，没见过世面，但是还好我有唱歌不怯场的本事，所以一直都是 yes! yes! yes! 地表现"我懂了，我全懂了，我不懂也要装懂"的境界。

我已经多少年没有讲过英语了，全拿着法语单词去套用英语单词。

上午的会持续了 3 个小时，对，受了 3 小时的炮烙之刑，结束后迈克带我去吃午餐，我终于松了一口气啊！

这辈子吃的最大 size 的焦糖布丁居然是和迈克一起吃的，当服务生端出来的时候，我还以为是给隔壁桌拿的生日蛋糕呢！

迈克说，跟着他干，甜点都是一大蛋糕！

我如法炮制，发誓也要让跟我一起创业的兄弟姐妹们有肉吃！

吃完饭时间还早，迈克的飞机还有 3 小时才起飞，他提议我们去海边走走。

我第一次去尼斯，还带了泳衣，后来看着一颗颗比拳头还大的鹅卵石，觉得这哪里是沙滩啊，明明就是石滩啊，哪里还有闲情逸致去晒太阳啊。

我们走到石滩边上，一屁股坐在了圆滚滚的石头上，有点硬。

第一次和老板谈话，居然还是在风景优美的尼斯，老板还那么帅！

别说我意淫我老板哈，我绝对是那种疯狂为我 boss 打 call 的全职职工哈！

你说人家长得帅，一出生就是英国贵族这也就不说啥了，他还是虔诚的基督徒，每周日必去教堂做礼拜。

关键他对他媳妇儿那个好啊，那个专一啊，你们吃够了我和九九的狗粮，我才真是吃够了迈克的狗粮啊。

对员工对朋友也都是像家人一样，我以前问他：

"迈克，为什么你没有架子啊？"

"为什么要有架子呢？"

"因为你是老板啊！你和我以前认识的喜欢呼三喝四的中国老板都好不一样。"

"怎么不一样？"

"他们总觉得我是他们的员工，要我做这做那，感觉从此以后我就是他的奴隶了！但是跟你在一起工作，你总是帮助我，培养我，教我，给我鼓励，让我感觉到在团队里的荣誉感。"

"Lily，你要知道，一个团队就像是一部机器，老板再厉害，如果没有整个团队的协作，和每个员工的努力，这部机器就只好看不好用啊！老板最应该感谢的就是那些为他付出时间和心血的员工，他们才应该是每个老板应该尊重和信任的个体。"

我的妈呀，我一听这席话，热乎乎的眼泪都快连着眼屎一起滚出来了。

因为曾经的我，只有我的中国老板们的呵斥，不信任，每天除了工作就是工作，生病请假说我作，帮老板们预约餐厅和酒店，没有达到要求，一个电话过来就是一阵朝死里骂。

都是独生子女，都是被父母宠到天上的主儿，进入了社会才发现没钱没地位，真的会被看不起。

迈克是个好老板，没有他作为我在职场的导师，我也不可能有今天的成就，非常感谢他，也非常荣幸和他还有 Karin Maxwell（凯伦·麦克斯韦尔）女士一起工作。

我那时候刚去，英语都还给我幼儿园老师了，每次出去要见客户的时候，迈克和凯伦都会在汽车里让我念英文书，他们纠正我的口音。

我那个川普口音的英语，经常听得迈克和凯伦想笑又不好意思出声，好憋屈。

但是经过几年的努力，我现在法文、英文、普通话讲得都跟我的四川话一样溜了，也多亏了他们日积月累地给我帮助。

记得我实习的第一个月，是跟迈克去见一些出售酒庄的庄主。

这些庄园主出于退休、养老、无子女继承、70 岁还离婚分财产等各种原因，把祖产拿来出售。

我把公司的好些要出售的酒庄都彻底地了解一遍，每天看材料收集信息就跟律师打官司一样费脑子。

但是每天也都在酒庄里面和各种酒业名流吃饭品酒、打高尔夫、出席晚宴、骑马、出海钓鱼等。要知道，这也是社交的一种。

第一个月，只是打开了这个行业的第一扇窗，一直到现在都还是进行时，因为酒庄的交易150年前就已经在这片土地上出现，是一个传统，但是非常隐秘甚至可以讲很难进入的一个圈子。

第一个月是老板对我的考察期，我自我感觉良好，而对迈克来讲，这是通过一个月的时间考察我。

其观察结果，我自以为能得个90分，可在迈克眼里，我顶多60分。

简直就是灾难，因为在迈克给我写的邮件里面，给出了安排我去英国进行培训的7大理由：

1. 用餐时看手机，基本手机都不离手

2. 说话大声

3. 吃饭声音大，而且吃完饭的地方就跟二战才结束一样

4. 穿着问题

5. 英语和法语的专业词汇还需要学习

6. 谈判技巧需要提高，专业术语需要学习

7. 高尔夫、网球、马术需要学习，品牌敏锐度需要提高

我打退堂鼓了，boss，你以为我是来当公关的啊？我是来卖酒庄的好不好？我是来做销售的好不好？

迈克送了我一句话，我终身受用："做销售，就是销售自己。第一卖的是公司品牌，第二卖的是销售人员本身，第三才是卖东西。"

我那时收到邮件后，觉得自己好没有用，老板不声不响地就列出了我的七宗罪，有种被打了小报告的感觉！

没办法，硬着头皮上吧！如果boss以后把我直接辞退，我也就当去英国旅行了一次吧！

去趟英国不容易，办理一次签证还要跑巴黎来回两次，想着要去培训，还去 ZARA（飒拉）买了几套正装，折腾一番，终于登上了去伦敦的飞机。

第一次来到向往已久的英国，听到满大街的人还讲法语的时候，突然有一种在巴黎 13 区坐地铁环绕一周都是中国人的感觉，可惜这里满大街都是各种肤色的人，后来查了度娘才知道在英国法国人超多。

公司安排我住在一个很安静的街区，晚上还有狐狸出没，不要以为是我瞎编，晚上的伦敦到处都是狐狸，就跟流浪猫狗一样，让你以为有狐狸精跟着你呢！

接下来的这一段时间，就是学习餐桌礼仪，还分美式与英式。

要学会聆听而不是自己夸夸其谈，虽然我也是一个话篓子，但听着培训我的老师正宗的伦敦腔，我感觉词汇量严重不够用，就很乖很乖地学习"聆听"。

关于穿着，什么样的场合穿什么品牌的衣服，如何为自己的身材选择合适的款式和颜色？

天天练英语，在法国待了 N 年的法漂同学们都深有感受，法语讲多了英语都带着法语腔，所以培训我的老师说，认识一些中国人，但有法语口音的中国人讲英语她还是头一次听到。

关于谈判技巧，卖方都想卖个高价，买方都想买个低价，作为中间的和事佬，就是要充分地解释价格的成立性和合理性，当然，每一次交易都是一场无硝烟的战役，充当"联合国角色"的我们就需要站在双方的角度让大家双赢，这样才能谈成，但是，要有底线。

有底线，是我这么多年一直在学习和摸索的技能啊。

关于其他的技能，高尔夫、网球、马术、品酒、百年奢侈品品牌的认知度，都是一点一点花时间学来的，我练高尔夫时直接把教练的头打了一个包；去高级餐厅用餐想上厕所，连周围环境都没有看就站起来，结果把服务生端的盘子给打翻了；打网球，用力过猛，直接连拍子都给甩飞了；坐在劳斯莱斯的汽车里还问老师这车是什么牌子；去逛哈罗斯百货公司（Harrods），各种各样的牌子能叫出的只有10来个。于是乎，我就开始背各种品牌的名字和记图标，了解品牌背后的故事。

天啊，真的好难好难，好容易混淆，那些品牌创始人的名字怎么都那么长，突然好佩服那些学奢侈品管理的同学啊，记忆力好得都可以去拉斯维加斯赌场记牌了！

人家要学一学期的东西，我一个月必须学会，还要通过培训老师的提问。基本每天都跟打了鸡血一样拼命背东西，机会来之不易，必须赶自己这只鸭子上架，对了，还要吃伦敦同事们轮流请我的 fish and chips，这辈子都请不要再跟我提这玩意儿，在伦敦已经吃吐了。

时间一天天过去，每天都有很多收获，我这个海绵宝宝就不停地在吸取各种知识，还跟着佳士得的同事看画、学艺术、聊艺术、去拜见艺术家等等。

每天的行程都安排得非常满，越到后来感觉东西越多，严重消化不良了，感觉就跟一只屎壳郎正在想方设法地去推一坨大象的屁屁一样顶不住了。

第三周开始，我在房间偷偷地哭了，我给我闺密打电话，说我累得不行了，压力好大，本以为那死妮子会安慰我一下，结果她直接就把我骂醒了："你还哭！你这机会那么难得，你还有心思哭？多少人等着这个机会，打着灯笼都找不着，被你走狗屎运碰上了，你还不好好珍惜！不许哭了，有种把本事学回来！"

　　我被吓傻了，按常规，她总是那个我一有个什么她就绝对站在我的立场爱护我的姐妹，不知道她这天是青春期结束了，还是更年期到了，直接把我骂得无法用哭来应答，我擦擦眼角那几滴眼泪，告诉她我会坚持的，人家红军过雪山总比我苦吧，我能熬过去的！

　　第二天我就跟没事儿人一样，态度决定心情，心情决定效率，之后的两周，我感觉像有耶稣帮助，每次表现都非常好。

　　我总结出："自己决定要做的事情，含泪都要做完；自己想要得到的回报，含泪都要坚持付出啊！"

　　很快伦敦之行结束，老师走的时候给我老板发了一封邮件，还 copy 了一份给我。

　　英国老太虽然严厉一些，但是邮件中还是表扬了我，说我勤快、努力，虽然刚开始的时候有些行为让她觉得我是个"泰山"，但是后来还是学习得很快的，让她的印象非常深刻，其中有一句："她跟我认识的其他女孩子最不一样的地方就是，我一指出缺点和问题，很多女孩子，包括我的女儿，总是第一时间为自己找理由和反驳，而莉莉会很虚心地接受我的意见，并且很快改正。"

　　这也是我大哥大冰和铁成说我给他们的印象。

　　我突然想到当年英雄婆婆的教育："出门在外，别嘴巴臭，人家是为你好才指出你的问题，真正什么都不说你的人，才是最后看你笑话的人。就像你牙齿上沾了一片菜叶，你真正的朋友和爱你的家人才会告诉你你出丑了，除了说你牙齿上有菜叶，还继续指出脸上还有粒眼屎。"

　　是啊，不跟你亲近的人，不是你家人朋友凭什么吃饱了撑的没事儿揭你短，自己跟自己过不去啊。所以啊，别人说什么听着，好的意见接受并改正，不好的意见你也听听，又没人逼你去吸收，听姐的，没错。

从英国回来，我亲爱的迈克 boss 直接给我一个 200 万欧元的酒庄项目，留下一句让我彻夜难眠也激动万分的话："给你半年时间，卖出这个酒庄，这个交易做成了，我就签你。"

我去，我卖个 10 欧元一瓶的葡萄酒花了几个月都搞不定，现在来个 200 万欧元的城堡，卖给谁啊？！

怎么一天到晚都是坑啊，刚在英国进行了魔鬼式训练，现在为了能留下来，又要有销售业绩！

当天晚上我就寻思着卷铺盖走人再谋生路！

后来我真正花了几个月的时间卖出第一个酒庄时，迈克找我谈话："其实我对你没有必须的销售要求，但是我非常想看看在工作的压力下你是如何应对挑战的，毕竟你未来是要挑起整个中国市场的重任的。"

是的，我真的就是"随便"卖卖，现在每年也能销售 10 来个酒庄，之后还有佳士得的竞争对手苏富比的人来找过我，全球顶级私人银行投资部的人也找猎头公司来猎我，可惜，在迈克培养我的时候没动静，现在做出成绩了，其他公司就来挖墙脚了，唉，吃水不忘挖井人啊，所以还是继续在这里和大家一起共富贵共奋斗吧。

跟迈克有没有过不去的地方呢？当然有。

要记得老板永远都是劳苦大众的公敌啊，不然法国有事儿没事儿就罢工玩儿吗？不然还有那么多工会？不然还有那么多协会和免费的律师帮着劳工去斗老板吗？

商人，永远都是以利益最大化作为追求。有错吗？当然没有错。谁不想升职加薪当上总经理出任 CEO 迎娶白富美走向人生巅峰？

但是作为一个在商业社会的打工仔，帮助老板赚钱那是你的责任和义务，谁没事儿在公司里面养个没业绩没产出的人？

所以第一点要做的就是：证明你的价值！怎么证明？就是老板要 1，你给他做成 10！到那时你想跳槽，他都一把鼻涕一把泪地跟你套近乎讲交情说公司没你不行，混到那个阶段，基本就是你主宰他企业命运的时候了。

当然，与老板斗其乐无穷。但是这个斗，不是贬义的争斗或者行凶这个层面，而是讲怎么在工作中与老板维持那种"我需要你的钱，你需要我的时间"的平衡。

说实话，这就是要你们好好学习天天向上的原因，知识决定命运，书读得越多，应变能力就越强。而且，有什么事情，敞开心扉去跟他谈。能合作，就继续；不能合作，此地不留爷，自有留爷处，再继续找下家。

要知道，傻 × 自私的老板一抓一大把，在工作中骑驴找马非常重要，关键是工作的搭档，要知道猪一样的队友和傻 × 的老板一样是公害，要扫除他们，像国内某公司那样员工培训时相互扇巴掌，被体罚，就赶紧换工作吧。

但是写这个并不是说迈克不好，他是我迄今遇到的最好的 boss，没有之一。就跟父母希望我们结婚生孩子将来飞黄腾达一样，老板也是希望有朝一日员工能成为顶梁柱。

我和迈克曾经也有一些小误会，但是最让我欣慰的是我们之间不管哪一方有错，他都会道歉，他说过："员工永远没有错，错只错在我没有好好引导和告知他们，他们的任何错都由我来负责。我的员工是我的上帝。是他们每天在帮我挣钱，他们不是我的奴隶，他们在公司是需要受到尊重的，他们是为在我们的公司感到自豪和付出得有价值。年轻人都会犯错，如果进入公司还继续不停地犯错，那是我当时选人时候的错误；如果好好培养他们，他们都会成为公司里最重要的支柱，公司也会靠着他们做大做强。"

看看这觉悟！我多想手抄 3 亿本给中国的老板们，让他们也和我们一起感受感受。

你说我想跳槽吗？当然不想。

但是我知道迟早我都会自立门户的。

就像铁成当年离开丽江火塘去北京那样，这个已经上轨道了，我就要做新的事业去了。

什么是我的新方向呢？计划赶不上变化，但是有几件事情是肯定的。

1. 在法国波尔多我开了一家叫 Planete Delices 的法餐自助餐厅，餐饮事业，一直都是我非常想做的，我在成都天府二街投资的意大利餐馆"意术 +"已经开张了，有想去尝尝意大利菜的朋友可以过去看看。

2. 帮助我老公的都古鳄家族波尔多葡萄酒在中国市场的发展，少不了家乡父老的支持。

3. 继续做我音乐方面的工作，我准备和我波尔多的音乐小伙伴儿们在 2019 年"众筹"一张音乐专辑，也谢谢你们的关注和支持，我做众筹的目的是想让更多的人参与其中，跟大家有更多的互动。

4. 常回家看看，希望能带九九和未来的小九九一起在中国生活一段时间。

5. 希望我的小莉莉计划未来继续帮助更多的年轻人，去另一个世界见另一番世面。

6. 非常感谢我好姐妹 Movous 婚纱公司的 Saya 还有 Laétitia Macleod 给我

做的婚纱，也希望我们的婚纱品牌以后可以让更多的姑娘穿上美美的婚纱，在生命中最幸福的时刻留下最美的倩影！

7. 当然，我的老本行在佳士得酒庄部卖葡萄酒城堡是我的正事儿。不然迈克知道我有那么多副业，还不叨叨我。哈哈哈！

别问我怎么有那么多时间和精力做这么多事情，时间，就像乳沟，挤挤，总能有的。我见的商界精英太多了，我这都是小打小闹，我见的那些大咖，我们在他的私人飞机上，他一签字就同时买了2家法国中型企业，我这个仅仅是为了自我价值的体现和帮助有才华的搭档和他们一起做些我们喜欢的事情而已，没你们想的那么高大上。

每个人选择生活的权利都是掌握在自己手里的，有了想法，就去落实吧！

这里又要说到迈克，我在2016年圣诞节的时候，正好去给迈克桌上放圣诞礼物。

平时我都不乱动他的桌子，但是这次我看到了好多黑人儿童的照片，还有很多圣诞贺卡。我就纳闷儿了，这些小孩儿是谁？

二老板Karin正好进来，我就问了一下："迈克桌子上怎么有那么多黑人小朋友的照片？难道他要抱养吗？哈哈哈哈。"

"哦，这些是迈克资助的非洲难民的小孩儿。"

我的天啊，他怎么从来都没有跟我说过这件事情啊？

"看起来有10多个，那么多？"

"哦，这些只是很少的一部分，迈克资助了快200个了。"

Karin边说边整理她桌子上的文件，我嘴巴张大都合不拢了：

"Oh! My god！"

是的，长得帅、人好、专一、多金的同时不忘帮助别人。

你说我不受这些人的影响，我咋个弄？而且这种震撼，带来的真的是发自内心深处的敬佩！

Boss，你是我心中永远的那座灯塔，生活时时刻刻在考验我们的品质和人格。

所以人与人之间是相互影响的，看着别人在做什么事情，自己也会潜移默化地去做觉得是对的事情。

（四）

我在微博的私信里面，经常收到一些"小莉莉"的问题：莉莉姐，你是怎么在那么艰难的情况下还能继续苦下去等待胜利的曙光的？我对朋友特别特别好，但是换来的是狼心狗肺！为什么？我想做很多事情，家里人都不支持，我该怎么办？我父母不同意我和他的婚事，我又真的很喜欢，很纠结，怎么办啊？男朋友是渣男，但是我确实太爱他了，我怕以后找不到这么帅经济条件又不错的男朋友，好纠结，要不要继续啊？

我的观点就是："不怕！继续！痛了，自己就收手了。"

在读书和工作方面，我觉得只要努力了，就一定会有收获，但是必须是你做了这些事情之后才能得到收获和经验。

首先，你要有不怕被别人"不喜欢"的"战斗圣心"。

苦，谁的日子不苦，旧社会更苦，你连翻身的机会都没。狼心狗肺的朋友，你可以给予对方你的真诚和善良，但是你也可以立马收回来，赶紧止损啊！想做很多事情，有了方向就一步步去实现，别说家里人不支持，你自己都不坚持，怎么能让别人看到你那颗"恒心"？人家想帮你都觉得是浪费时间和金钱。父母不同意，你要坚持"爱人只需要给我爱情，我自己准备面包""我和这个人结婚，又不是我爸妈和这个人结婚"这样的想法，你要有底气去争取你自己的幸福啊！什么因为爸妈就觉得两个人不合适，纯属瞎扯淡！！不够爱就是不够爱！

渣男，渣男留着给你端洗脚水的资格都没有，高富帅还想偶遇白富美呢，记住了，面包自己准备，爱情让对方给就可以了，什么都没有就一切从头奋斗，谁不是从没有到有，你真以为富豪们的日子好过吗？我告诉你，我身边的富豪，脑袋里想的永远是怎么让自己更富，有时候我甚至觉得有一些富豪，完全丧失了生活的乐趣。我一 N 姓富豪客户，我甚至都觉得他挣再多的钱，在他员工的眼里，他也就是个恶魔，合作的任何一家公司都觉得这哥们儿是一"奇葩"，但是人家有钱啊，表面大家多点头哈腰，背地里都觉得这哥们儿在人品上太臭屁了。你看，他自己活在自己的世界里，就有不怕被别人"不喜欢"的"战斗圣心"。但是他自己开心啊，他自己无所谓啊。

我觉得这才真是"无敌"。

人这一辈子非常短暂，几十年匆匆而过啊，富豪们并不见得比咱小老百姓过得开心，欲望过大的时候，被架空在高处，你是一个人独赏风景了，但是也是"高处不胜寒"啊。

有人说我丑，说我胖，说我这个那个，有时候还把人家九九牵扯进来，唉，真是有病。

我就丑了，就胖了，怎么着？碍着你了？我从小就圆嘟嘟的，我妈都不嫌弃我，别人有啥资格评头论足？我又不当演员和模特，颜值那么高干吗啊？不相信我家的葡萄酒，说连个铺面都找不到。傻啊，都古鳄家族是生产商，我们的货批发到全世界，全球都有代理商的，你怎么不看罗斯查尔德家族在中国有没有葡萄酒酒铺？运营模式都不一样的行业，好意思瞎叨叨，我也真是跪了。

我借此也跟大家说明白，我不是明星，不是网红，更不是微商，我们直接卖酒，真是因为我家里人想喝正宗的葡萄酒，我们才货柜进口过来，这样我助理小嘟嘟也有个事儿做，真觉得我缺这个钱，那也太小看我这几年在法国的打拼了。

不怕！继续！

每个年轻人，都渴望被认可，我们是年轻，但年轻是我们的资本，就是因为年轻，才可以做很多结婚生孩子以后被限制或者不能做的事情。

年轻人晚点结婚也可以，结早了后悔的一大把，因为把婚姻当成了义务反而没有因为爱情给自己的心一个真正负责的交代。

父母们如果看了这书，就别催婚，我们都这么大的人了，知道你们催婚变相地让我们受了多大的委屈吗。

我自己真正的工作就是做波尔多酒庄地产收购并购的业务，其他的唱歌、做婚纱品牌、开餐馆，都是投钱给合伙人做的，我哪里有那么多精力啊，就现在忙得我一天连生孩子的时间都没有，累死啦。

没钱怪不了别人，没钱自己就去挣钱，千万别借钱，让别人把你从头看到尾，从人看到鬼，有多大脚穿多大鞋，别因为一部苹果手机去卖肾。

相比法国的按摩去 SPA 馆一小时都要 800 元人民币，中国的保健 300元都便宜了一半多。我就是喜欢过小日子的人，尤其是和我成都的好朋友们一起吃老妈蹄花、火锅串串，唱 KTV，逛公园，我和你们都是一样的平凡人，有些人说我天天秀高大上，拜托，我日常生活就是这样的，有些人又说，还不够富，没有法拉利、游艇、专机。

送一句话给大家："Pour vivre heureux,vivons cachés." 快乐生活，低调生活。

在国外为了方便，我住市区的时候也坐公交车和轻轨；我有时候去接客人，你说我开家里一宾利去，派头比客人都还大，人家不知道的还以为我挣了他们多少的钱，还给脑袋上扣一个"贵"字；有人说我挂一大大的香奈儿胸针，这是九九送我的生日礼物，他特喜欢看我戴，我讨他欢喜了，却被人说土豪。

真要在乎大家的哇啦哇啦，我真要累死了，活成公众人物真不好。我轻松自在，穿大裤衩去溜达的休闲是不会被剥夺的。

所以，真的不要在乎别人说你什么，跟着自己的心走，你觉得是对的，那就是对的，你是为自己而活，是为自己的梦想而活，更是为做一个有意义的人而不是行尸走肉而活，对得起自己的良心，就是最好的。

还有一点，在做任何事情的时候，也要设身处地地为别人着想，做人不能太自私。

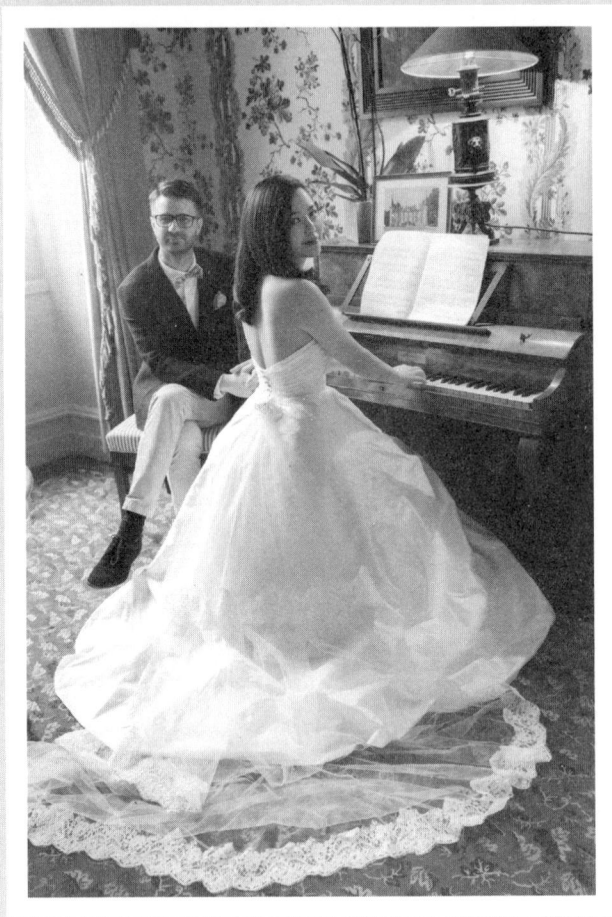

Lily, L'enfant de Chengdu!

爱情就是用自己的
生命点燃对方的那
口汤锅

　　英雄婆婆经常说，爱情就是用自己的生命点燃对方的那口
汤锅，小火炖汤浓郁醇厚；如果你非要当自己是个沼气池，那
你用力过猛的时候，屎都会被炸得到处飞舞。

（一）

10 年前的我可没有梁朝伟的潇洒，可以买张头等舱的机票去伦敦喂两小时的鸽子，我只能骑着老旧的，铃铛还可以拆下来的自行车去波尔多市区的 Jardin Publique（人民公园）喂鸭子。买一根鸭子都能吃噎着的法棍，我能在那里跟它们聊一天。

来法国 10 年了，这是我独自一人的时候最喜欢的放松项目。在法国长时间一个人生活，我学会了静，学会了喜欢静，其实跟释迦牟尼去深山老林修炼是一个概念，排除一切杂念，静心思考人生。

我刚来法国的时候，真的是无亲无故，孤单寂寞，有时候觉得自己年纪轻轻怎么过得像个独居老人。我终于明白为什么法国人要信上帝了，他们可以和上帝进行心灵的沟通。初来法国，与英雄婆婆的交流就跟教徒与上帝的交流一样，啥都说，最后以求心灵的慰藉，第二天醒了还是该干啥干啥。

人活着，先是吃饱穿暖，之后也就是寻求个精神支柱。

我住过全世界一些顶级酒店，其实都比不上成都家里我的那张小床，那是家的感觉。成都的家虽然只有 60 平方米，但是温馨舒适，老妈每天都做好吃的，老爸也会每天回来抽时间和我谈心，我喜欢搂着爸爸的脖子撒娇。

然而在波尔多只有一个人的家里，在淋浴头下哭泣的时候，在停水停电找不到电箱的时候，在看着橱窗里的美味食物干吞口水，包里却没几个钱的时候，想得最多的也是小时候牵着爸妈的衣角要这要那的天真和幸福。

要知道 10 年前欧元和人民币的汇率是 1∶12，其实我挺自卑的，买东西看价格，先乘以 10 再说，我觉得我的心算能力就是在初来法国时算物价差练就的。自卑和没钱，一般来讲是一个人"艰难时刻"最难逾越的鸿沟。

我没钱，但我从不自卑，所以自信就成了我唯一去打拼的动力和后备支撑，凭着这股自信，征服了很多人。没钱可悲，但我不觉得我可怜。

之前还是个穷学生的时候，我觉得谈恋爱都那么廉价，经济基础决定上层建筑，我发现工作以后有了物质的保障，这个时候的恋爱才会很快有结果，因为当已经不必为了吃口饭而折腰，不必为了取悦一个人委屈自己，随之而来的会是对对方的吸引，所以独立和成熟才是女性魅力的关键所在。先脱贫，再脱单。为什么要跟你们说这个，因为特别想和你们分享一下我的恋爱历程。

（二）

先要从我当年爱得最深的前男友讲起，此时心中都还有些此起彼伏的澎湃感。这辈子如果没有被喜欢的人伤过，或者去伤害过喜欢自己的人，就不会体会到"刻骨铭心"的爱和"对不起"三个字对自己辜负过的人的悔。

对我这种一个人在国外已经生活得很艰苦的人来讲，要是感情上再有个不顺，那岂不是要自杀？

是的，我长这么大，第一次有自杀的念头，就是在和他分手之后产生的。

那时，我多想把他的名字写在一个个孔明灯上面，然后又一个个送上西天，看着它们自燃消失在我的视野，然后痛并快乐着去寻找自己的下一站幸福。可是我长这么大，在第一次全情投入一个男人身上，想给他生孩子，想跟他周游世界，想一辈子和他长相厮守的阶段，却偏偏是自己境遇最差的时候，活该是个穷学生的时候还敢谈恋爱，太奢侈了，负担不起这份爱啊。

我写了10多页的遗书，上面全是泪水，中文的和法文的都有。法文的是留给他的，谴责和埋怨他无情无义抛弃我的罪行；中文的是留给我爸妈的，想告诉他们我都快30岁的人了，还在读书，工作也没有，很多年没有好好孝敬过他们了，觉得他们白养我了，我就不该出国，还让他们这么大年纪了还享不到儿孙福，自己钱也没挣着，这辈子可能都不能光宗耀祖了。

我遇到过很多男生，但是这么渣、这么让我痛彻心扉和不负责任的，他绝对是No.1！

冰哥在《我不》里面，已经提到了要我把我的无敌渣渣法国前任的事情写给你们看，其实在我写的第一版中，我没敢写这个内容，因为我也害怕世俗对我的看法，我也在乎别人对我的评价，越来越被推到"公众人物"这个行列，让我心虚和害怕。

但是我今天敢写，也是因为九九给了我极大的鼓励和支持，我才以我的前车之鉴想和你们分享我真正私密的事情，我也不想你们戴着有色眼镜来看我，我光明正大地写出来，也必定会承受世俗的眼光，我不怕与我素未谋面的你们对我有啥影响，唯一顾虑的是当我爸妈看到这里，看我还吃过这个苦受过这等难，最伤心的，一定是他们。

我告诉自己，这也是一种成长，每个人都会经历，经历过了，这一难就过了，爸爸妈妈也会理解我的。幸好我没死，因为死了渣男不会永远记得我，只会内疚一段时间之后该干吗干吗，而父母会在余生，一直活在真正的阴影当中，感受着失独家庭的凄楚。奉劝所有想自杀的男男女女，这辈子，没有过不去的坎儿，要珍惜生命，因为每一个人的生命只有一次，你爸妈因为你才精彩的生命也只有一次。

波尔多的西南部，有一个远近闻名的旅游景点：Dune du Pyla（皮拉大沙丘）。

曾经李亚鹏和徐静蕾就是来这里拍的《将爱情进行到底》沙丘场景。在这么浪漫的地方，我遇到了他。以致分手后很多年都没敢再踏进过这里一步，哪怕这里曾经是我和他最美的开始。

他叫Jonathan，对，跟我老公的名字是一模一样的，所以我第一次听到我老公的法文名字的时候差点哭出来。

来法国之后，基本每年的暑假我都要和姐妹们一起去camping（野营）。带上我们的帐篷，去海边晒太阳，看肌肉男冲浪，自己做烧烤，去钓鱼，去森林漫步，谈心，女人在一起聊的话题就是衣服、化妆品和男人。

那年我生日，第一次单独和我的一个姐妹狒狒去皮拉大沙丘那边旅行庆生，在那里我遇到了他，这是我的一个大劫数，也因为这个劫让我笑对人生，才有了之后的凤凰涅槃。

当时海滩上躺了俩身材修长的男生，一个头发浓密，另一个和他差不多同龄，但是是一光头，阳光下，光头的头闪闪发光。俩男生躺在一起晒太阳，身材健硕，说的是他不是他旁边的秃头，他的外形特别扎眼，像是高仿版本的 Luke Pasqualino（卢克·帕斯夸尼洛），好难得看一个男生的长相看得我口水泛滥，差点要从嘴角流出来，但是淑女风范还是要保持的。

我和狒狒认识了一个叫阿福的法国男孩儿，他是我们入住营区的接待员，会弹吉他，晚上他邀约我们去皮拉大沙丘烤火聊天唱歌，要知道虽然是 8 月，但是昼夜温差是很大的，我们生起了火，然后就开始喝着啤酒一起看星星聊天谈理想了。

当然，每个少男少女在旅行的时候，都对外界充满了好奇和想要去探索的欲望，我们在不停地自我讲述的时候，也在寻找着和自己相似的人，把别人的一些经验当作自己未来的目标。

篝火晚会聊得正开心时，突然又走来了两个人，想加入我们。我起先没注意，黑暗中只有一点火光在闪烁，看不清来人的样子，但是我看到其中一个人是光头。等他们坐下来我才看清楚，Oh! My god! 光头旁边那个不是高仿版的 Luke Pasqualino 吗？他也来了，好开心，他就坐我旁边的旁边。

在之前我一直都是很抗拒装 × 的，但是见到他，我不由自主地开始展现自己的"美好"和"优秀"，果真，这招很有用，他非常喜欢音乐，我还用法国小哥阿福的吉他给大家唱了一首中文的《情非得已》，唱完歌，他马上和光头换了位置坐到我旁边。

那一晚，我们聊了很多，人生、梦想、音乐、旅行、未来，半夜 2 点狒狒已经困得不行了，拉着我要进帐篷睡觉，我的妈呀，我还有好多情话没有跟我的 Luke Pasqualino 讲呢，我不想这么早就睡啊！

狒狒根本不管我，拉着我就往我们营区的帐篷那边走，说她要上厕所一个人害怕，我的妈呀，一泡尿害得我都没有加男神的 Facebook（脸书），没办法，走得很匆忙，都没有和大家告别，心想，啊，我的 Luke Pasqualino，哪怕是翻版，他看我的眼神都让我好幸福好春心荡漾。

那一晚，我睡得真香，因为早上起来是抱着一个人的大腿，腿好健硕，像个男人的臂膀，就是少了些雄性该有的毛，我是在鸟儿叽叽喳喳的吵闹声中苏醒的，再定睛一看，是狒狒，顿时安心了许多，昨晚有点喝多了，没干啥对不起狒狒的坏事儿。

狒狒刷着牙，看着我愁眉苦脸，用成都话问我："爪子了，老李？失魂落魄的，昨天晚上撞到鬼了嗦！"

"别说了，还不是因为你，昨晚那个帅哥居然都没有机会要我的脸书！"

"是你想要人家的吧！口水都快流出来了，要不是我拉你赶紧走，你还不跟人家吹牛到天亮？昨晚你把我的大腿抱那么紧爪子？害我做梦梦到我在沼泽地里面走着走不动！哈哈，认识你这么久，原形毕露了哈！"

我脸都红了："放屁，我咋个可能找男生要联系方式，我是那样的人吗？在感情方面我从来都是被动的，不喜欢主动，显得好 low 哦！好歹你也认识我这么久了，你也知道那不是我的作风哈！"

狒狒没说话，呵呵了一下。

我和狒狒正在收拾东西，准备出去买些东西中午在营区做烧烤，刚上汽车，突然一个人闯到了我们的汽车前面一把拦住汽车，我感觉差点要撞死个人，这时听到一句法语："莉莉，我总算找到你了！"

我定睛一看，是他！我的男神啊！别提我当时心里多高兴了，简直心肝儿都要从车里飞出去直接贴他脸上了。只听他接着说："营区这么大，我和大卫找遍了整个营区，我终于找到你了！你昨天晚上走了，我以为再也见不到你了！你要离开了吗？"

当时我感觉就跟中了 lotto（乐透）一样，而且是那种中头奖赚大了，占大便宜的感觉！突然觉得自己好有魅力，瞬间幸福指数爆棚，我一见钟情喜欢的人也喜欢我欸！！！

"不是，我和狒狒出去买东西，等会儿回来。你把你手机号给我吧，我等会儿回来给你打电话！"

狒狒冷哼了一声："不是说主动要人家的联系方式很 low 的嘛！假！"

我没有回应狒狒，一脸幸福的笑容，我有种久违的心潮澎湃的感觉，我已经很多年都没有这么春心荡漾了，忧郁的心情一下就豁然开朗了。

在我自己看来，我从来都是一个丑小鸭，有机会被大帅哥青睐，简直就是走了狗屎运，所以自始至终我都把自己放在一个很卑微的地位，也就有了未来的可悲的结局，爱得太卑微，就是注定被对方吃定的前奏啊！

我和我觉得高不可攀的男神 Jonathan 约会了，而且是就地恋爱型的，尽管我是个怕水的人，但我还是壮起胆，连着三天每天凌晨 5 点就和他一起冲浪看日出去了，大西洋的日出，美不胜收。

狒狒还在帐篷里睡懒觉打呼梦里喊前男友名字的时候，我已兴致勃勃地在约会了。

旅行是短暂的，一见钟情急速恋爱三天后，他要回巴黎了，我和狒狒也要回波尔多继续我们苦 × 的读书生涯了。

想想那时候真是天真，喜欢一个人就是靠感觉和颜值，年纪越来越大的时候才发现越来越不会爱，因为每一次爱的付出，都想有结果，觉得时间耗不起，自己也浪不起了，最关键是怕被别人玩儿。

但你要知道，当你在沙漠中几天没有水喝，突然有一瓶可乐带给你的酸爽就像我遇到他时的感觉一样，所以当时的我以为，不对，误以为他就是我的 Mr.Right（真命天子）。

他的笑容如此单纯可爱，哪个少女不怀春，尤其是我从来没有想过会有他这么帅的男孩子也喜欢我！狒狒也说，当时看我的表现，只想送我 100 个白眼以表鄙视，所以说在情人眼睛里一坨稀屎都会被认为是西施。

我们如同每一对热恋中的男女，最开始的 3 个月，每天打电话发消息，每两周都要见一次面，我们的见面断断续续地坚持了一年半，那时候爱得死去活来，书可以不读，课可以不上，电话却不能不打。

起初，他还常来波尔多，因为每次见面的时候他都说他担心我懒得跑，都主动来找我，这样也节约一些费用，我还觉得他很贴心。

我们约会最喜欢去的地方叫 Saint-Emilion 圣爱美浓古镇。

Saint-Emilion 是 8 世纪一个叫爱美浓的圣人给命名的，这里的地宫还保留着当年爱美浓修行时用的石座椅，据说只要坐上去就能怀孕，跟我们中国的送子娘娘怎么这么像？当年我可是当着男神的面，听导游讲完了这里的故事的时候一屁股就坐了上去，逗得他哈哈大笑。

圣爱美浓古镇当年的政治权力是由 Jurade（汝拉德）组织所掌握的，现在每年在这里都有一次盛大的授勋仪式，会给在全世界推广圣爱美浓葡萄酒以及对历史做出杰出贡献的人授勋。当年我第一次观礼汝拉德授勋仪式就是和他一起去的，一片红，感觉跟在中国一样，很喜庆。

我们特别喜欢在古镇里漫步聊天，喜欢坐在地宫外广场的梧桐树下喝咖啡，我喜欢抱着一把吉他唱歌给他听。他特别喜欢在当年英国人遗留的压船石上晒太阳，还喜欢品尝这里波尔多西南菜的美味，圣爱美浓古镇有时会让我有种自己到了丽江的错觉。

　　圣爱美浓古镇每年还有爵士嘉年华，全世界顶级的爵士音乐会之一，这个音乐会的主席 Dominique Renard 会邀请全世界最好的爵士乐团来这里演出，这可是盛大活动，我们曾经还来这里听过爵士音乐会，满满的甜蜜的记忆。2018 年年初，Dominique Renard 主席邀请我 2018 年 7 月 21 日去圣爱美浓古镇的 Jazz Festival（爵士音乐节）献唱，我等了 10 年，才终于被这里认可。

　　我们起初在一起的那段时间，是我记忆中跟他恋爱最美好的时光，都说异地恋比网友见光死的失败率还高，我居然还这么有心地去坚守我的爱情，就跟我一如既往地坚持我的音乐一样。

　　我们一起去 Loire（卢瓦尔河）划船听音乐；一起去 Palmyre（帕尔米勒）逛动物园，去 La Rochelle（拉罗谢尔）的水族馆看海底世界；一起去法国西南部的 Pyrénées（比利牛斯）爬山野营；一起去美食之都 Lyon（里昂）享受美食；一起去波尔多参观各种城堡品鉴各种葡萄酒；一起去 Dax（达克斯）泡温泉；一起在 Médoc（梅多克）的乡村骑行。

　　普罗旺斯的薰衣草田间、波尔多充斥着浓郁酒香的葡萄酒酒庄、卢瓦尔河的河流中、南特的古堡中都有我们的足迹，那一年半可能是我在法国内部自助游最多的时候了，以致到现在有几个城市，我都害怕去，因为有太多太多他的印记。所有的爱情都有相同的轨迹，却没有相同的足迹。

　　每次我们见面都会去法国不同的城市度周末，但是身为他的"女友"，很可笑，我连他家在巴黎哪个地方都不知道，他也从来没有带我去过，我要求过好几次，他都拒绝了。我每次想去巴黎看他的时候，他总是找各种借口说正在搬家，在换新工作，有朋友住家里不方便，等等。

　　当时我并没有想很多，因为我自己也有繁重的学业，还要抽空打工挣钱，好不容易有点空时间才能见见面，我已经心满意足了。

所以他每次的邀约，我们都是度度周末，如果有公休假，我们就会去玩儿一周。但是我从来没有见过除了他那个光头朋友以外的朋友。

狒狒说我中毒太深，连这个男人住哪里、有没有女朋友、在哪里工作都不知道，我就这样跟他每个月都到法国不同的城市去度周末，当你以为这是浪漫的时候，恰恰就是套路的开始。狒狒作为我在波尔多的头号闺密，当时说了无数中肯的话，我却觉得是废话，当她让我小心不要被那个男人耍了的时候，我一度怀疑我们的友情是不是已经走到了尽头。后来我才知道，真正爱你的男人会巴不得在全世界开新闻发布会宣布你是他的私有物，而不是躲着藏着说太早公开关系会影响你们的交往，套路，全是套路，那真是放屁。

尤其是一个男人告诉你，不要孩子气，都是为你好，我们做不成恋人可以做朋友之类的。天啊，不够喜欢就是不够喜欢，请不要把爱情欠下的债用友谊来弥补。我这是实践出真知，把血泪史跟你们分享，别当耳边风哈！

法国人的浪漫和中国人非常不一样，中国人喜欢热闹，喜欢买买买。

而浪漫的法国人喜欢清净，喜欢享受那种只有两个人的静谧花园。

第一次他亲口跟我说，他觉得住在巴黎有点闷，想换个城市开始新的生活。

男人伤女人的心，就源自承诺一次次，食言一次次，也就伤害一次次，所以有事儿没事儿，别乱承诺。

是啊，我们每次都很愉快地约会，每次旅行都是满心喜悦和充满期待，每到一个城市我们就跟任何一对热恋的情侣一样，品尝美食、参观、探险、说笑。但是，无论再好的恋情，我觉得异地恋都是5大不靠谱感情之首，如果谁的异地恋开花结果了，我真是佩服得五体投地，没几个人经得住这么折腾，尤其感情在当今社会就跟吃包方便面一样便捷。

你说好笑不好笑，没有吵过一次架，就是这么完美的约会，我却加不了他的脸书，网络上一直没有他的公开信息，我也从来没有去巴黎见过他口中经常描述的好兄弟们，我从来没有得到他亲口承认我是他的女朋友，他只会莉莉莉莉这样称呼我，他那光头兄弟也是在那次之后就再也没有见过了。

交往一年多，从之前的每天发消息打电话，到后来给他发消息的时候，只能等到第二天才有他简短的回复，后几个月给他打电话，他一共只接过四五次。我的世界，只剩下他，而且全部都是他，我的第六感让我开始心不安了，觉得他可能变心了。

那时，我还只是个穷学生，经济还不能负担每个月都去旅行的费用，对我来讲买车票也是很大一笔开支，所以我必须打打零工，去给小朋友们上中文课、吉他课，去酒吧驻唱，去中餐馆里接订餐电话、洗菜、端盘子。

从波尔多去巴黎火车站来回车票要200来欧元，3个小时就到巴黎，再辗转其他交通工具。为了省钱，我都会用那种搭顺风车的叫BlaBlaCar的App，天啊，运气好6个小时到巴黎，遇到堵车，10小时的车程都有，仅仅是因为来回车票才50欧元，而坐火车虽然只有3小时，却要100欧元一张单程票。

有一次他对我说："我觉得我们长久这样异地恋不是办法，我还是来波尔多吧。这样我可以照顾你一直到你找到工作。"

说真心话，出国那么多年，这么慷慨说要照顾我的男人他还是第一个，可想而知当时我感动得稀里哗啦的，差点就要拉他去我家祖坟前一拜天地夫妻对拜了！

但是他来波尔多的这件事一拖再拖，拖了很久，直到我们分手。

各位记住了，千万不要蠢到用认识的时间长短来衡量人与人之间的感情，感情一旦脆弱起来，一根看似坚韧的钢丝在现实面前其实也只是一根蜘蛛丝。

分手前的一段时间，我们约定圣诞节要去德国旅行一周，我为了可以有钱出去旅行（在法国，AA 制是常态，国内的姑娘们，你们要好好珍惜那个每次你出去都抢着给你买单出钱的男朋友啊！），就去了一家比萨烤肉店工作，毕竟我们快一个月没有见了，我的不安让我越来越不淡定了。

这家比萨烤肉店里面的员工都是壮汉，只有一个叫丹尼的女的，这是个肱二头肌比我小腿还粗壮的姐妹，一看就是年轻时候打过橄榄球的。英雄婆婆看了这身肌肉，都不敢造次。

去比萨烤肉店是因为我的一个男性朋友要回捷克老家去照顾他手术后的妈妈，找了半天都找不到一个人替代他，没办法了，让我临时撑 3 周，我累得连"大姨妈"都不来看我了。

说实话，要不是急着用钱，我真是这辈子都不会替他的工。

在比萨店吃饭的客人很多，我每天端盘子非常辛苦，晚上手和肩都非常酸痛，关键是为了保温盘子要从热盘柜直接取出来使用，一次还要端 3 个大盘子，我的手都被烫伤了。

感觉那 3 周我的手都是熟的，让我想到了家乡的烤猪蹄，英雄婆婆要看见我这个在家扫帚倒了都不扶一把的懒人，居然还端盘子，她肯定会心疼加大笑，因为完全颠覆了我这个在家屁事不干的懒娃的形象。

突然这家餐馆来了我这样一个外国"美女"，老板说那个月的营业额都上升了 30%，想想一群手粗腰壮的男人在餐馆里工作，阳气过重，阴气不足，我去了餐馆几天后，餐馆就开始每天爆满了。

我的身体累坏了，一看到给客人端的盘子上的各种烤肉就恶心，更何况是天天看到这些油腻的大肉，我从上班的第二周开始就跑去厕所各种吐。

听着我用口音浓郁的中式法语推荐葡萄酒，客人们都非常开心，小费自然也是不菲的。如果成都川菜馆里面来了一个法国美女，还给你推荐茅台、五粮液，你肯定也会觉得非常有意思。关键我还是学葡萄酒的，用词都非常到位，所以有几个客人还问我有没有兴趣去他们的酒庄或者酒商工作呢！

是金子，总会发光的，但是没想到忙碌的几周耀眼得都快闪瞎我的眼了，居然后院起火了！

由于我每天白天上课，晚上去打工，那 3 周，每天都很晚才回家，那个时候男神就开始说我没有回他消息，不接他电话，各种跟我叨叨。我跟他解释我在打工，真的很忙，当时自己还沾沾自喜地觉得他好像没我不行。

连福尔摩斯都称赞过的女人的第六感在我身上灵验了，我突然警觉起来，又好几天没有他的消息了。

紧张地给他打了 N 个夺命连环 call，但他都不接，发了消息也不回，吓得我都快报警了。我很着急，突然才惊悟："什么男朋友，除了有手机号码和邮箱，我觉得全世界真的再也找不到第三个可以联系到他的方法了。"

我觉得我的强迫症就是当年这哥们儿给我练出来的。

替工的最后一天，也就是要去德国的一周前，我收到一条短信："不好意思，德国我去不了！"

Oh! My god! What a f××k! 开什么玩笑，我打工那么辛苦，就是为了筹可以去德国好好玩儿的钱，怎么能这样呢？

他说不能去德国的两个多月前我们还商量他要搬来波尔多，让我先去租一个大一点的房子，我在一个月之内，要上学还要打工，这么忙都找房屋中介办理好了他让我找房子的事情。

在法国我是外国人，没有法国人给我做担保，但我的房东"还算心好"，要我给足一年的房租终于肯租房给我。

当时是已经迷进去了，于是我把准备明年读书的钱都垫了房租，胆就这么肥！我连交男朋友的事情都不会让家人知道，更不要说告诉我老爸我拿学费垫房租的事儿了，找死啊！最后开完支票的时候，账户上也就只剩了几欧元。要在中国，哪里会有女孩子先出钱垫着？

我那时还提前去 IKEA（宜家）侦察了一下看有没有适合我们的家具、各种小摆设、盆栽……女人心，在 IKEA 暴露无遗，虽然还没有那么多钱去买，但是一直感觉暖暖的，有他，我就有了"全世界"。

但他食言了。我的"全世界"就这样被地震加海啸般地摧毁了。

我的天，我也不知道我的"大姨妈"是我近段时间累得都不来了，还是出了什么状况，难道我怀孕了？！

我是又悲又喜，悲大于喜：喜的是感觉和自己喜欢的人有了爱的结晶，悲的是我还年轻，突然有了孩子，自己都还是学生，怎么养孩子，最近他还老给我搞幺蛾子。

我心情很忐忑，但是又激动地给他打了电话，他没有接。我发了消息告诉他有很重要的事情跟他说，他也没有回，而手机上显示"已读"，我就更沉不住气了，开始疯狂地打电话，直打到他关机。他这一系列的反常行为让我猜不透，心情极度复杂难受，臭小子想干吗！

说清楚啊！说清楚啊！！

不管三七二十一，我直接给他发消息："我怀孕了，我一定要和你沟通！"

可惜两天后才等来他的电话，急得我一接到电话就掉眼泪：

"你怎么才回我电话啊！我都着急死了！"

"不好意思，我这几天忙，一直在开会。"

"你上个厕所喝个咖啡的时间总有吧，你可以给我打电话啊，你让我非常失望！"

"我已经说了对不起了，你还要我怎样？"

我竟无言以对，我沉默了，他接着说："你到底怎么回事儿？你说你怀孕了？不会是我的吧？"

我真想一拳头直接从电话里打过去："不是你的我干吗找你？！你还有没有一点点责任心啊？"

"莉莉，不管这件事情是不是真的，这个孩子我是不可能要的。你自己想办法处理掉吧。很多事情，你也别太当真了。"

"喂！喂喂！"我嗓子都要喊破了，但是电话的那一头还是传来了"嘟嘟嘟"挂断的声音。我当即号啕大哭，一个人孤单地在床上，痛彻心扉。

我想不通我们的花前月下、我们曾经的美好为什么就这样没有征兆地消失，让我不知所措，我到底做错了什么？为什么你要这样对我，还这么绝情？！惨了，遇到了一个不负责任的男人，我是要带着一个孩子辛苦地当着单身妈妈，还是打掉孩子继续我的求学之路？

我把自己关在房间里两天都没有出过门，其实他的不理不睬已经让我痛到只想当面质问他为什么要这样对我，为什么要这么残忍地污蔑我，我对这个男人无怨无悔地付出，为什么得来的却是这种回报？

我觉得这时候，最对不起的还是远在成都的爸爸妈妈，他们也在省吃俭用地存钱，以备不时之需，害怕我以后工作结婚要用钱的时候没有，可是我钱没挣着，还摊上这么一破事儿，我觉得留学生涯没有比这个更惨的经历了，我真的好对不起他们，我真的好没脸去见他们。

　　这个时候，我真的第一次脆弱地想到了我平平凡凡的一生就要以自杀的方式来结束，我自己都不寒而栗了。

　　泪水翻滚，眼睛已经哭到酸和肿，摸着我的肚子，饿，已经饿晕过好几次又醒来，这已经不是最重要的了。对方对我的不信任，对我的无视，对我的不屑和无所谓，真的让我觉得自己的一切付出都是喂了狗，也怪自己，几句甜言蜜语就被一个帅哥玩儿到这种下场，自己也活该百分之百地付出了自己的全部。

　　他最终也没有来波尔多，从那以后，我再也没有见过他。

　　那是第一次以为有男朋友，可以见对方家长的圣诞节，可惜偏偏是一个人推着自行车站在波尔多加龙河边哭泣，全身加起来不超过两位数的钱成了我最后一根救命稻草。

　　他没有把他承诺平摊的房租给我，之后发来一条短信算是了断："莉莉，我觉得去波尔多风险太大了，什么都要从头开始，我觉得我们有文化差异，不适合生活在一起，我想要一种更 light（轻松）的恋爱关系，也希望有经济基础，我不可能和一个什么都没有的人在一起，希望你能理解，我们好像进展得太快了。还有，你没有必要用有我的孩子这个借口来挽回，我觉得我们之间不可能了，我想静静，你也好好考虑一下吧。"

　　是啊，我在法国无亲无故，没房子没钱，穷学生一个，为了去旅行，还要打工挣钱，哪里有资格参与恋爱这么奢侈的情感游戏。

　　记得一个留过学的姐姐告诉我，当我们一个人在外的时候，一点点温暖我们都可以放大很多倍，所以对一个人的依赖感也增强了很多，但是如果把这些人放到我们熟悉的环境，我们有可能一点感觉都没有。

　　在中国，这些都是不可能发生的，而在法国，我真的什么都没有，也什么都不是，一切完全靠自己打拼，所以理解了以前老爸老妈经常说的要对家里的保姆阿姨好一些，人家从农村来城里非常不容易，待人要和善要将心比心。

是啊，此时的我就是一个从中国来法国，怀揣梦想，想来到这个国度改变自我命运的女孩子，我的一切都是从 24 岁开始零起点奋斗到现在的。

在中国娇生惯养，来了法国却是吃尽苦头，又有谁来将心比心地真正待我呢？我连回击的方向都找不到，除了无助地哭，真的什么都干不了，他凭什么分手啊！

感觉就是遇到骗子，遇到了爱情的骗子，而且爱情的骗子不会在脸上写着，只能用时间和事件来看清一个人真正的面目。

可想而知当时那种走投无路叫天天不灵，叫地地不应的感觉，无助得我真的现在想起来都后怕。

这一击，是致命的。

我好几天没有出门。眼睛哭得好肿好痛，感觉都要哭失明了。我长这么大，第一次真的体会到为一个跟我没有任何血缘关系的男人付出自己一切的感觉是什么。在我充满期待、对未来生活充满向往的时刻，他却选择了放弃，而且就简简单单几句话，把我一年半的付出全都抹掉了。

自我反省是好事情，但是并不代表自己就全错。

在波尔多读红酒专业的大学同学中，我最铁的哥们儿是个上海男孩儿，叫陈卓尔。患难见真情啊，几天没我消息了，他打电话问我是不是出事儿了，我在电话里就使劲儿哭。

我在去西塘的时候，还和大家分享当年和男神分手时，自己连 10 多页的遗书都写好了。当时我真的饿了，冰箱都打开过不下 20 次了，幸好卓尔买了吃的来看我，我抱着他号啕大哭，在家靠父母，出门靠朋友，感觉关键时候还是这些兄弟给力，卓尔跟我分析事情的前因后果，劝我这种渣男要扔掉要及时止损。

当时我哪里听得进去，光顾着哭，哪里有心思听逆耳的忠言啊。

难受是难受，但是饿了好几天，他带来的蛋炒饭我最终还是都吃完了。

狒狒对我是骂也骂过了，劝也劝过了，就差给我两拳头了："老李，莫折磨自己了，你就当自己吃亏买教训了吧！"

天啊，说得好容易！我差点耍起疯来，就差开煤气罐自杀死到自个儿家里！

在国内的独生子女，来了国外被这么一折腾，基本就乖了。别以为国外是天堂，来旅旅游靠谱，真来一个陌生的地方生存，那真是一场疯狂的挑战，人的心志会加倍脆弱改成：但人的心智会加倍成熟。

最后几经挫折，明白一个道理：两个人在一起恋爱的时候，决定权在两个人手里；分手，一个人决定了，这盘棋输赢就已经定了。

男神当时的决定，应该也是很早就做好了，爱，肯定爱过，但是再爱都不及现实的残酷，让你知道，玫瑰和面包之间，面包始终是刚需。

离本来计划去德国还有两天，我收到他的一条短信："酒店已经订了，你可以自己去休息一下，或是带你的朋友一起去，不要浪费了，很贵的。"

去你妹啊！我自己一个人去那里触景伤情吗？带闺密去那里号啕大哭吗？渣男！那句"不要浪费了，很贵的"太伤人，简直就把我这个当时在餐馆端盘子的妹子羞辱得无地自容，穷，我也要骄傲地回他一句："滚！"

当务之急是处理这件事情，我记得，当时我一个人去的医院，没有告诉身边的任何一个朋友，医生问我有没有家人，我都说没有，孩子的爸爸呢？

我说分手了，我自己决定不要这个孩子的。

就在我以为自己已经做好了心理准备，准备与这个还未降生的孩子说再见的时候，医生带来了让我无比震惊的消息：你并没有怀孕。

关于这个孩子，都是一场误会。

我的身体跟我开了一个玩笑，我的爱情也跟我开了一个玩笑，我终于承受不住，在医院里就号啕大哭起来。这吓坏了医生和护士，他们并不清楚我经历了什么，只是礼貌地安慰了我两句。

怀孕这个乌龙事件并没有让我心里好受一些，反而让我更加清楚地认识到自己之前有多傻，以及前男友有多渣。

人这一辈子，总会遇到几个渣男（女），他们会给我们留下伤痛，但是也会让我们成长。

这次，伤得不轻，是内外双重的，要走出这个阴影真的很难。

当时我去医院，就被狒狒骂惨了，她说虽然是误会但是万一真的需要做手术怎么办！万一有个三长两短怎么办！而一年后，狒狒突然生病了，她把手术通知单发给我看，妈的，医生给的报告上我看出意思是要给她做子宫切除手术，把我惊呆了，她这辈子都不能要孩子了，我俩陷入了深深的沉思。

手术做完之后，我才知道，医学单词太难，我以为是切除子宫，结果是切除子宫肌瘤，万幸，狒狒以后还是会有健康的宝宝的！

说出来让你们知道我当时那种难以启齿的痛，真正释怀的一刻，现在才真正地到来。

我曾经跟一个法国朋友讨论关于孩子的问题。

他说，要让一个男人爱你，那需要你貌美如花；要让你的朋友爱你，那需要你有值得让人跟你接近的理由；要让生意场上的人爱你，那需要你有钱或者有资源，不然你是没有让他们提得起兴趣的点的。

然而唯有这种父母与孩子的关系，不管贫富，都是那种对本体的爱，而不是因为光环的吸引。

所以，有时候你会听到很多人说，身边有个孩子或有条狗比跟有些人在一起还要舒畅得多。

感情的真谛不在于相遇，而在于相守。

分手多简单的事情，玩儿失踪，不接电话不回消息，气都要气得让对方主动分手还美其名曰："你提的哈！"

而经营一份感情，那就是在盖自己的长城，日积月累而成，而且关键是有时候说塌就塌，没有任何防备。

我在失恋疗伤的期间，还会在谷歌搜索："对方不回短信，代表什么意思？""如何让你爱的人不离开你？""失恋了怎么办？"

各位，你们别笑我，我们都一样。不然也不会有那么多人在网络上回答各种情感问题了，所以感情，也是我们年轻人最脆弱的一块湿地。

英雄婆婆经常说，爱情就是用自己的生命点燃对方的那口汤锅，小火炖汤浓郁醇厚；如果你非要当自己是个沼气池，那你用力过猛的时候，屎都会被炸得到处飞舞。

失恋被甩的女人，可怜得让人都不想去同情，因为最终都是自己折磨自己，当初爱得过猛，没有做好情感的急救措施。

止损，是你唯一的高效自救方法，虽然你会抱怨之前付出那么多，凭什么就什么都没有了，你只是不甘心而已。

现在我才恍然大悟，不喜欢就分开，何必假惺惺地找各种理由，让他走吧！就让他滚得远远的，祝他幸福，感谢他没有再来骚扰我们的下半段生活。

所以不要用别人的错误来惩罚自己哦！姑娘们，头发甩甩，自信地去撩下一个男神吧！

在这场恋爱中我学到了，不要当一列已经进站的火车，要学会做一列正要启动离开的火车，有时，失去或者正在失去才是挠得对方心痒痒的关键。

米兰·昆德拉说过："遇见是两个人的事儿，离开却是一个人的决定，遇见是一个开始，离开却是为了遇见下一个离开。这是一个流行离开的世界，但是我们都不擅长告别。"

最开始的时候，我还觉得我的男神不负责，后来想想，其实他也很负责了，至少他还有简单的剖析报告。

是啊，我读书的时候是没有经济能力，我是配不上你，我是什么都没有，我是一事无成，但是不代表我一辈子就一直这样，不代表我一辈子就只能开辆二手小破车，不代表我就只能洗洗碗端端盘子，你能在我最艰难的时候陪我，我就能在我最辉煌的时候陪你，不离不弃。

比起世上一些男人，擦擦嘴头也不回地玩儿消失，他还算是负责的，至少大家都还曾经真心相爱和付出过，至少还有一句恩断义绝的话。

可惜对方没有坚持到最后，时间，才是检验一个男人是否会真正地用这辈子来照顾你、爱你和呵护你的关键；爱情，从来都没有真正的输赢，输赢只是自己给自己的梦驼铃。

说实话，多谈恋爱是好事儿，我这里可没教你多上床是好事儿哈，别想歪了。

在法国，衡量一个男人爱不爱你，就是看他花不花时间陪你。

中国人比较含蓄，老外一般比较开放，单刀直入，yes or no，就是这么简单、粗暴。

你看看现在越来越多的法国人和中国女孩儿结婚，网上各种喷。

说找自私的老外，简直就是自讨苦吃，干吗不回中国找个好男人。

嘿！在中国就更难了好不好！没看各种相亲节目层出不穷，没看各种在国内火的相亲节目还有海外版的吗？

说我们崇洋媚外，关键是国内资源就更稀缺了好不好，英雄婆婆安排我回国去相个亲，不准我说我是双硕士，还不准我说年收入多少，年纪那么大了还没有男朋友主要是因为学习耽误了！

我晕，我是个真实的人，不是拍电影还需要安排人物背景的好不好！！我宁愿自己在外面一个人碰得头破血流的，也不愿意当个真人木偶。

没被感情伤过，殊不知情感中的倾家荡产可比物质上的倾家荡产严重多了。

但是我从来不后悔，因为这是经验值啊！就像你打游戏，遇到怪，你挂了，下次你就知道怎么打怪了，打不过，撒腿跑；遇到必须打的，打不过就看攻略，前人栽树后人乘凉，这攻略就是前人的经验。

我以前看《非诚勿扰》那个相亲节目的时候，马诺说"宁愿坐在宝马车里哭，也不坐在自行车上笑"。我觉得那是因为你没有找到你真正爱的人，才因为物质和现实而屈服。

但是如果你真正地爱一个人，坐在自行车后面，手搂着他的腰，在乡村的小公路上骑行的时候，我感觉为了这个男人，什么都可以不要，什么都可以给，男人只管给爱情，大米，姑凉（姑娘）我自己准备。

一个很重要的心理因素，就是对出国留学或者在异乡工作的人来讲，别人此时给你的温柔和好，你都可以乘以 10 来计算这种恩情。这种情愫，还夹杂了感激。

不是说被爱情一时迷惑了，说实话，有几个有血有肉的人不懂得去感恩别人的好呢？

只不过当时自己把对方当成在国外的一根救命稻草，真正到我能挣钱能独立的时候才发现，只不过是青春期对纯洁恋情的遐想，每个姑娘都有过一段怀春的时间而已。

每次都真心对待，珍惜点点滴滴在一起的时光，你若诚心待我，我用真心奉上；你若虚情假意，我用棒槌伺候！

多谈恋爱是好事儿，不然你怎么知道这个人合不合适，你怎么知道这人有没有暴力倾向、有没有坏习惯。

人都是要靠事情和时间来评判的，现在找个伴儿，可比找人给你工作难多了。工作这事儿，爱做不做，钱给得多就有人来做；爱人这个活儿可不好干啊，这可是对德智体美劳有全面要求的，所以多选选肯定没有错，但是如果第一个就非常好，为什么又要找第二个第三个呢？对待爱情，一定要学会知足。知足后，你才能心安而自乐。

讲和男神的故事，其实更多的是怀念当自己还是一个穷学生的时候，至少心里还有一个人住着，还有一个盼头的美好时光。

没想到的事情，还是发生了。

铺垫了一下刚才的浪漫和残忍，你才能感受到现实揭秘的时候，就是一切真相大白的时候，而且一切来得都那么突然。

2017 年我接受法国一个知名财经媒体的采访，正好这位和我年纪相当的女记者当天晚上要住在我们酒庄里面，晚上我们一起吃饭，一起聊天，也在为写作内容增加其他一些题材。

这位记者朋友，聊到晚上，就开始聊她的家庭情况，她说她2018年要结婚了，还给我看了一下她未婚夫的照片。

我一看照片，晕！世界真是小！

还记得当年那个跟男神在一起晒太阳的光头不？

我下巴都要惊脱臼了！原来光头就是这个巴黎财经记者的未婚夫。

"冤家路窄"啊！就跟TVB的演员只有那么几个一样，几部戏演来演去都是同一拨人，而法国这么大一个国家，好歹也有6500多万人口，偏偏撞枪口上了！

我当时真的是眼冒金星，直接问她男朋友的名字是不是×××，她很奇怪，反问我一句："你怎么认识他的？"

我心跳快停止了。

我赶紧又问："你认识Jonathan Bee吗？"

她很自然地说道："当然，是我未婚夫的朋友。"

我那时是又激动又感慨，心情复杂得都不知道要问什么了，她反倒追问起我来了："你怎么认识那臭小子的？"

"臭小子？"

"是啊，我都怕我未婚夫被他带坏。"

"带坏？"

"那可是我们朋友圈里出了名的脚踏几只船的小哥，女朋友一大群，经常有他的前女友、前前女友、前前前女友打电话给我未婚夫问是不是跟他在一起，我们当了无数次挡箭牌，烦死了。"

"啊！！"

"你怎么认识他的，李小姐？"

我的天，问得我刹那间傻掉了，但是我知道，妈的，我遇到玩弄爱情的高手了。我居然还自以为是真爱，原来还是一朵烂桃花！

我真的不知道怎么来回答她了，要知道，坐我面前的记者可是一位法国记者欸，法国记者最实在的地方就是你说什么她写什么。

这货怎么也不会想到他身边亲近的人对他的印象是如此"花心"。

所以我也不以为奇，当年我肯定是被劈腿了，而且我根本就不是他的唯一选择，记得我们去岛上的一个早上他说过一句话："你是我最爱的女孩儿。"

是啊，最爱，意思是你还有一群不是"最爱的"但"也很爱"的女孩儿。

是啊，朋友，我还算得上他的朋友吗？

没有任何往来，没有任何接触，为何用"朋友"二字来掩盖他的罪孽呢？阿弥陀佛。

我回答了这位记者的话："哦，我有朋友认识他，我们在波尔多见过，一起吃过两三次饭。如果这次采访出来了，可以麻烦你转发一份新闻稿给他吗？不知道他还记不记得我。呵呵。"

果真，这个报道一出来，谈论的还是中国人在波尔多卖酒庄的事情，我被法国媒体封为波尔多酒庄销售女王，说我天天都和富商们一起谈投资，每天接触的人都是福布斯排行榜上的亚洲富豪们，经常出入高档场所，品名酒，吃米其林，坐私人飞机，坐游艇出海，有豪车接送。

是啊，当年还是端盘子的服务员小妹，现在已经是操持着几千万上亿欧元交易的 business woman（商业女性）了，绝对丑小鸭变天鹅的励志版本，连波尔多当地酒圈的人都分为两种态度来看我，一些人觉得我走了狗屎运嫉妒地说我就是个在餐馆端盘子出身的留学生，但是大多数人都觉得这是一个什么都没有孤身一人来法国的中国女孩儿的成功励志故事。

2017年圣诞节，我发了一条微博，因为这天收到了多少年都没有联系过的男神的短信，里面除了他的嘘寒问暖以及热烈祝贺，还透露出他刚分手，现在还单身的信息。

"莉莉，好久没有你的消息！你还好吗？"

"我没死，你找我有事情吗？"

"没有哈，就是祝贺你，我看到杂志上对你的采访了，很为你高兴，这么多年，你越来越漂亮成熟了，没想到你现在这么成功！"

"还好吧，好难得你主动跟我联系。我还以为你死了。"

"你还在恨我吗？这么多年都过去了，我希望你一切都很顺利。"

"托你的福，我非常顺利，现在婚姻幸福美满得很！"

"你结婚啦？这么快？比我还快，我刚刚分手，现在一个人很不开心，很怀念我们的过去。"

Come on！大哥，你当我傻啊？没有回头草可以吃的好不好！！看到这儿，我来气了！

"一个人就一个人，你不是喜欢一个人吗？挺好的啊。我倒是过惯了一个人的生活，不过现在有老公，突然多了一个人天天对我嘘寒问暖的，也非常好！"

"你什么时候有空，好久没有见你了，有时间一起吃个饭吗？"

我内心是复杂的：这种人，就单身吧，一辈子都单身最好，来做我们的渣男款特训专员。前男友，不，人家从来都没有承认过我是他女友，这个渣男也太小看我了，明明就是脚踏N只船，还要装出一脸的痴情和无辜。就是要你知道，离开了，有本事你就别回来！感激你当年的"狠"，不然怎么能把我锻炼得连死都不怕了，还怕什么苦和累呢？所以我一心扑到事业上，今天的成功，就是当年对自己失望的崛起，就是对这种人最好的回击。渣男！

我回道："不好意思，太忙了，最近客人很多，天天都有应酬，还要陪我老公，以后有时间再说吧。我马上要和家人吃饭了，有空了再联系。"

这次，居然是我匆匆地结束了对话，对，就是这么有脾气。

我这样无声的反击其实就是在告诉他：你丫当年失去了这么爱你的一个女孩儿，你在她最难的时候抛弃了她，现在她成功了你还有脸回来吗？这么势利，滚！

这一巴掌无声地打在他脸上，爽大了我的心啊！

所以，分手后，自己越来越好，就是对前任最好的刺激报复。

当晚，他第一次主动加我脸书，我没有通过，因为对我来讲，已经不重要了。

最后，是我被分手后的单身阶段的感悟，宣布单身后的我，最开始的时候是字面意义上的单身，我的精神却并没有得到真正意义上的自由，反而总处在不断寻找的状态，一直在关注外界对我的所谓的"真心"，却忽略了和自己的灵魂对话，其实那个时候的我一直躲避孤独而没有真正享受过孤独。

到后来我才真正领悟到，单身时，不是要不断去寻找一个让自己依赖的人，而是要让自己变得更强大，这样做不是为了什么或是为了谁，只是为了认识更好的自己！

从此以后，相忘于江湖的我们应该就再也没有瓜葛了吧，我留给你的联系方式，随随便便就可以在脸书搜索到，也就是为了让你知道你当年有多么白痴，扔掉了一块你以为是鹅卵石的璞玉。

最刻骨铭心的一段情，就一定要老死不相往来，因为伤害你的不是对方的绝情，而是你心存幻想的坚持，眼不见心不烦，坚持最后也会因为时间而灰飞烟灭。

你我都曾遇到过渣男，渣不要紧，谁年轻的时候没翻过跟头啊，记得止损，就是别再跟这个人有任何瓜葛。

（三）

我的真命天子终于出现了，坚定不婚主义就跟坚定无神论一样的我居然动摇了，万万没想到，准备自己给自己建个"感业寺"已经不再食人间烟火的我，居然还嫁给了他——九九。

一听九九这名字，感觉特别像网络剧里面那种女主角家丫鬟的称呼，典型唇红齿白的古装弱女子形象，脑补一下，你推她一下跟用降龙十八掌推她产生的效果是一样的。

可我们家这个九九，是身高快一米九，留着大络腮胡子的壮汉，帅版张飞，关键还是个棕发棕眼的歪果仁（外国人）。

是的，让父老乡亲失望了，肥水流了外人田，我嫁了个老外，没办法，在我好好学习天天向上想未来报效祖国的时候，错过了适婚年龄，剩女剩到 32 岁那年破了全家族最高龄初婚的纪录才把自己给嫁出去，英雄婆婆说，有人娶了我，她给人家全家都烧高香。

我们家这个洋姑爷，外表是个正儿八经的洋芋，内心却是个土豆，什么打麻将、吃火锅、洗脚按摩、去公园喝茶、摆龙门阵、听川剧，跟个老成都人一样，他有时候那些接地气的举动，让我那些当年提反对意见的七大姑八大姨都佩服得五体投地。

洋姑爷"产自"全世界最罗曼蒂克的国度——法国，出生于世界葡萄酒之都——波尔多。

他还算对得起他出生的那片土地，因为祖上就是种葡萄起家的，到他这儿已经是第六代传人了，历经了 100 多年的发展，都古鳄家族从当年在法国西南部的波尔多一座只有 5 公顷的葡萄酒庄园发展到今天拥有了 14 家酒庄 550 公顷土地的家族产业。

九九最怕人家说他是啥土豪，他不喜欢这种称谓，你说他豪，他要跟你急，因为在法国，历来的观念不是看你在这个社会上拥有什么，而是你给这个社会带来了什么。他们更会把一个人的品格及学识作为衡量他在社会上的价值标准，所以波尔多很多功成名就的大地主大酒商，甚至可能还没有一个中国白领开的车好。

九九喜欢别人把他看作跟大家一样的普通人，他说他就是法国农民，他更喜欢穿一双雨靴跑到田里和工人们一起剪枝和收割，但是没办法，家里这么多工人要吃饭，九九也就被架在继承人的位置上下不来了。

毕竟老爸管理这些葡萄的生产和种植，老妈管财务，他老哥是坐个飞机都恐高全身发抖手心出汗的人，根本没有办法让公司更国际化地壮大，所以销售和管理公司的任务就落在了他的身上，别说在中国看不到九九家的酒，也有代理商在中国代理的，而且如果要超过一个集装箱的量，还可以来法国直接订货。

九九被他老爸送去美国、意大利、新西兰学习全世界最先进的葡萄酒酒庄生产和管理知识，在国外待了 6 年后，最终在 28 岁那年回法国继承了家业。

被他老爸逼着回国那年，他跟他爸谈条件，想去负责葡萄园种植这一块，可惜回来了之后，老爸立马对他加官晋爵各种授权，起初还让他下下田，后来基本把办公室的活儿也打包给他了，到最后他基本就天天只待在办公室了。

他老哥一身庄稼人的打扮，开着坦克那么大的兰博基尼拖拉机在办公室门口打电话给九九让他从办公室的玻璃窗探个头出来：

"弟啊，你看最近天气多好！我都晒黑了，我去年研发的新苗木品种，长势很好啊！"

九九咬牙切齿的，特想去田里晃荡晃荡，可惜秘书拿着一份又一份的文件来签，是啊，年产量 300 万瓶葡萄酒的家族集团，没个掌门人在那里撑着，下面的人怎么吃饭啊。

权力越大，责任越大。

别看今天马爸爸在中国 everywhere，但是他的责任也就变成了 everywhere。

所以九九每次来成都看他中国爸爸妈妈的时候，那就跟我回娘家度假一样开心，这次来上海做活动，九九更是开心得不得了！

几周前他还没到中国的时候就已经开始激动地给我发微信了：

"宝贝儿，我的天啊，我看到你和大 B 现场的照片了，你们每场都这么多人！一场的人数比我们一个镇的人都还要多！太让我吃惊了！年底邀请大

B 哥到波尔多过圣诞节！"

九九嘴里的大 B 哥，就是现在中国百万级畅销书野生作家大冰，九九对大冰充满了崇拜之情，算算这作家哥哥的书迷数量，应该比法国一个省的人口总数都还要多。

而大冰每次听到九九口齿不清地叫"大 B，大 B"，就想来个野马分鬃揍比他还高一截儿的憨萌妹夫，要不是憨萌妹夫爱莉莉，哥哥也不会容忍这般法式四川普通话的称呼。

九九这家伙，每时每刻都在给我鼓励，他从来不否定我，而且我回到中国，但凡我有什么成就，他永远替我高兴。法国没什么人，搞个活动来 100个人已经是大事儿了，但是在成都的活动，这个土里土气的没见过世面的九九看到图片、视频里那么多人来到《我不》新书发布的现场，他都隔空喊出声来了："你就是我的女神！你就是我的 super star！"

曾经的历任男友，要不让我感觉自己是只金丝雀，要不就是各种嫉妒羡慕恨，要不就是对我一百个怀疑和不放心，而九九这么发自内心让我感受到的被尊重和为我骄傲的真诚，是我很难在一个男生身上寻找到的品质，关键这么努力给我打 call 的男人，至少我身边已不多见了，跟九九在一起之后，反正也没有人敢打 call 了，除了我爸，哈哈哈。

九九说，他是我的头号粉丝，不论工作还是生活。

谈恋爱那阵，我和九九都住在波尔多的市中心，各自都有小窝，各自都要开一个多小时车去上班，毕竟年轻人还是喜欢住在人多的地方，去哪儿干什么都方便，来过欧洲的人都知道，这里养老极好，但是毕竟人少地大，生活节奏还是非常慢的。

订婚后，我算是都古鳄家族半个媳妇儿了，所以爷爷和奶奶让我们去住家里的城堡好熟悉一下，毕竟是要进入家门的人，家族成员之间的关系还是需要细心和慎重地维护的，尤其是这个家族几百年来都没有一个方圆100公里以外的通婚案例。

要知道波尔多这个地方的传统婚姻是与当时的地主阶级之间的联姻，联姻也等于联地，家族的壮大是年轻人为家里带来未来几十年繁荣昌盛的保障，而我是属于啥都没有的人，空降到他家来的，所以我们的结合起初还是让九九家里人挺意外的，但是爷爷奶奶都是非常豁达和通情达理的人，奶奶思想非常开放，爷爷说现在已经不是他们以前那个时代了，不用什么宗族家族的联姻，孩子幸福开心才是最重要的。

住在城堡里，遥想初到法国时我住的小阁楼，比这城堡里的厕所都还要小，奶奶家客厅里巴卡拉的水晶灯都快闪瞎我的双眼了，贫穷限制了我的想象，但是如飞毛鼠的命运又让我偏偏运气很好地有机会看到了爷爷收集的名画和名车，大都是我在中国就已经听说过的法国的名家和欧洲名厂的出品。

住的是古堡，每晚和法国的周公见完面后，第二天清晨起来喝杯咖啡都感受得到生活精致所带来的开心。

这种快感，就跟你喝个二锅头，劲儿是一下来的，可生活，就如同一杯葡萄酒，是需要花时间一点点来品鉴的。

订婚后，我们和爷爷奶奶住在有400多年历史的古堡里，那种天天有人给你做早餐、打扫房间，跟住酒店一样的古堡。

家里的大管家叫Florence，很敬业，帮工的还有两个用人和一个园丁，主要负责80多岁的爷爷奶奶的起居生活。

这4个人都是女的，我的妈呀，可以组个女子乐团TFGIRLS了，关键是第一次见园丁阿姨在花园里惊魂般地用电锯锯树，她脱下防护头盔的时候，我看到她那一头飘逸的长发和那张清秀的脸，突然惊叹于在法国这个工种也太不"歧视"女性了！

我的妈呀，我连电锯都拿不动，还锯啥树啊，别一不小心把自己的腿当树给锯下来上演《电锯惊魂》啊！

住了小4个月，我受不了了。

不是我作，真的是我不习惯，就跟2017年把我爸妈死拖活拽到法国来小住3个月一样。计划赶不上变化，结果两周后，他俩受不了了，要回成都吃火锅打麻将，我还高价买了两张机票含泪送他两个去机场，他们反倒兴高采烈，头天就在微信上邀约好朋友下飞机就去蜀九香了。

是高大上了，你们终于看到我这半根脚指头入了"豪门"的门缝，可以有人使唤了，可以天天有法国大餐吃了，可以回家就跟回酒店一样什么都有人打理得好好的了。可我不可以为九九烫熨衬衫，不可以为他烹饪川菜，不可以把厨房搞得全是香辣味儿，不可以为他泡杯热茶，不可以给他削苹果，不可以给他拿双拖鞋套脚上，甚至不可以洗好衣服后把九九的一件件小内内晒在晾衣杆上，还窃喜他袜子破了个洞，好多乐趣都没有了。

我感觉自己有点残了，越来越不会去表现爱了，怎么感觉我想去爱一个人的权利无声无息地就被剥夺了呢。

这些事情大管家Florence都安排好了，我不是不会做，而是他们都说这些事情我不必做。

住在城堡里，却第一次住得不开心了，反倒没有了我在小阁楼时的自由和轻松，没有了我和室友在一起大声说话和肆无忌惮的大笑了。

再好的美酒，一旦太注重形式而忘记了喝酒是为了分享和开心的时候，也不如一杯热茶来得更暖心，想为九九亲手泡一杯热茶，却成了一种奢侈和一种因为所谓的身份不可以去做一件事情的悲哀。

客户送了我一包号称千年树龄喝了要升仙的普洱茶，我非常激动地拿出来，想亲手给九九泡一杯，可惜 Florence 一把接过去："我来我来，泡茶让我来就好了！"

我心里暗自不爽："你懂怎么弄吗？"我知道，其实 Florence 对我有意无意的举动，都是因为对我这个外来"新娘"的不喜欢，不是我敏感，而是很像电视剧里讲的有钱人家的女儿嫁给一个公司职员，这个职员成了姑爷，姑爷进入了管理层，众员工心里都不待见的一种隐形歧视。

手上的茶叶被拿走，是的，心里有一种空落落的感觉，我转身走进了卧室，一晚上都没有出来过，侧躺在床上看手机，眼泪都流到耳朵里了。

九九好像察觉出来什么了，因为在他叫我去吃晚饭的时候，我说我不饿，钻在被子里连头都不愿意伸出来。

九九给我端来一碗培根南瓜汤，香浓满屋，可惜我胃口已经全无，只轻轻叹了叹气。

某一个周末，九九开车带我去家里的城堡和别墅还有家里其他几个区的酿造厂参观，正式以九九未婚妻的身份跟大家见面，工人们都很开心，见到我们都表示祝贺。

都古鳄家族在波尔多的 10 多个酒庄，坐落在波尔多大区的 7 个小产酒区里，九九开了一整天的车，最后在一座废弃的乡间别墅门口停下了。

太阳快下山了，一缕阳光洒在他毛茸茸的脸上："你什么都没有说，但是我已经知道你住在城堡里很不开心了。那天你想给我泡杯茶，Florence

说让你休息，她来就好，你一声不吭地回到了房间，我就看出来了。"

"你是不是很讨厌我不懂事？"

"没有没有，我们还年轻，以后年纪大了再回城堡住也可以啊，有人照顾我们就像 Florence 这样也挺好的啊，我和我哥哥都是她带大的！她相对严肃一点，但是人还是很好的，以后相处久了你就知道了，我妈和她性格都差不多，有时候确实挺……"

他看着我嘴角露出了好几天都不见的灿烂笑容。

九九是懂我的。

家人都以为我俩疯了，我们没有疯，只是想过一种普通人的生活。

要知道我身边当年的同学都觉得我过着"不是人"的生活，镜头前闪光灯前的我太让人有距离感了，那种嫉妒羡慕恨的感觉，别人是会有的，因为我曾经很平凡，走到了今天，所以和我一同起步的人都会觉得我咸鱼翻生了。

我自己也不习惯，我不是贵族，干吗要我天天过仪式感那么重的生活，天天工作的时候小心自己的一言一行，每根神经都绷得很紧。那时，我代表的不是我自己，是全球知名拍卖行佳士得公司的形象，我需要有所谓高大上的仪式感，带领大家进入一个梦幻的社交圈。

但是我也是凡人好不好，我也想工作之余有我自己的私生活，也想体会只穿一件吊带睡衣在家自由奔走的舒适。

在工作的时候我是名媛，是冠军，是形象大使，但是回到家中我一声声在内心呐喊，我也是有放屁拉屎挖鼻孔这些需要的普通人啊。

所以我很理解很多我身边的艺人一直都在讲需要自己的私人空间，可惜，有时候大家对所谓的社会压力也挺无能为力的。

我想要的是一种现在年轻人自理自立的生活方式，如果是接待客户和记者，当然可以高大上地去家里最豪华的酒庄城堡，各种豪车接送，但是如果是自己生活，我想要的就是一种朴实和真实，装啥×啊。

私下我就是抠脚大汉，又咋了！

不好意思，在你们眼中，我确实不会享受，我是石人小区磨底河畔筒子楼长大的，小时候家旁边还有着一条臭水沟的成都女孩儿，但是我知道什么是上得厅堂下得厨房，更分得清什么是工作什么是生活。

享受不享受不是只用物质来权衡的，关键是心灵的健康，曾经的我也有段"炫富"的插曲，但是身边的人，关键是比我还厉害和有钱的人，却都更低调，没看我古董界的男神马未都、金融界的男神马云都是穿布鞋吗？

我想回归我这个年纪的人应该有的一种生活状态，崔荐哥哥说人要活成做减法的样子。

我和九九自己动手设计图纸，自己搞装修，自己找帮手来帮我们装修房子，内饰全都是我和九九一起做的，连从奶奶家搬来的不用的古董家具都是我们两双手一起来翻新的。

因为要翻新，所以每个部件都要拆下来清洗和刷一些漆，我在擦一个零部件的时候，一根木签子扎到了手指，血一下流出来了，我自己笨怪不了别人，都不敢声张，怕九九嫌我不小心，可惜血渗到了木楔子上。

九九在旁边检查和组装这些零部件，认真做事的男人，特别迷人。

过了几分钟，九九冲到了楼上的卫生间，把药盒提下来了："唉，扎在你手，痛在我心。"边说边给我消毒和缠上胶带。

我看着他傻笑："谢谢你！"

"谢什么谢，没保护好你。"

九哥，我自己要弄的好不好，别搞得那么煽情好不好，我自己都觉得肉麻得不行不行的了！

小家外面的园林设计，都是去西塘的时候，找大冰哥的朋友"嫂子"给我友情赞助画的图纸，之后也是我们自己一手一脚地把它给弄好的，本来想弄个西塘古建筑风格，我的妈妈咪呀，在法国搞这件事情，绝对是有这材料却没懂组装这些东西的人。

我们刷墙的时候，九九的爸爸前来观看，一个不小心，从楼梯上摔下来，把左手摔骨折了。我还以为未来公公会翻脸比翻书快，生怕是马蜂窝上捅了个洞，吓得我惊魂不定！

谁知公公不但没怪我，还挂着打着石膏的手游走在家里各个葡萄园看到工人就说："我看到我儿子长大了，会自己动手做很多东西，我未来媳妇儿也是一个很持家的中国姑娘！我这手摔了也值了！"

话经其他工人传到了我们耳朵里，晚上入睡时，九九喃喃自语："终于让爸爸看到我长大了，我也会像个男人一样照顾自己和自己的家庭了，谢谢你莉莉！"

紧接着就是呼噜声响起，这天晚上，我在九九的怀里睡得很香甜，时不时有胸毛也在我鼻孔附近游走，但是梦里是我抱着一只龙猫在它怀里静静躲雨的场景。

"公公断手记"之后，我俩越干越勇，我还准备亲自动手砸墙，可那大铁锤抢都抢不动，嘴炮了一下最后还是九九来砸的。砸完墙，他都变成建筑工地的苦力了，但是在装修房屋的时候，我第一次感受到了我在把整个身心都投入到我的"家"中，对，我在法国第一个真正意义上的家。

不用再漂泊，不用再冬凉夏暖，不再担心家里最后那盏亮的灯是谁来熄灭再拥我入怀伴我入梦乡，不用再担心一个人怎么度过孤单寂寞冷的圣诞夜。

（四）

我俩这爱情甜甜蜜蜜，有没有过让两人感情亮红灯的时候呢？

当然有，连柏拉图耍朋友谈恋爱都有过磕磕碰碰，别说我们一般人了，更别说还有跨越半个地球的文化鸿沟了。

一般人都会觉得老外抠门儿，说真心话，我见过各种头衔各种身份的老外，没有不抠门儿的。

但是这种抠门儿在西方人的世界中，那叫独立与互不相欠，吵完架算完账以后，要是还有共同发财的机会，大家还是可以坐下来抱团取暖。

而我们中国是一个人情社会，请来请去没个头，所以后来真因为钱的事情闹翻的，往往都会这辈子互不往来，然后朝死里撕 ×。

分得清账，略显抠门儿的老外，跟他们打交道有时候还简单一些。

这里我说得轻巧，可和九九认识后，他财务独立的观念我真是花了好几年的时间才适应的。

记得有一次，我成都的两个姐妹买了机票来波尔多找我玩儿，旅途奔波，晚上从机场接到她们直接去波尔多很有名的 La Tupina 餐馆吃饭，这是波尔多市长请客吃饭的指定场所。

这是九九第一次接触到我儿时的朋友，他很开心，大家又吃又喝聊得非常投机，讲了好多我当时在成都搞笑的事情，我们的笑声大到连坐在包间里都被服务员两次告知要小声点，我们太嗨了！！

很开心，九九和她们打成一片，一副你好我好他也好般的其乐融融映衬着这种和谐！

时间都快12点，餐馆也要打烊了，我见九九起身拿钱包去买单了，心里暗自夸九九很懂事，今天很给我面子，男朋友又帅又有趣也很绅士地请女士们吃饭了。

他买完单回来后，我们准备去停车场取车送我两个姐妹到酒店休息。

我和九九第一次文化差异的鸿沟，如原子弹般爆发了。

然而也是这件事儿，让我后来彻底地端正了我这辈子想着依赖谁的错误思想。

我们兴高采烈地刚要出门，结果被餐馆服务员拦住了：

"先生，女士，你们的单还没有买。"

没有买单？九九不是拿着钱包专门去了一趟吗？拉屎不可能不带手机只带钱包去了好一会儿才回来吧，是不是搞错啦？

我说："奇怪了，我男朋友不是刚来买过单了吗？你们是不是搞错啦？"

服务员看了下付账单，说了句害得我那口老血差点直接从鼻子里喷出来的话："这位先生是买了单，只买了两位，还有两位没有买啊！"

我的妈呀，幸好讲的是法语，不然我这小脸儿可罩不住啦，我赶紧问九九："你只买了两位？"

"我又不认识她们，为什么要给她们买单？"

我去！我这口老血要真喷出来，能把服务员的任督二脉给打通了。

"你赶紧去买她们俩的单，你怎么这么小气，小气鬼，抠门儿！"

"你没有说今天晚上我要请她们吃饭啊，我还怕她们请我们吃饭，所以把我们俩的先付了，免得她们尴尬啊！"

九九一副好心被当成驴肝肺的委屈劲儿。

"你不可以这样说我，你如果要我请客，你可以提前跟我讲，我同意了是没有问题的。但是你不但没有提前告诉我，现在还强迫我买单，我是不能接受的。"

"你赶紧去买单好不好，不然我俩就拜拜！"

另外一边的姐妹听我俩叽里呱啦地讲着法语，但是好像语气语调上有点火药味儿，就问："怎么了莉莉？是不是有什么问题？"

我死撑面子，深吸一口气笑道："哈哈哈！法国人太实在了，刚才九九买单多给了200多欧元的钱，这边退他的钱，他说不要，我说多给了那么多肯定要退回来，小费不是这么给的。"

我递了一个眼色给九九，他灰溜溜地跑去买单了。

之后我姐妹在波尔多的一周我都陪她们，我没有接过九九一个电话，没有回过他一条信息。

一周后，看看这200条短信，100来个未接来电，我还跟我波尔多的大姐Linda讨论了这件事情。

本以为处处都为我着想的Linda姐，居然让我脑洞大开地改了三观。

"莉莉，我觉得吧，这个不是抠门儿不抠门儿的事情，你这样说九九，确实有点过了。"

"他也太小气了吧，刚确立关系没多久就这么抠门儿，以后还不知道是不是一个葛朗台呢！"

"这事儿，姐要给你分析分析。首先，九九肯定是有这钱买单的是吧？"

"他是有，他有花不完的钱啊，请个客多简单的事情，就是抠门儿！"

"那好。我们就算他抠门儿，那你有没有跟九九说你的两个姐妹要他请客吃饭呢？"

"这还用说吗？他自己不会察言观色吗？"

"那这就是你的不对了，老外一根筋你不是第一天知道。你没有告知他，并且没有在买单这件事情上与他交流和沟通，你这样就是不尊重他，你就是……"

Linda 姐话没有说完，我急得赶紧插了个嘴："他是我男朋友，我的姐妹从成都那么大老远地来看我，请人家吃顿饭有那么难吗？"

"莉莉，你不能这样想，九九凭什么要为你的面子而支付他的薪水？你们还算是刚交往，刚确定恋爱关系，你这样'强制消费'，跟酒吧那些酒托饭托有什么区别？你别把你那套在中国的东西用在这里，在这里是行不通的，你如果要融入这个社会，必须知道入乡随俗这个成语的意思，如果你们有幸能组织家庭，那更是要融入他的文化，不然你们是没有未来的。你要端正你的思想，难道你跟他在一起就只是为了让他当个长期饭票吗？"

"当然不是！我很喜欢九九，他也特别为我着想，特别爱我！我也不是给不起饭钱，我就是要那个面子！"

"你呀，别被国内那套面子观念给害死了，老外是非常务实的，至少说明九九不是一个大手大脚乱花钱讨女生开心的纨绔子弟。你自己付钱又怎样呢？姐姐在法国待了 16 年，寻得一个真理，那就是靠自己才是真理，没有了对另一个人财物的贪婪，活得才有自信！赶紧给九九回电话吧，那小子这几天肯定难受死了！"

我叹了口气："听你这么一说觉得还真有点道理欸！"

"你赶紧啦！还能连续一周给你发消息打电话的男生，这个世界已经不多了，现在的男孩子对待爱情早就没了坚持，不接电话就算了，打两次也就不打了，发了消息不回就算了，再去追其他的女孩子，九九这样的男孩儿，至少说明人家是真心想挽回，你赶紧给个回应吧！"

后来我也想通了，人这一辈子不可能一天到晚想着找个长期饭票和依赖任何人，自己挣了钱腰杆子硬了，那才是真的自我保障。

结了婚还能离婚呢，所以一个女人的财务独立和财务自由才真的能让自己和对方清醒。两个人相爱，不是因为一个器官对另一个器官的反应，而是一个灵魂对另一个灵魂的态度。

当晚，我去了九九家，按了他家门铃，他一把把我拥入怀里："对不起莉莉，我深刻检讨了，我不应该这么抠门儿，你是我的女朋友，我的就是你的，你的还是你的，我以后都会买单的，我不想失去你！"

我哇哇哭得跟鬼一样："我不应该不尊重你，不提前跟你讲，我也不该强制你为我的朋友买单，我非常抱歉，我真的很想你！"

很奇怪，打那以后，但凡和我朋友一起吃饭，九九必买单。

如果你问我爱情保鲜的秘诀是什么，我会告诉你是良好的沟通。

就像酿造一瓶好酒，葡萄园种植师告知酿酒师今年的葡萄的状态，葡萄的品种，今年什么样的风土状态，酿酒师就会根据葡萄的特性来酿造和调制出好的葡萄酒；而酿酒师也会和葡萄园种植师沟通来年种植的葡萄，对葡萄地、葡萄叶及葡萄果实的打理还需要注意其他的一些什么问题。

九九很尊重我，也很爱我，所以在这点上，他做了很大的让步，甚至他也在努力控制体重。

　　九九是个肉菩萨，过多的应酬，导致肚子一天比一天大。他最讨厌做运动，但是我是个运动狂，我天天都叫他胖子，他听多了，也开始怀疑自己是不是真的胖了。他开始练习跑步，一天比一天瘦，因为最胖的时候他都快要到 180 斤了，所以当他拿到第一个马拉松的奖牌的时候，我都不敢相信，虽然有 1 万人参加的马拉松，他跑第 7689 名，但是为此付出的汗水和时间，都是他一个脚印一个脚印踏出来的。虽然这个名次是属于好落后的那种，但是他坚持跑完了，我特为他高兴。

　　那天他跑完马拉松，满身臭汗地来抱我："奖励奖励，亲一个亲一个！九九不胖九九不胖！"

　　每次在波尔多的葡萄园乡村小路上陪九九练马拉松，九九都会跟在我自行车后面跑，真够累的，上坡下田的，我要骑不动了，总会发号施令："九九，九九，推我，推我！"

　　他就会一边跑，一边推着我的背："不怕不怕，九九推莉莉！"

　　我骑车最喜欢去的地方，是离我家不远，法国政府把以前废弃的铁路线改造成的满是植被覆盖的森林自行车道。在这里骑行，来往的过路人都会友善地点头问好，有时候我还在没人的隧道里来个咏叹调，声音回荡在隧道里，歌声特优美！

　　这么好的地方，当然也有危险。

　　记得有次陪九九在这里练马拉松，我突然看到有 4 头小野猪 baby 在离我不远的地方乱窜，好开心第一次这么近距离地看到小野猪，好想去摸一下！

　　"九九九九，你看你看，有 4 头小野猪 baby，我们去抱抱小野猪吧！"

　　我正要骑自行车加速靠近小猪崽子，九九一个飞毛腿差点把我从自行车上踹下来，他看了一眼周围，抱起我就开跑！！

　　我蒙了，大哥，您这是干什么呢？有病吧！把我当练习加重的沙包啦？

　　九九喘着大气，身上还全都是湿答答的汗水，边跑边号还特正经：

　　"亲爱的，以后要看到这种情况，赶紧跑！！你看到小野猪就意味着大野猪也在不远的地方，刚才我们应该闯到他们的老窝了，你要去接近小野猪，大野猪肯定会暴怒的！那时我们就危险了！"

　　天啊！还有这种事情！我在森林里采蘑菇咋都没遇到过这种大场面！

　　是啊，九九没有落下我自己一个人跑开，我爸听了这事儿后都特别感动："我要遇到这事儿，多半你妈也会一把抱起我开跑的。"

　　细想一下，我觉得这话不对："咋不是你一把把我妈抱起来开跑呢？"

　　"你妈比我还重，我哪儿抱得动，耽误时间，还是她抱我跑得快！你没看你妈单手提煤气罐儿上楼那道力道，我都怀疑你妈结婚以前是不是练过举重，你妈只说她年轻的时候，可能搬蜂窝煤搬得有点多。"

　　别人都说，一般都是女人做好饭等男人晚上回家吃饭或给老公留门，我们家恰恰相反。

　　在法国正常工作都是朝九晚五的状态，但是我的工作特殊，而且关键是中国客人来到波尔多人生地不熟的，从早饭开始一直要照顾到吃完晚饭还要送他们回酒店，一天的活儿才算结束。

　　所以我经常到家都要晚上 11 点多了，有时候甚至还会到半夜一两点钟，但是家里的灯总是亮着，我一回家就会看到他在沙发上躺着看电影等我，有时候实在回来太晚，他也都会留条："我先睡了，饿了冰箱里有吃的，你明天多睡会儿，早上我会给你鲜榨一杯橙汁。"

好男人都是别人的，我很幸运，我也有一个，终于轮到一回好东西也是自己的了。

九九喜欢我的事业成功，关键还不嫉妒我的成就，但有时候我也会被客人搞得眼泪直掉，有苦说不出，九九都会跑来安抚我，是我经历事业暴风雨后的避风港。

说实话，再强的女人都有脆弱的一面，这个时候，温暖的怀抱和一个深深的吻可以安抚一切的悲伤忧愁，哪怕是艘航空母舰也有在港湾停泊的时候。

出去闯，闯久了，也就习惯了，苦也会变成磨炼。

所以有人宠，在这个世上是多么幸福的一件事儿。

我喜欢跟他耍赖，一起划船，到最后只有他一个人在使劲儿；他跑步我骑车，到最后都会变成他骑车我在后座唱歌吹海风；跟他下棋我老悔棋，但是他下过的，就不能悔棋；我吃鸡蛋只吃蛋白不吃蛋黄，所以他都会吃我剩下的，这些他对我的谦让都是满满的爱。

追我的男人真不少，但是能安心过日子的男人，我还真就只遇到了这一个。

都说我是光芒万丈的女神，曾经一身乡土气的灰姑娘却被别人嫌弃。

九九对我的爱，延展到了整个家族，他邀请我成为家庭成员，话说一个男人如果真的爱你，就会带你回家见他的家人。

第一次进入一个法国的大家族，压力可想而知，要是没有他的鼓励，我也不可能像今天一样成就一番事业，而和九九这么多的接触也让他改变了跟中国人做生意的一些看法。

九九不喜欢和中国人做生意，缘由是认识我之前，一个他认识多年的客户突然从曾经的每年买 10 个托盘 6000 瓶酒到一下要订 8 个集装箱接近 10 万瓶酒。他一边备好货一边和客户沟通海关运输等问题。可是突然他的客户玩儿消失，不接电话不回邮件，酒备好了，却早已没有了客户的踪影。

当年终究太年轻，刚接手家族生意，那次之后，他对中国人谨慎了很多，尤其对他这个客户失望透顶。

他说他这辈子最后悔的就是接了他中国客户的那一单，搞得他刚来公司就自己打自己脸，最幸福的就是娶了我这个中国媳妇儿。

中国市场占有率从当年只有 0.5% 到现在的 25%，我也在默默地为家族奉献我小小的力量，希望以后在全中国都可以喝到都古鳄家族的葡萄酒。

九九老说，如果不是我，他在中国也不可能这么快就被这么多的人认可，他觉得我是在爱情和事业上都给了他支持和爱的女人，尽管他这么爱我，我们感情这么好，有一天，终于还是有第一块绊路石出现了。

这是我逾越不过的门槛，中法的文化差异不是中法建交 50 年就可以解决的。

有人约我，要谈判，放心，不是小三约大奶的谈判，比这个难对付多了。

我知道这个找我谈判的人多么有实力，我知道她曾经是波尔多一个拥有 3 个酒庄的城堡主的大女儿，Saint-Brice（圣布莱斯）市的副市长，也在打理自己的家族生意和扶持她老公家族的事情，加上她老公家的酒庄的财务大权，快 20 个酒庄的资产管理权，都在她一个人手里。

2014 年 11 月 21 日周五下午 3 点 05 分 16 秒，法国波尔多，大剧院广场街 2 号，洲际酒店一楼的和平咖啡馆，入门处右手边第一张桌子，有一个打扮精致的 50 多岁的女人，和我怒目相对。

当她把我约到波尔多市中心豪华的大酒店咖啡馆时，我真的不知道该怎么称呼她。因为在我们中国，我应该叫阿姨。在这里我真想叫她一声阿姨，但我想了半天，还是决定叫她 Mme Ducourt，都古鳄夫人。

她喝了一口咖啡，不慌不忙地说了句：

"莉莉，好久不见，请坐！"

见她之前我就知道她已经开始在波尔多疯狂地买房了，因为我本身也是做地产的，我的同事某日跟我说，你男朋友家最近怎么买了那么多房子，整个波尔多都知道了，很多行业的同僚还让我推荐想跟你认识一下，看你们有没有买其他房产商代理的房产的需要，照顾一下熟人的业务哈！

要知道在法国的法律，婚前买的房子，就算离婚以后，都算是婚前财产，这婆婆可是费尽心思啊，敢情这婚还没结，就惦记着离婚啦！

而现在，我面前摆放的是一份婚前财产公证书，对，一份结婚前结婚后家产都跟我没关系的财产公证书，是的，说得直白点就是一旦分手离婚，我半毛钱都别想从这里拿走。都说老外分得清，是啊，分得可真清。

咖啡已经被她早早地点好放桌子上了，我端起杯子，还有咖啡的香浓涌上鼻头，我喝了一口有点凉的咖啡，很奇怪今天咖啡的味道特别苦，我看了她一眼，冷笑了一声。

源于九九向我求婚的视频《第六次说我爱你》在中国很受欢迎，消息从中国传回了法国，2014 年 11 月 10 日，法国《西南报》一篇名为 *VINET INTERNET：l'histoire d'amour franco-chinoise vue des millions de fois*（葡萄酒与互联网：被数以百万计观看的法国与中国的爱情故事）的报道出来10 天后，未来婆婆约我出来谈判。

她把一份婚前财产公证书和这份报纸拍在我面前，那一分那一秒我们俩都没有想到，短短的一年之后，我们俩居然会成为闺密。而在当时，她是我的仇人，原来在中国令人苦恼的婆媳关系在这里也是一样的。

我们短暂地交谈了一下，我离开前把报纸从桌子上拿到手里，指着记者的名字："您可以自己打电话给这位叫 Bruno Béziat 的记者，我根本就不认识他，他也没有经过我的任何授权写这篇文章，所以当这篇文章出来的时候我也非常震惊。我根本没想到这篇文章会让您觉得我在借势炒作。婚前财产分割协议是吧，我签！"我完全是气昏头了，本来以为是跟未来婆婆友好的一次会面，没想到全程她说的话都没有超过 5 句，我自己就"义勇"地把该签的都签了，总共没有超过 15 分钟，内容我连看都没有看。

走的时候，我说了两句话："我要嫁的是您的儿子，不是钱和家族，要真是为了钱，我买卖酒庄遇到的亿万富翁里难道没有追求者？再说，以我现在的工作收入，您觉得我缺钱吗？"

从酒店出来的时候，我感觉心里的大石头终于落下来了，每个家族都有保护他们自己人的规则，只是此时，我还是一个名副其实的外人。

九九是从他妈妈口中得知我已经签署了这份协议，我对这次见面，只字未提，九九很奇怪，只沉重地说了四个字："我知道了。"

（五）

2014 年 12 月 24 日下午 6 点，塔贡教堂，平安夜弥撒。

继佳士得酒庄部协助中国开元集团陈灿荣董事长收购完波尔多碧萝酒庄之后，就是年末的各种节日了，我可真没闲着，年末交易结束，还有很多收尾工作要做，当然节也要过，这可是每年和九九家里人最亲近的见面的时段。

要知道和中国夏季有着6个小时时差，冬季有7个小时时差的法国，冬天晚上6点，天已经很黑了。

我跟着九九去塔贡教堂，他大手拉小手把我拉到他妈妈跟前。

这是距那次"眼神杀"一个月后第一次见面，气氛未免有点尴尬，一个小时的弥撒，我感觉我就像一根石柱子在他老妈旁边戳了一万年。

在弥撒做完之后，都会和左右前后的人握手、亲吻脸颊和拥抱，法语这个叫 la paix du Christ。

好尴尬，居然还要和他老妈握手、亲吻脸颊和拥抱，我不是个戏精，有点不知道该以哪种方式来开始或是结束我们之间没有硝烟的战争。

我也感觉得到，九九妈妈应该也挺尴尬的，但毕竟姜还是老的辣，她抱了我，还亲吻了我的脸颊。我也是见过世面的，同样回应着，脸贴着脸，但是感觉心的距离怎么这么远。

我回过头看看九九，九九很开心，弥撒结束后，他带着我去他奶奶的家玫瑰森林堡和家人一起吃平安夜晚餐。

路上，他让我把他的背包打开，拿出一摞《康熙字典》那么厚的东西："你晚上看看，看完签字。"

又让我签什么？你妈还没让我签够啊？！补充条款还有这么多，什么意思！我的心紧了一下，终于体会到心肌梗死是啥滋味儿了。

我一脸平淡，暂时不看，想着今天先把节好好过了，反正已经签过了，无非就是结婚之前和结婚之后啥都没我的份儿，我也不需要，over！

但是我整个人，状态一下就不好了，毕竟九九老妈这样做，我已经很寒心了，没想到他还要补一刀。

我内心的活动是：对正在开车的这个男人也开始有一点寒心了！

和九九在一起这么久，我觉得他是那种一心一意为我，可以让我托付终身的男人，可是这一大摞的文件，让外表欢悦内心胆怯的我鼻头都酸了一下。这可是在他向我求婚后，我第一次突然有分手的想法——

我可以自己养活自己，可你老妈让我签过一次了，你还要补一刀让我再分清楚、分干净点，这哪里是要结婚啊，我觉得我完全就是你未来一个免费生孩子的机器，那就是搭伙儿过日子。

我越想越气，越想越头痛。

我们到了奶奶家，全家人看到我来了，很是开心，九九的三姑六婆七舅表姨父等都来了，逮着我就是一顿猛亲，但是不知道为什么我感觉他们都离我好远，我的心理开始作怪。

饭快吃完了，我偷偷溜出去想吸一口新鲜空气，大家其乐融融的，九九这天晚上的表现却特别奇怪，一副"我欠他钱他还甘愿让我赊账"的样子，很怪！

之后回到家，他把我搂在怀里。这个平安夜过得我心里空落落的，说不出什么滋味，就是有一种老外果然 AA，结个婚养个孩子以后都要 AA 的感觉，但是我也终于知道这个怪戈哥（哥哥）为什么这么反常了。

"我妈最近给我买了 20 多套波尔多市区的房子……但是不怕的，我找公证人做了这个文件，有了这个文件，以后我死了，我俩婚前婚后的财产都是你的！"

他吻了一下我的额头。

"我的全是你的，你的还是你的，不要告诉我妈！"

我脑子嗡的一下，终于压抑不住了："你这样搞，别人知道了会觉得我在逼你！我什么都没有要求过，我只不过想要和你开开心心地在一起，所以你求婚我答应了。我现在自己挣的钱花到我老死都没有问题，你这样搞，难道没有想过会让我压力很大吗？"

我顿时鼻子酸到都快掉下来了："我签过你妈妈给我准备的那份了，我以为今天你还要我签署一个补充协议，我非常地感动也非常地难受。我感动是因为我没想到你还能考虑我的感受，我难受是因为我真的爱你，我怕你家人知道之后以为是我在背后说你妈妈坏话，我害怕失去你，害怕我们的婚姻不能被你的家人祝福！好了，我明白了，你其实不是真的在乎我！你不爱我！"

说实话，我当时语无伦次，说话都自相矛盾，那种担惊受怕、受宠若惊、患得患失的情绪让我真的是又感动又害怕，自己都不知道自己想表达什么了。

九九把情绪失控、哇哇大哭的我紧紧地抱在怀里：

"我会跟所有不理解莉莉的人去解释，这个文件不关莉莉的事儿，是我自愿的！我妈妈的举动差点就让我无语了，其实我比谁都怕失去你，因为我真的很想留住你！"

我和九九两人，泣不成声。

第二天是圣诞节，要去九九的妈妈家吃午饭。

法国传统节日里面，圣诞节是最盛大的，毕竟法国也是天主教大国，尤其是有奶奶辈儿的人，过圣诞节家人必须在一起。

上午 11 点，我们准时到了九九妈妈家，一打开门，家里有 50 来个亲戚已经早到了。大家相互行贴面礼，当然，家里的大胡子叔叔们偏多，亲完之后，姑娘们的脸上都是扎印。九九的妈妈和家里几个年长的阿姨开始端来 Dom Pérignon（唐培里侬）的香槟，大家人手一杯，开始闲聊，家长里短，哇啦哇啦。

在中国过春节七大姑八大姨会问你收入多少，多久带男朋友回家，有没有女朋友，多久要小孩儿，奶粉用什么牌子，最近有没有跳槽的计划，法国同样有各种类似的问题，但是在这里问收入是非常不礼貌的事情，所以大家就开始聊关于整年做了什么项目，明年有什么新的项目，房子的装修做得怎么样了，最近要去哪几个国家旅行，坐飞机还是开房车去，等等。

看来全世界人民都对好生活充满了"希望"。

到了 12 点，钟声响起，是拆礼物的时候了，作为第一次来他家过圣诞节的"上门媳妇儿"，我只给九九的爷爷奶奶、爸爸妈妈还有九九买了礼物，所以当我看到我的 50 来份礼物的时候，我真的觉得我的礼物好拿不出手，虽然只是心意，但是没想到大家都挺在意我的。

圣诞树下，礼物堆得像快递小哥摆在电线杆子下面待整理的快递，我的天啊，有柔软的 UGG 羊驼毛拖鞋、La Perla（拉佩拉）丝绸睡衣套装、Jo Malone（祖·玛珑）香熏蜡烛、La Mer（海蓝之谜）面霜、Baccarat（巴卡拉）水晶杯、Hermès（爱马仕）手链……一个木头盒子里面居然有一把很大的钥匙，这把钥匙是奶奶准备的。

"莉莉，这把就是我们圣爱美浓黑骑士城堡的钥匙，你以后可以随时到那里去住，你的朋友们来也可以到那边去住，那里平时是奶奶爷爷和挚友们的一个私人聚集地，以后你也是家族的成员了，可以随时去那边的。"

我蒙了，意思是里面全是大爷大妈？难道要我和他们一起跳广场舞或是练太极啥的强身健体？

九九凑过来："我嫂子都是在有了第一个孩子的时候，奶奶才给的钥匙。"

爷爷也被 Florence 用推车推过来拉着我的小手："经常回来看我们，别逢年过节才来，平时哪怕路过，都可以来和爷爷奶奶一起喝杯咖啡。我时日不多了，希望能看到我的混血曾孙，不知道有多可爱！"

全家人都乐呵呵的，特别开心我加入这个家庭来，一个歌手，一个做地产交易有身份有爱好的姑娘进入这个家庭，他们也是很有面子的，我的余光瞟到了九九的妈妈。

九九的妈妈脸上没有任何表情，好像我嫁入都古鳄家族跟她没关系似的，但是我们晚餐过后，在和九九的妈妈告别时，她终于说了一句话：

"希望你能理解。"

我还没有搞懂理解啥，九九已经牵着我的手准备回家了。

理解，我当然理解，每个母亲都想保护好自己的孩子。

第一个正式的求婚后的圣诞节，我心里的石头终于落了下来，既然我选择了，我就应该继续自己的事业，让自己活得更好更精彩，哪怕是一个人，也要骄傲地活出个人样，不依靠别人。

其实我的原生家庭，和我现在的法国爸爸妈妈的家庭是完全不一样的。

法国爸爸妈妈是大地主阶级，中国爸爸妈妈是无产阶级。

我没有狗腿地去抱法国爸爸妈妈的大腿，反而是自己不停地在把自己的腿变粗变大，等某一日别人可以来抱我大腿的时候，就说明我成功了。

当我在波尔多越来越多地受到当地及欧洲媒体报道时，其实周围的人也会去我法国公公婆婆那里吹吹耳边风，自己强大了，别人才会更加重视。

出国，不是每一个人最好的选择，但是我
在国外所经历的点点滴滴是我人生中最好
的收获。

法国产松露，我手里新鲜的松露就是旁
边的小黄找出来的。

她从来都是一个不喜欢用语言来表达的人，但每每看见她那双充满爱的眼睛，我知道我妈有我，那就是全世界最幸福的事儿。

每当我一个人想放弃的时候，都会感恩自己还能活在这个世界上。

我告诉自己，人一辈子，时间过得很快，要珍惜每一天，因为你不知道下一秒会有什么在等着你。

Henry Ducourt 亨瑞·都古鳄爷爷。爷爷在自
己的玫瑰森林堡里面，来自全世界不同品种的
玫瑰花有 1000 来种。爷爷说，玫瑰花，是送
给爱人最浪漫的礼物。

未来你事业的成功都是由你曾经做过的每一项工作所串联而来的，就算你在值得付出的事情上暂时看不到希望和结果，等到你成功的那一天，你也一定会感谢你现在的坚持。

活着感受这个世界，是上天给的最大的恩赐；

活得有意义，是自己给自己的最大的恩赐。

自己决定要做的事情，含泪都要做完；自己想要
得到的回报，含泪都要坚持付出。

DUCOURT 都古鳄家族族标

Pour vivre heureux, vivons cachés.

（快乐生活，低调生活。）

第一个正式的求婚后的圣诞节，我心里的石头终于落了下来，既然我选择了，我就应该继续自己的事业，让自己活得更好更精彩，哪怕是一个人，也要骄傲地活出个人样，不依靠别人。

只是为了等到他，我好像把之前所有的坏运气
都用完了才留给了最后的他。

DUCOURT 都古鳄家族族标

法国人和中国人在爱情上面的思想差异真的是鸿沟，
比如红酒一大杯一大杯慢慢品，白酒一小杯一小杯干。

事情有真善美，朴实的情感流露在生活中的点点滴滴，也许就是那么一份小小的善，造就了后来的恩。

每个姑娘，都是一瓶有着独特年份和独特香味儿的
红酒，我愿做你们的醒酒器，让你们释放出更好的
芳香。

BLANC LIME 白丽美

我们在国外的孩子，都有一个特点，就是再娇贵的孩儿，在国外待上几年，个个都没以前那么娇生惯养了，而且从来都报喜不报忧，再苦再累都把牙打碎了往肚子里咽。

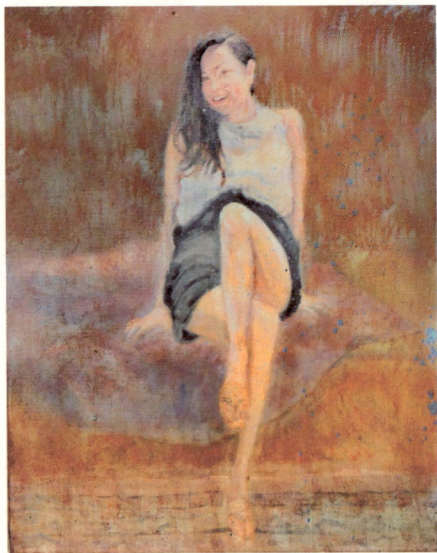

©Tan En 谭恩

©John Hirvois 乔－海尔文

▶ ▷ 《四季》(*Four Seasons*)

▶ ▷ 《我爱你的秘密》(*Je L`aime En Secret*)

▶ ▷ 《致，我的爱人》(*For You My Lover*)

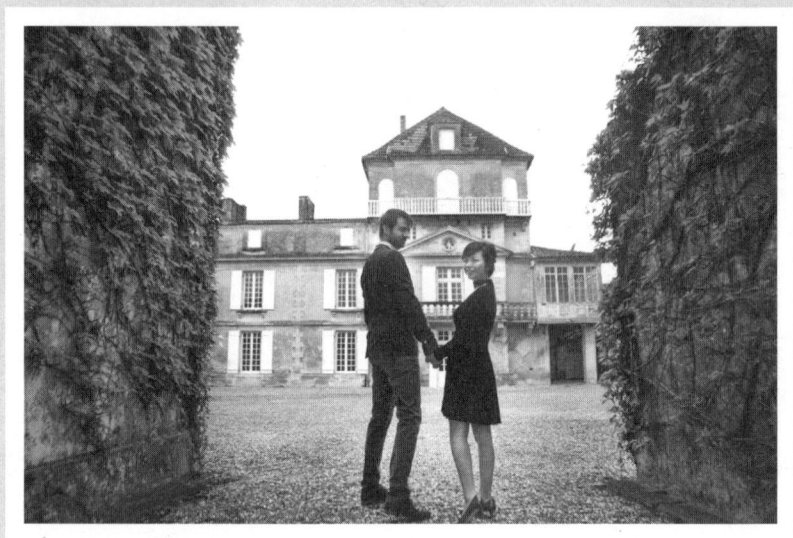

Chapter

05

Lily, L'enfant de Chengdu!

第六次说
我爱你

　　爱情应该是一个灵魂对另一个灵魂的态度，而不是一个器官对另一个器官的反应。

　　这个男人对我的爱，我可以感受到，实在！

　　因为我知道，他是一个不想被婚姻束缚的男人，一旦能成为他的女人，将会是他唯一——也是最后一个。

（一）

九九，我现在的法国老公，传说中中国女孩儿嫁给法国酒庄庄主故事里的男主角。

掐指一算，从他家 16 世纪就开始扎根在波尔多这片土地上，我算是他家 400 来年娶的最远的媳妇儿了，在当地我还算个老外欤！

按成分，他算地主阶级；按身份，他是正宗法国酒农。

九九说他是本分的葡萄农家庭的农六代，从 1856 年开始做葡萄酒生意到现在，勤劳的都古鳄农民家族经过几代人的积累，传到他这里，用九九的话来讲，家里有干不完的活儿。

老爸菲利普打理葡萄园，老哥杰瑞米酿酒，九九负责销售和公司管理，老妈，当然是充当太后的角色，财务大权紧握手里，免得家里这三个男人一台戏，不好好维护，败家和翻天的可能性会很大很大。

这几百公顷良田里，我最爱的是除了葡萄之外的副产品，对，还得我自己去钓，家里这 12 个湖里，到处都有我喜欢吃的小龙虾，而九九却惊异我怎么那么喜欢吃湖里的虫子。

我在家还变着法给他烹制各种麻辣小龙虾、泡椒小龙虾、咖喱小龙虾……

每每搞得他不再怀疑我的厨师证，真不是大街上办证的地儿随便搞来的好不好？

当年在成都我可还在四川烹饪高等专科学校里学过小半年，学费还是英雄婆婆给的呢，真颠过勺的人哈！

九九绝对是一个可以改你三观，又可以端正你三观的法国男人。

Jonathan Ducourt，乔纳森·都古鳄，九九，1983 年 8 月出生，比我大一岁，也有处女座的洁癖，他爱我的长发，留恋着秀发还在头上飘逸着的美好，却讨厌我每次洗澡以后，满地长毛还堵下水道。

家里白色的地砖上，要是发现有一根我的头发，他都要拈起来拿我跟前晃一晃："这谁的？这谁的？"

有着极度洁癖的他，却有喜欢到处乱丢袜子的习惯，这小子，一年四季都喜欢打赤脚，只要他在家，绝对能听到他踩得到处"咚咚咚"乱响的声音。

我也挺喜欢这声音，每次声音接近，之后都有他毛刷子般的脸凑近我，更免不了一个亲亲，三岁小孩儿多半会被扎哭，我皮厚，被扎红而已。

自从我们住在一起之后，我感觉自己都有捡袜子的癖好了，如果他出差不在家里，我有时候甚至会放几双他的袜子在沙发上、楼梯上、进门的鞋柜上、家里办公室里那张沙发椅的座位上……

看着这些我放的袜子，总能感觉他就在我身旁。

但是家里的阿姨要是第二天看到满屋子的袜子，可能会有点 get 不到，我到底想干吗！

毕竟，我俩都是空中飞人，有时候还会好几周见不上面，住在空荡荡的大房子里，不来点人气，有时候冬天感觉还有点瘆人，所以九九的袜子就跟茅山道长的驱妖符一样到处挂着时，对我有镇静安神助眠等奇效。

我对九九非常放心，我知道他是一个非常自律的男孩儿，这也是花了好多年的时间考察我才敢有今天的断言。

所以姐妹们，别听一个男人说什么，看他做什么才是最重要的。

可能你们会问，我们是咋个相识相知相爱的？

我那时刚刚加入佳士得地产酒庄部，负责酒庄的接洽工作，就是如果有葡萄庄园的庄主想卖他们的酒庄，我需要去参观他们的酒庄，签署代理合同，和同事一起拍照片，整理酒庄的信息，前期的工作都是1周至2周的工作量。

我的工作说得高大上叫投资并购，实际就是卖法国人的宅基地。

有一个法国庄主瑞吉斯先生找到我们公司，想出售他的酒庄。

当天在办公室的会谈从下午5点一直持续到了晚上11点半，我饿得两眼发光发青，差点就要吃人了，在去市中心找餐馆时，路过葡萄园都想把看到的几只野兔子活涮了火锅，饿啊饿啊饿啊……

去了好几家，厨师都下班了，我和瑞吉斯先生都准备去24小时开门的麦当劳了，这个时候瑞吉斯先生的一个朋友来了一个电话：

"瑞吉斯，你在哪里？上次那个橡木桶厂的市场部经理要见你，你什么时候有时间和他见面？"

"我最近比较忙，两周后可以吗？我正在和一个朋友满大街找吃的，快把大半个波尔多逛完了，都还没有找到餐馆！"

"来我家吧！我今天飞机晚点了，正在和朋友们做烧烤，正好我那个橡木桶厂的朋友也在这里，要不你现在过来吧！"

"方便吗？"

"方便方便！快来快来，不然没吃的了！"

瑞吉斯先生一脸兴奋劲儿，朝着副驾驶座的我说道："莉莉，莉莉！！！走！去我朋友家吃烧烤！"

相信我，人在饿的时候，什么都是山珍海味："好好好！！！有吃的就好，不然胃病又要犯了！"

15分钟以后，我们把车停到了Chartron（夏尔桐）附近的街边，一排排的联排房屋，19世纪的楼房，差不多都一样，不看门牌号，简直都不敢把车停靠。

"161号、167号、173号、175号……177号！对，就是这里！"瑞吉斯先生边念叨着，边熟练地甩着方向盘，要知道法国人的车技，真的可以和中国的出租车师傅一决高低，他们停个车都喜欢乱碰乱蹭，所以满大街看不到几辆豪车。

我们什么都没有带，感觉两手空空的有点怪怪的，瑞吉斯先生取出后备厢里的一个盒子："在法国，去朋友家怎么能空手？我的后备厢里永远都会备上几瓶葡萄酒的！"

他特别得意，确实，他的酒品质特别好，可惜年纪到了60来岁，却没有孩子来继承，他环游世界的梦想，可能要等到把庄园卖掉后才能实现了。

我们按了门铃，有人出来开门。一打开门，里面就跟你去了成都兰桂坊哪个迪厅一样，"蹦次卡次蹦次卡次！"然后就是一大群年纪有30来岁的人，觥筹交错，烛光靓影。

每个人都在帮忙准备酒菜，主人也正在做烧烤。

当天晚上人非常多，里面有20来个法国人，我乍一进去，还有点怯生，连去了谁家都不知道，只是感觉有好多帅哥美女。

简单跟大家行了贴面礼后，我的脸被几个大胡子男人扎了几下苹果肌，感受到酸楚后，就各聊各的了。

我装作镇定，看着大伙儿忙，连连问大家要不要帮忙，这群自理自立能力极强的法国人哪里需要我的帮助啊，我就打打嘴炮，然后去撒了泡准点12点的夜尿，出来准备去吃点东西的时候，看见客厅里居然有一幅中国字画，但定睛一看，晕，挂反了！

我去！找瑞吉斯先生赶紧问问谁是这家主人。

他拉来一个满脸都是大胡子，个子快一米九的"孙悟空"到我面前："莉莉，给你介绍一下，这是Jonathan！这是他的画！怎么了？"

我当时感觉脑子被谁的铁砂掌来了一下：Jonathan，这可是我前渣男友的名字。我一听这个名字就来气，想来根电棍把面前这人给敲得口吐白沫！居然还敢把字画反着挂，肯定想被扁了！

因为他的这个名字Jonathan，真的是我当时最不想听到的一个单词！

他温柔地说："你好！很高兴认识你！这幅字画是我的中国客户送给我的，我不懂上面写的什么意思，可以向你请教吗？"

这位大号的毛茸茸的家伙居然还会请教我，这么彬彬有礼，我就不跟他瞎扯了，告诉了他字画的意思，他还很有心地记录了下来。

我对他突然没有像对他名字那么讨厌了。

我们聊了一小会儿，我得知他的工作是葡萄酒销售，我问他卖什么样的产品，他说他就卖40多种品牌的葡萄酒。

我们没有聊太多工作，因为在我当时的工作圈子里，不是买葡萄酒就是卖葡萄酒的，如果每天的话题仅限于工作，那是多么伤神的事情啊。

但是第一次跟他聊天，感觉好没趣，他一副什么都无所谓的样子。

我问他喜欢唱歌吗，他说他喜欢听歌。

我问他喜欢打高尔夫或者网球吗，他说他不怎么做运动，出门买烟算吗。

我问他喜欢旅游吗，他说每年在全球出差见很多客户，忙着谈生意，没时间旅游。

我问他讲中文吗，他说干吗学中文，中国人都讲英文的。

关于对话内容，其实当晚想抽他的，但是鉴于吃人家嘴软，尤其是他的烤肉技术，让我想起了铁成味儿的鸡翅，我隐忍了。

唯一的共同话题是关于吃肉，所以我遇到九九的时候，他还是一个有双下巴的小胖子。

九九边抽烟，边给大家做着烧烤，这些来客就好像一直吃不饱。到现在我认识他这么多年，好像他也就只会做烧烤，一边烤一边给大家开酒。

他的香烟熏着他的眼睛，他做的烧烤熏着每一个人的味蕾。

我站在九九旁边看他做烧烤，感觉所有的盐、胡椒、水汽都被那些烟雾带到了他的大胡子和浓密的眉毛上。由于去他家时已经很晚了，第一次见他，我感觉真没看清楚他长什么样。

我见这个烧烤大师辛苦了一晚上，跑过去想"慰问一下"。

"你抽烟好厉害。从刚才见你到现在，你就跟一烟鬼一样，从来没有停过。"

"我抽烟比较厉害，是近一两年的事情，不喜欢的话你站远一点。"

我的天，我竟无言以对，乖乖地又回到了座位上，心想，嘴好毒的男人！

我感觉这个男孩子怎么跟姑娘说话都不好好说，这种人有女朋友吗？活该单身，只能在家里找朋友来陪，哼！

我自己玩儿自己的，不跟你一般见识！

当晚除了认识九九，还有一个哥们儿让我印象深刻。

九九的铁哥们儿，父母双亡，听他这名字就挺克人的——Vincent，万丧。

他是九九最要好的基友，在波尔多那个啥农业银行工作，很奇怪这么个年轻人，桌上放的是贴了施华洛世奇水钻的闪闪发光的手机，原来老外也喜欢贴水钻，手机旁的车钥匙上，好像有匹马的标志，后来我才知道那手机的名字叫 Vertu（威图），车钥匙上那个马标志叫法拉利。

这万丧当天也在九九家，所以说，自从我跟九九认识，他这铁哥们儿就一路见证了我和九九的全部发展史。

万丧坐我旁边，也抽着香烟，我的妈呀，熏死我了，果然两人是好兄弟，抽烟的量和模样都一个型！

我真讨厌抽烟的男生，口臭衣服臭，虽然我爸也抽烟，一口黑牙我没的选，但那是我爸。

可要是我男朋友，敢抽烟！一巴掌拍死，根本都不会入我选如意郎君的名单好不好。

万丧说过两天，波尔多一家很知名的叫 La Tupina 的餐厅过杀猪节，问我有没有兴趣去参加，九九也去，可以品尝传统的法国西南菜，还可以喝到他卖的酒，正好可以见见餐馆的老板 Jean Pierre Xiradakis，法国著名美食家兼法国电视台美食节目的著名主持人。

La Tupina 可是法国前总理波尔多现任市长阿兰·朱佩邀请政客明星的

御用餐厅啊。

这里做的法国西南菜，类似我们成都的土家菜，就是用最新鲜有机的原材料做的地道传统美味，有机会来波尔多，千万别错过，一定要来这家 La Tupina 尝尝。

我答应了万丧的邀请，这天九九西装革履的，关键是剪短了胡子，特别精致，还有那么些小公举的感觉，媒体一拥而上，闪光灯下的他终于也让我体会到了我的朋友们看到我在闪光灯下摄像机前成为焦点的感觉了。

帅！要是能当他女朋友，哇！多么荣幸啊！

那天的活动非常成功，万丧和我聊了一整天，站了一天的九九，非常累，当天晚上他拒绝了其他朋友的邀请，但是单独带我去他平时很喜欢的一家餐馆吃饭，其原因是万丧和他女朋友闹分手，他必须赶回去，本来还约好了其他新认识的朋友一起吃饭，结果他必须离开，其他朋友觉得他都不在，跟我相处也好尴尬，没办法，只剩九九了。

我问他："你为什么要单独请我吃饭呢？如果你累了，就回家休息吧。"

他说："万丧让我带你去吃饭的，好几次我还以为你已经走了，但是最后你还是在那里，你一直在等我，让我想起了一个美国的朋友。"

我笑道："哈哈哈哈，我只是不太好意思离开而已。"

那天晚上吃过饭后，他送我到我家门口："莉莉，很高兴认识你。第一次和中国女孩儿约会，感觉不错！"

他突然拿出手机，拍了一张我家的门牌号后，就开车离开了。

什么？有没有搞错，吃了顿饭而已，就变成约会了，这法国兄弟也太 open（开放）了吧！

是我理解错了这个约会的含义，还是自作多情想多了？

Anyway（不管怎样），我现在还不想恋爱，还不想交男朋友，下次见到他，一定要和他说清楚。

睡前，我收到了他的一条短信："晚安，今天度过了一个美好的杀猪节！"

套路，一定是套路，肯定是套路！

法国男人太花心了，兄弟俩一个找借口离开，一个继续跟我吃饭，他这样对我，肯定对别的女生也是这样。

洗洗睡吧，洗洗睡吧。明天一切都会恢复正常的，不要东想西想，明天还上班呢！

其实，感觉暖暖的，好久没有男生给我发过这种暧昧短信了，搞得我心里小鹿乱撞，有种大龄怀春少女的羞涩，像回到了 18 岁，连室友都恶心我那几天居然敢穿着大红色的衣服出门逛大街轧马路。

我内心骚动，自信心膨胀得一晚上睡不着。

但是别忘了，在法国，约会的意思也就跟你在大马路牙子上找个人陪你吃串串差不多，没啥的。

我的一个中国朋友想买一个集装箱的葡萄酒，想找厂家直供，所以托我去找一种品种全性价比高还有品质保障的葡萄酒。

这不，九九家的产品在这个范围内，我就推荐给我的朋友了，这单做成后，九九为了表示对我的感谢，说请我吃饭。

我穿着新买的裙子，一条粉色的露肩的裙子，很可爱，透着小小的性感，擦上了好久都没有抹的大红色口红。

正在涂口红，家里突然停电了，晕，我差点把口红一口气拉到耳根子下面，波尔多还停电，百年不遇啊，我住在郊区，到了市区还是有电的，所以在手机光中，我穿戴好出门了。

好久没有轻易地答应某个男生单独出去约会吃饭了，我心里莫名其妙还有点小激动。

高跟鞋磨得我脚痛，到了餐馆，把脚从鞋子里偷偷伸出来了一点，幸好餐馆里的桌布都比较长，才能遮住我从鞋里伸出来的脚丫子，别说我太不注意礼节，你要是知道我脚上磨的4个泡全爆掉是什么感觉，多半你也会劝我扔掉这双破鞋！

波尔多市区的路可都是18世纪末保留下来的历史遗迹，以前跑马车的路，都是一块块石头堆积搭建起来的，在这里穿高跟鞋是作死的节奏，可是难得一次约会，再怎么难走，女神范儿也要展现出来！

波尔多交易所广场的这家餐馆，是一家环境绝对优雅和高大上的米其林餐馆，我这身衣服算是对得起这家餐馆了，就差九九来请我吃大餐了。

7点我准时到的餐馆，点了一杯香槟。

看着客人们一对对到这里来吃饭，漂亮的礼服，闪耀的珠宝，觥筹交错，让人如此留恋波尔多的夜。

香槟快喝完了，配的小食也被我吃完了，都7点半了，怎么九九还没有到？

我发了一条消息，他没有回，我在想是不是因为在开车来的路上，可能有点堵吧，再等等应该就来了。

我点了第二杯香槟，无聊地开始玩儿手机看新闻了，我有点坐不住了，赶紧又给他打了一个电话，居然是不在服务区。

电话联系不上，发消息也不回我……

一种不祥的云笼罩在我头上……

晕，臭小子不会放我鸽子吧！

再看看手机，晕！

8 点了，太不靠谱了吧，我给介绍一客户，请我吃饭居然还晚点，我开始有点愤怒了！！

我打了万丧的电话，怨妇般地哀号：

"你好万丧，我是莉莉，我联系不上九九，我们约好了晚上 7 点见面先喝一杯再吃饭，可是我一个人在餐馆等到 8 点了，九九都没有来！"

"不会吧，九九答应了别人的事情，他肯定会做到的，爽约？这事儿一般只有我干得出来，我从小学认识他到现在，爽约这个词从来都不曾出现在他的字典里！我帮你打个电话再去确认下，你再等等，他一定会……"

"喂喂喂？喂？万丧？喂！"晕，我手机没电了！

我叹了口气，把杯中的酒干了，肚子饿得咕咕叫，好想来盘新疆大盘鸡配一个扬州炒饭，可惜是法餐馆，不提供这个。

我又等了 10 分钟。

服务生走过来问我要不要先点一些其他的开胃小食，我直接让他把菜单拿给我，心情极差的我差点就想去淘宝淘个降头送他。

"Jonathan 你给我记住了！敢耍我！以后再也不要见你了！"

我点了大餐，一个头盘煎鹅肝酱、一个主菜煎鳕鱼、一个黑醋栗蛋挞配冰激凌，美味，却无心享用。

我想起了同样的场景，高大上的餐馆，我曾经的一个男朋友说要来，但是到最后都没有来，我一直坐等到餐馆打烊才离开，电话打不通，第二天通话他却说工作太忙临时开会忘记了和我的约会。

这种事情别来第二次啊，我会很伤心的好不好！

我当时想刮他三层皮的心都有了，但还是忍了，嘴里还一直说没关系没关系，与前男友分手后，我曾发誓谁要约我居然还迟到，我一定这辈子都不会再理这种人！

可这一次的结局让我有点意外。

九九来了，头发也没弄，乱乱的，衣服也没有换，还有点味儿，满脸汗渍，米其林餐厅怎么没拦他还让他进来？！

我本想不理他，气他严重迟到，不靠谱！准备起身买单走人，潇洒地对他不屑一次，他却一把拉住我：

"非常抱歉，我今天迟到得很严重，非常非常抱歉！由于停电，我们公司的备用电设备又坏掉了，我们的制冷系统完全瘫痪，所以着急地到处去找租赁的移动发电组来解燃眉之急！我去了你家按门铃你室友说你不在，我让你室友打了你的电话打不通，多半是没电了，所以想着你应该还在这里，我就赶紧赶过来了。"

九九还大喘着气："这个节骨眼儿上，我的手机还破天荒地居然掉到了马桶里开不了机，我根本找不到任何联系你的方式。因为停电，电脑也打不开，不然我早就Facebook你了，我这个人从来不记别人电话号码的，太依赖电子产品了，想了各种方法根本没招！所以我还是亲自跑一趟，我哥哥正在处理这件事情，我马上要回去继续看着，抱歉晚上不能和你一起用餐！"

我被说得完全愣住了，只回了一句："好的，再约！"

临走时我才知道，九九居然还买了单，虽然没有一起吃晚饭，但是心里暖暖的。

我应该比较重要，他才来的吧！

确实停电了，也不是他瞎说的，那么大老远还专门跑来，诚意还是有的。几个月后去参观他家酒庄我才见识到什么叫核电站一样的生产车间，这里停电了，那真的是太恐怖了，关键是一旦停电，城市用电肯定是优先的，所以没个备用电系统就太惨了，如果备用电组坏了，那真就是倒霉到家了。

过了几天，九九又给我发消息："可以请你吃饭吗？那天……那天还真是对不起！"

"这次又要我等多久呢？"

"我都说不好意思了就别怪我了吧，真是对不起，我保证这次不迟到，我给你带瓶好酒来赔罪！"

"好酒，不是 Petrus 以上的我不喝哈，拉菲在我这儿都只能拿来当料酒用！"说这话，我明显是在掮他。

"好好好，那天我真是对不住你，一定给你带好酒！"

我俩约了同一个餐厅，我点了与那天一样的菜，这顿，算是和九九真正约会吃的第一餐。

这次九九没有迟到，他从包包里拿出两瓶葡萄酒，我正要看看酒标，傻眼了，没有酒标！

"咦！你这个是从哪里偷来的样品酒？"

"不是偷来的，是我自己酿的！"

"你还会酿酒？"

他可得意了："当然，我偷学的就是这个！"

"至于吗？偷学？"

"我爸妈只让我学管理和市场销售这方面，但是我兼修了酿造和种植。我酿的酒反正我周边的朋友都说好喝！当然，跟我哥哥比还是差了一大截，他就跟一葡萄酒科学家一样，我非常崇拜我老哥！"

我当时是第一次听说九九有个酿酒师哥哥，而且这小子，居然还会酿酒，我心里还是佩服了一把。

"莉莉，你尝尝你尝尝！"

"哇！这种酒很有意思，开始的时候比较浓郁，结构复杂，而且余韵我非常喜欢。这种酒一开始冲击感很强，但是之后你就能感受到那种绵长的口感，有意思！"

"对！你给人的感觉就是这样！这款红酒是我跟你接触之后根据我对你的感受所调配的！"

"我晕！这都可以！酒还可以根据人的性格来调配？"

"当然！我们有时候品酒，还可以反推酿酒师的脾气呢！"

"等一下，你的意思是我很'烈'？你什么意思？"

"你看你看，你这不表现出来了吗？那天我迟到了，我就感觉你肯定想把我杀了，好凶啊！但是之后你也很理解，也没我想的那么恐怖哈！这两瓶红酒，一瓶是给你带回家的，一瓶是今天我们喝的！"

我没有当面表扬他，说心里话，这小子不当酿酒师真的有点可惜他满腔对葡萄酒的热情还有他的技术，可是我们生在世上，很多事情也不是我们完全可以自己做主的，权力越大，责任就越大，下面还有那么多人张着嘴巴要吃饭呢！

感谢我爸妈把我生在一个平凡的家庭，我才能这么骁勇善战，怕啥啊，混不下去了靠我十八般武艺混口饭吃，还是可以过上很有尊严的生活的，再下下策，直接卷铺盖回国啃老去，英雄婆婆天天好吃好喝伺候着，只不过说得好像很容易，人都活张脸，我可干不出来还拿老爸老妈血汗钱享受的事儿。

要说对某件事情的专注和坚持，我觉得我在音乐上和九九在酒上面真的是意见很统一的，生在这个世界上，我们不能左右很多东西，那我们就去左右至少还可控的事情吧。

我唱着自己写的歌，他喝着自己酿的酒，怎么能说不是一种精神上的高级享受呢？

这顿饭，吃得还算开心，破天荒地我们把一瓶葡萄酒全喝光了，还要了一支香槟，喝得微醺。

躁动，燥热。

九九帮我叫了出租车，他说他不送我了，但是我还没到家他就已经开始问我安全到没有，切！怎么不亲自送我？

时隔多年我问九九，那天你为什么不送我回家？九九的回答让我对他无比崇拜：

"我不是不想送，如果我送你到了楼下，你要是请我上去喝一杯我怕把持不住！暧昧就是这样产生的，不好，我还需要花时间了解你，我不可以随随便便单独送一个女孩子回家，很危险。不是女孩子危险，是我很危险。哈哈！但是现在你是我老婆了，我必须负责你的安全，绝对不能让你一个人单独回家。所以，当时也是为了避免不必要的麻烦，从源头上就斩断这种欲望，先从朋友开始做不是更好嘛！"

我的妈呀，果然是法兰西出来的兄弟，那么多男生追我，我栽你手里我真的认了，这分明就是欲擒故纵的招数啊！

不是说你们法国人大马路牙子上跟一个美女喝一杯，喝完都要问去她家还是去你家？不是说你们法国人一辈子的婚后情人按平均数都超两位数了？不是说你们法国人第二次还是第三次见面就要三垒攻破本垒了？不是说你们法国沙滩上全是裸体，看光膀子的人就跟看猫猫狗狗在大街上溜达一样没啥奇怪的？不是说你们法国人浪漫的花前月下就是为了一夜销魂？大哥，你给我整这个，我发现我的人生观被你影响了 5 秒钟欸！

但是，经过这 10 年在法国的亲眼见亲耳闻亲自体验，我最后发现法国人其实还真是挺实在的，我们好像对这个浪漫又滥情的国度的公民有些误解了。

别老说法国很多总统都有花边新闻，要是换了意大利总统，那不是比老干妈都要辣眼睛，可是传说和现实差距真的很大，我在法国看到的靠谱的男人还真挺多的，九九这么多年真是让我看到了痴情种是怎么生根发芽开花的。

只是为了等到他，我好像把之前所有的坏运气都用完了才留给了最后的他。

（二）

我和九九真正有了"革命"情感，还得从他摔断脚指头那次说起。

又是万丧发招，这次是邀约大家一起去海边玩儿。

我特别喜欢大海，这是在成都所见不到的。我对水的情结，一边是喜爱大海的宽广，另一边又是惧怕大海的威力，因为 10 年前刚到法国，差点被几个浪拍来打死，再加上小时候游泳差点没把自己给淹死，自此便对水有了敬畏。

大家约定好去九九远房表妹家玩儿几天，Saint-Sébastien（圣塞巴斯蒂安）旅行圣地，位于法国和西班牙的交界处，当地的海鲜特别有名，反正第一次吃海鲜饭吃到胃痉挛就是在这里暴饮暴食搞的。

九九带大家去掏海胆，天啊，海胆长什么样我都不知道，这次还要去掏海胆，提前好几周就开始各种嗨了！

海胆这玩意儿，长得像个刺猬，扎手上那个疼啊，似万箭穿心。海胆肉味道很鲜美，拳头大的个头，里面橘黄色的海胆肉却比小指头还小。

海胆吸附在岩石上，必须用工具使很大的劲儿才能给撬开。

我们提着一个大箱子，里面有一切专业自制的掏海胆的工具。真感觉以后要是世界末日到了，我这种天天等外卖的，肯定第一拨去见耶稣，作为一个在海边和葡萄园边长大的孩子，九九这种动手能力强的人才能改变未来对抗世界啊。

当天下着雨，通往掏海胆的地方是一大片一大片长方形般的岩石台阶路，比较滑。

九九提着他的工具箱一而再，再而三地对我叮嘱要小心，不要滑倒了。

万丧和他的女朋友Sandra（桑德拉）手牵手小心地在前面走着，我和九九当时不太熟，所以他伸出手时我尴尬了。"我牵着你，这样你就不怕摔倒了。"

伦家（人家）好——害——羞，脸一下就红了，刚想象第一次浪漫的牵手，我就踩滑了！他倒是英雄救美把我扶平稳了，结果"咚"的一声他滑倒了！

这时候还浪漫个屁啊，九九屁股有没有摔开花，有没有把自己给伤着啊？

我紧张得脸都白了，他在大石头上休息了5分钟后，让大家继续往前走。

大家好开心，那天下午我们掏了好多肥美的海胆丢在塑料桶里面，真的是提都提不动。

结果九九终于忍不住了，看着万丧，青筋都要暴出来了：

"哥们儿，赶紧打一下救护车的电话好吗？我已经走不动了。"

"我的妈呀，这么严重你怎么不说呢？"

"我不想你们扫兴啊！"

脱掉他的鞋和袜子，有根脚趾明显都歪了！他已经动弹不得了。

脚指头被摔断两根，在滑倒的同时，脚指头碰到了一块凸起的大岩石。

"都怪我不好，旅行第二天就出了这个事情。真对不起，真对不起。"

九九啊，你知道我有多痛心吗？都那样了你还管我们开不开心啊。

万丧在旁边大笑，递了根烟给他，我都紧张得不得了了，两个人居然还嘻嘻哈哈的，九九还说自己傻，不看路，自己活该。

我也是对法国人服了。你们要知道，法国人的自嘲精神真的是牛，太乐观了！

这下好了，旅行不得不中断，我还要帮九九擦药，要不是他当时扶了我一下，断两根脚指头的就是我不是他了。

伤筋动骨 100 天，印象中我对他的脚比对他的脸还熟悉，他的脚味儿比他的烟味儿有过之而无不及。

"九九，你抽烟，嘴巴真臭，跟你的脚味儿一样，哈哈哈！"

"有那么臭吗？"

"我从小就不喜欢闻烟味儿，抽雪茄也是玩儿玩儿，你每天就跟一个烟囱一样，你的肺不难受吗？你以为男生抽烟很酷吗？"

"我抽烟抽得这么厉害，是因为心情不好，很压抑。"

"你有我压抑吗？你有工作有家人和朋友在波尔多，比我无亲无故在这里幸福太多了！"

"是啊，我有那么多朋友，但是给我擦药的人也就你一个。"

"当时要不是你扶我，没让我摔着，我才不来这里伺候你呢！"我嘟了一下嘴。

"好了，我走了，今天晚上还有彩排，改日再来探病。"

就这样，我坚持了几个月，顺便帮他去邮局取包裹，顺便帮他买菜，顺便帮他做晚饭，顺便陪他吃饭，顺便教他一点点中文，顺便跟他聊聊中国，聊聊成都，天南地北，人文地理，我觉得那时的我就像个有科学家气质的艺术家。

缘分讲天时地利人和，不可强求。

九九说，很感激我的坚持，因为除了他妈妈和家里的用人会管他死活，他已经很久没有感受到一个女性对他的关心了，他说他好想他的脚这辈子都好不了，这样我就可以一直照顾他了。

感情，真的是靠时间培养出来的，没有无缘无故的缘，也没有无缘无故的分。

九九很喜欢吃日本菜，因为家族和日本人做生意超过30年了，九九每年都去日本。幸好当年我还在波尔多另一个也叫 Linda 的好姐妹开在胜利广场边的日餐馆里面学了一周的日餐，他想不到我居然还会做日本菜，吃到我包的寿司，开心得眼珠子都要掉出来了。

最开始是讨九九开心，后来为了能让他吃辣，就开始一次次地在他的寿司酱油碟子里加辣椒油，告诉他这是新吃法。

放心，日本菜是诱饵，真正的绝招是要他爱上中国的美食，尤其是四川的美食，别忘了我的家乡成都可是香辣之都。

九九渐渐地，"海椒"是越吃越厉害，而烟却越来越少抽了，因为他知道，我真的讨厌烟味儿。

过了段时间，九九这个"假瘸子"恢复得差不多了，又给我发短信，邀请我去一个在波尔多当地很有名的 L'Apollo 酒吧一起喝一杯，因为正好有他的一个朋友要去成都工作，想问问我成都的一些情况。

去成都？太棒了，我那么多家人、同学、朋友都在那儿，如果这哥们儿去成都，真的可以给他带来很多便利，要知道如果当初没有那么多好心的法国人对我的帮助，我也不可能顺利地走到今天。

所以我当天应邀去了那家酒吧，和九九的朋友见面。当然，晚上"顺便"又一起吃了饭，有了和九九还有他朋友相处的机会。

他朋友提前走的时候，在我耳边悄悄留下一句话："已经快两年没见他这样了。"

我顿时蒙了，他两年没怎样了？嘿！把话说清楚再走，不然不给你在成都介绍女朋友哈！

是的，和九九还有万丧认识的这半年，发生了太多事情，温馨、搞笑、开心、幸福……

好事情发展得太快，难免也有转折。

某日晚上 12 点，九九送我回家，刚走了两步，他叫住了我："Hi, Lily!"

我回过头，还以为他会用他的大胡子好单纯好不做作地狂甩我的嘴唇！

结果他坐在驾驶座上面说："可以跟你再聊一会儿吗？"

他很镇静。

我说当然可以，又回到了座位上，我心跳加速，预感今晚性感的嘴唇要变成欧阳锋的热狗嘴，可能剧情会有进展。

九九把汽车火熄了，点了一根烟：

"你跟我想的很不一样。"

"什么不一样？"

"我第一次见你的时候，不，应该是我第一次听别人说起你的时候，觉得你高高在上，好像不可靠近一样，但是经过这半年的接触后我发现，你很平易近人。很感谢你帮我擦药，照顾了我那么久。其实，我第一次见你，是在波尔多和超级波尔多产区 Chateau Lafitte（拉菲酒庄）的音乐会上，这可是在波尔多非常罕见的中国音乐会，都说有个中国歌星来唱歌，我本以为你要唱山歌呢，没想到你居然还会流行爵士。"

这可是他第一次告诉我，他在我第一次去他家以前就见过我了。

我当时听了这话，想哭又想笑，中国不仅有彭丽媛、萨顶顶，还有韩红和周杰伦呢！刘三姐时代的歌，我妈都听得少了，可能最多回到《丁香花》和《老鼠爱大米》的时代，唉，这些法国乡巴佬！

但是说实话，入乡随俗，我觉得我这么多年在法国打拼，小有成就，靠的就是融入和变通。

你别小看那些在法国的中餐馆，味道辣的都能给你做成甜辣的和酸的，老外们就好这一口，如果这些餐馆完全做传统，肯定几个月就倒闭了。

所以唱爵士，也是我当年来法国时声乐老师跟我讲的：现在在法国还没有一个中国人在音乐方面出名的，你可以朝这方面努力努力。所以我就下了功夫，跟着我的法国老师学习爵士去了，2017 年去美国纽约的时候，还专门去了 Harlem（哈莱姆）拜访一些爵士达人。

当然唱爵士咯，黑人把爵士搞出来，最后还不是有白人来唱，我们中国人也可以啊。

所以九九的这一言论，当时的我听了还挺生气的，你是在怀疑我的专业性，还是说我唱的根本就是坨屎呢？

语气里透着那种反抗，我跟九九说道：

"第一，我是一个非常平易近人的人，没有架子，架子只是给那些狐假虎威的人摆的。身边认识我的人都知道，我装的时候一般只表现给那些在我面前装的人看。我也是艺术家，我也有脾气不好的一面好不好！

"第二，我唱歌是因为我喜欢，我觉得这个是我缓解压力最好的方法，我喜欢挑战新的曲风，今天可以唱雷鬼，明天可以唱爵士，后天我还可以唱歌剧呢。你们只听过姐的名字，根本不了解姐的故事，一定要有机会接触才能感受到那个有血有肉的人的存在好不好，别张嘴就是别人说，你自己的脑子干什么去了？"

他当时也没有恶意，实话实说而已，只是当时我自尊心太强，太要面子，直接把他说得哑口无言，现在想想当时自己那么激动为了啥啊！

这下好了，当晚不仅没有香吻，之后两周他都没有再给我发过任何一条短信。

我室友说，你丫是不是失恋了，才几天欸，每天头也不洗，妆也不化，碗也不洗，灰不溜秋的跟鬼一样。

唉，都没有开始，哪里来的结束呢，我们顶多只是好朋友，也许连好朋友都算不上。

本以为那天晚上，还可以更进一步，结果被我的自尊心给打了一巴掌。

那几天我也怪怪的，无缘无故总会去看手机，明明在上班，突然手机一响，下意识地就以为是九九发来的短信。

就连上个厕所忘记带手机，心里都有种莫名其妙的紧迫感和慌张感。

我，居然有一丝丝动心，如张信哲歌里所唱的一般。

整整两周没有他的消息，我竟然自己怪起自己来了。唉！悔不该说话这么狂，嘴贱嘴贱。

我都要快忘记 Regis，就是要卖酒庄那老哥们儿的时候，他突然又给我打电话说他的酒庄不想出售了，他找了一个投资者，想和他一起干，闲谈中我知道，九九几天前在美国，但是现在应该刚到西班牙。

我晕，怎么都不跟我说一声！！太没有礼貌了！而且短短两周，去了两个国家，地球都飞了半圈儿了，怎么一点消息都没透露给我！

不过，人家凭什么跟我说，我又不是他的谁。

爱情，有时候就是无缘无故，感觉这玩意儿，真的是没有办法控制的。爱情的这种化学反应，真的是不分国界、种族、身高身材和性别的。

几天后，九九给我发消息，想约我去吃饭。

我拒绝了。

你一言不合就两周没有任何消息，你当我滴滴打车，随叫随到啊！

我也有尊严的好不好？我没有那么随便好不好？

但是那天白天，我的心又开始波澜起伏，看，自己又作，假清高，这下好了，上次就得罪过一次，这下又拒绝别人。

姑娘们，如果一个男人坚持两次还联系你，那就说明他对你真的是非常中意的，一般人，一次不行基本你就进黑名单了，所以珍惜放低姿态来找你的人，不要让别人没台阶下啊。

我内心小小斗争了一下，"厚颜无耻"地给他发了一条消息："我又考虑了下，我哪天有时间了，你来接我吧！"

幸好，幸好我给他发了这条消息，我觉得如果不是我自己还有点人性承认了自己作一下是很不好的事情，我根本不会自我检讨，还主动给他发消息。

爱情来得太快，就像人来疯。

两周，他就这样消失了，奶奶的，一个字都没给"哀家"发来一个。

好歹我们也认识有半年了吧，也不能这么没头没尾吧！

我也是很有心气儿的人，不联系就不联系，这是你的损失。

但是我当晚和九九几乎聊了一个通宵，他才鼓足勇气告诉我一件事情，我惊呆了，妈妈咪呀，犹如海啸。

他走的两周，第1周去了纽约，第2周，他和万丧去了西班牙。万丧后来跟我说，那条九九第一次带我去看爷爷奶奶时背的大火腿，就是他帮九九在巴塞罗那挑的。

自从九九消失两周后回来，感觉他跟变了一个人一样，变得更主动了，烟也开始从一天抽两包，变成一天几根了。

每天都送我各种各样的玫瑰花，款式颜色各种各样，我觉得他太神了，到哪里去搞到这么多漂亮的鲜花，而且不同于花店卖的那种纯红色、纯白色、纯粉红色，这些白色花瓣有黑色纹，红色花瓣有白色纹，紫玫瑰，黑玫瑰，天啊，我这辈子还从来没有见到过这么千奇百怪的玫瑰花。

当时和我一起租房的室友还问我是不是找了个开花店的老板，我家里玫瑰花堆得到处都是，隔三岔五我就收到花，我的室友就每天帮我扔花，家里实在是放不下了，但是九九还是很激动地跟我说："又有新品种了，这个花更适合漂亮的你。"

送花，不像送东西那么俗，又能让收到花的人心花怒放，关键撒狗粮的时候别人都是带着艳羡但又不嫉妒的感觉，真乃泡妞神器。

但他带我去他奶奶家那天，我吓傻了。

那是一个周日，他说带我去一个地方，开了一个小时车的样子，我还在迷迷糊糊地睡着，他说："到了！"

一座大城堡出现在我面前，我揉揉眼睛："好漂亮的城堡，我们今天去参观啊？"

"对，见人。"

我拿好包包，穿着漂亮的裙子、高跟鞋，下车的刹那间，我还在想没有带礼物送他的朋友是不是不太礼貌，要知道在法国的礼仪中有一条就是，任何时候去别人家都不能空手！

他突然就从后备厢拿了一条火腿，对，是一整条火腿，足有我半个人那么大。

我帮他关好车门，他说："你准备好了吗？我准备好了！"抱着火腿门铃都不按就直接开门进去了。

透过玻璃窗，我看到两位老人坐在客厅里面，那位爷爷正在看报纸、喝咖啡，那位奶奶正在用 iPad 看什么东西，两位年纪看起来都有 80 来岁，对，80 多岁了看 iPad，很潮。

九九赶紧把大火腿放桌子上，他一开口我惊了。"爷爷奶奶早上好！我前段时间从西班牙回来，给你们买了一条大火腿，这个是我女朋友 Lily。"

我晕！信息量有点大，这是你爷爷奶奶啊？住的地方比我全家族在成都的住宅面积加起来的还要大，你怎么从来都没有跟我说过啊？！

我这突然有一种误入豪门的感觉。

圣路易酒杯、巴卡拉水晶吊灯、Christofle（昆庭）刀叉、Meissen（麦森）餐具，精致且优雅，但是又不是突然拿一套黄金餐具凸显土豪风范的那种。

相比我去过的很多 bling bling 的酒庄，能明显感受到这里是那种如爱马仕般的低调风。

好戏还在后头。

用人赶紧过来把火腿搬下去，我的妈呀，九九一个人神力啊，两只手就够，这里的用人要两个才搬得动。奶奶看到我们，可激动了，直接上来给我一个熊抱："终于见到你了 Lily!"

我的妈呀，这还是第一次一位 80 多岁的奶奶健步如飞地向我奔来并给予大大的拥抱，我当时真的是蒙圈了，奶奶身上香奈儿 5 号的香气让我嗅到了法国老太太 80 多岁还有的优雅。

跟爷爷还有奶奶打完招呼，九九跑去厨房和用人们商量着什么，奶奶赶紧过来牵着我的小手，拉我去后花园，这后花园足有两公顷，她给我介绍这里的历史，以前是某位公爵的府邸，最著名的许愿池一直在当地享有盛名。

奶奶还带着我去看爷爷收藏的 100 多辆古董汽车和古董拖拉机，那几辆兰博基尼古董拖拉机和劳斯莱斯古董汽车，在历史中见证着家族的风采。

但是奶奶更自豪、更激动地展示着她一片片幽绿的花园，走了有几分钟，奶奶停下来了。

"你在花园看到什么没有？"

"都是绿绿的树啊草啊，您的花园好漂亮！"

"你看到花没有呢？"

"绿油油的一片，没看到什么花啊，有有有，远处有几朵啊！"

奶奶看着我，笑眯眯的，眼神里流露出的那种欢喜就跟我表姐给我表姐夫家生了儿子时表姐夫奶奶一样："那就对了！九九那小子，把我种的几百来种玫瑰花都快要给我剪光了！我一点都不生气，反而很开心，用我们满园的玫瑰换来了这么好的一个姑娘，他天天都跟我念叨你，我耳朵都起茧了，所以我说一定要让他带你来奶奶这儿看看。"

我晕，老遇见妈宝型的男生，这种奶宝型的我还是第一次碰到，但是奶奶满心欢喜带着我去许愿池，这个许愿池也有 400 多年的历史了，奶奶从裤兜里掏出一枚两欧元的硬币："来来来，许个愿。"

九九跑过来了："你们俩怎么跑这里来了，我到处找你们呢！"

奶奶真的是老司机啊，很自觉地就把自己这个电灯泡移开了："我先回去看看亨利爷爷，你们许完愿回来吃饭哈。"

只剩下我们俩了，场面有点尴尬，我说："我今天有点吃惊欸！你从来都没有告诉我你奶奶还住在大城堡里面。"

"这有什么，我们家有 14 个城堡，没什么啊！"

我晕。14 个，哥，靠我的这点工资，我可能这辈子买得起一个就不错了，还 14 个，我直接要晕倒了。

九九继续讲："这个许愿池，你扔硬币了吗？很灵的，我爷爷就是在这里向我奶奶求婚的。你要不要也许个愿呢？"

我的妈呀，听到这里，我深深领悟到了奶奶的小心思啊。

九九一把抓住我的衣领，还没等我反应过来，毛茸茸的嘴巴就凑过来了……

我是昏厥在玫瑰森林古堡和小王子香吻里的。

这种和他初吻的感觉，啪啪啪打脸般地让我这辈子都不会忘记，等了这么久，他终于用嘴唇狂甩了我的嘴巴一次，只不过是不是因为等得有点久，我的一滴眼泪也在风中飘摇。

要知道一个人有没有准备好和你在一起，别听他说什么，要看他做什么，一切以忙为理由的借口，都是把你当备胎在使，但是也别去逼一个人，他如果准备好了跟你在一起，一定是水到渠成的，就跟喝葡萄酒一样，窖藏几十年给你喝，光是这份惊喜都是深刻的。

（三）

法国人的爱情，跟他们的酒一样，我不能全搞懂，能搞个半懂吧。

都说有多浪漫的人，就有多戏精，而且这种是打娘胎自带的 DNA，我们好多时候只有羡慕和惊叹的份儿，但是每个女人，我相信哪怕是抠脚女汉子，也都有一个公主梦。

法国人和中国人在爱情上面的思想差异真的是鸿沟，比如红酒一大杯一大杯慢慢品，白酒一小杯一小杯干。

和中国人谈恋爱，就跟喝白酒一样，感情深一口闷，在一起超过半年，必须要有个结果，不谈婚论嫁，不以婚姻为目的的交往就是耍流氓，要受到各种三姑六婆七舅八姥爷的道德审判；而和法国人谈恋爱，就跟喝红酒一样，谈了 5 年，对方有可能还会说我们之间还相互不太了解，需要更进一步的接触，在我们中国人的眼里就是不负责任，而老外觉得在这一点上，我们又太负责任了。

法国人的婚姻，一般来讲他们自己看得还是非常重的，因为在这里，婚后出轨可是很严肃的事情，别看小黄报上说法国人情人多，还敢带家里来造次，我在这儿住了10年，看到的，基本都是谁出轨谁被扫地出门，你要玩儿小三，那都是偷偷摸摸的，法国女人要知道自己男人出轨了，那还不把繁荣的法兰西拆成全是历史古迹的柬埔寨啊！

这种严格的天主教背景的文化，使得他们很多人在结婚前使劲儿玩儿，结婚后基本还是很乖的，但是任何事情都有例外的好不好，大家不要因为法国总统的花边新闻而对这个民族产生以偏概全的论调。

我以前一直觉得法国人好开放，但是这真的是对他们大大的误解，我可以很负责地告诉你，家里红旗不倒，家外彩旗飘飘的案例，在法国没哪个女的受得了，都会使劲儿干架，离开，然后潇洒地去找生命中的另一半。

他们觉得离婚麻烦，所以就同居，类似事实婚姻这种，法国可不存在孩子未婚出生的麻烦，在这里可当不了黑五类，这里的年轻人都不想生孩子，所以哪儿蹦出来个孩子，真的就跟在荒郊野外走路捡了脸盆儿那么大的一块和田玉一样，保护得可周全了！

未婚妈妈没钱养是吧，政府来给你养，政府能力有限，那在法国还有各种福利机构、各种社会团体来帮你，这儿不怕你多生，就怕你不生，这是一个极度缺新生儿的国度啊，所以好多阿拉伯裔的大妈就使劲儿生，反正政府发的福利比印度工薪阶层挣的工资还多。

2008年我刚到法国的时候，我的法语老师Sophie和她的"伴侣"在一起生活已经20多年了，孩子都18岁了，我问她，你们什么时候结的婚，纪念日是哪天，本想谄媚一下拍拍老师马屁的。

Sophie老师笑笑，把手里的书放下，一脸轻松地跟我说："我们没有结婚啊，所以没有结婚纪念日。在法国问这个问题涉及个人隐私哦！"

"孩子都这么大了没结婚？他是孩子的老爸吗？你们不是已经在一起很多年了吗？"我跟炮筒一样，根本没管她言下"关你屁事"之意。

"是啊，但是我还不确定他是不是我的人生伴侣，所以还不敢嫁，现在挺好的啊，为什么要结婚呢？婚姻就是一张纸，就是为了在法国有一些税收上面的好处，离婚还麻烦呢！况且我们也没有所谓的共同财产，没钱，还分什么财产啊。"

"老师，不是吧，孩子你都给他生了，还要怎样才能成为人生伴侣啊？你大好青春就这样没有保障地浪费啦？"其实我心里还嘀咕着"太傻了"，但是哪里敢在老师面前说大实话，可这是我第一次对所谓的"婚姻"有了新的理解，在我看来，婚姻对中国人来讲是任务，对法国人来讲是义务。

Sophie 老师这个时候觉得我这个四川来的姑娘思想有点"落后"，就跟法国的时尚圈一样，好像你非要说自己是 gay，你才能进入这个圈，直男不吃香啊。我所谓的结婚论对上了 Sophie 老师的"前卫"爱情婚姻观，整整影响了我后来 10 来年的观念。

"莉莉，你要知道，法国的女性是非常独立的，在我们国家，曾经有太多的人离婚，这是一个谁也不能保证对谁可以天长地久的年代。对浪漫的法国人来讲，自由才是最重要的，独立是自由的保证，而独立可以让你无所畏惧，当你爱一个人的时候就是给了这个人伤害你的权利。每个人对爱情的观点都是不一样的，我看到了我爸爸妈妈爷爷奶奶的爱情，他们也都离婚了，为了自己的爱情放弃了自己的家庭，我的爸爸在离开我和我妹妹的时候，告诉我他会永远爱我，但是我看到我妈妈每天以泪洗面，我在很小的时候就知道，妈妈为了爸爸付出了那么多，并没有换来所谓的永远爱她，而不可割舍的却是我和我爸爸的情感，所以现在对我来讲，孩子才是最重要的，丈夫可以跟我一辈子不见各有各的家庭，而孩子却是永远在的，不管是法律还是道德，都不可以剥夺我作为一个母亲的权利和义务。"

说实话，那时候，我的法语还不是很好，大概意思也就是这样，反正记忆中，Sophie 是个奇怪的老师，思想太超前了，而没想到，经历了那么多情伤的我，也是在很多年以后才明白了其中的道理。

今年在我给印象中应该年满 50 岁的 Sophie 老师发婚帖的时候，我问她两口子来带女儿不，她直接说："我现在单身了，最近在约会，看到时候带哪个人过去……"

突然感觉我头上的乌鸦飞得一片一片的……但是，现在的我早已见怪不怪了，从最初的她"怪异"的想法过渡到后来看到"主流社会"的想法，我真的已经接受了很多所谓"西方思想"的洗礼，人身处的环境不一样，想法也会不一样，没有所谓的对错，真正的对错只在于每个人内心的价值观。

但是我对婚姻也非常慎重，受这种法式教育的影响，没有遇到"最好"的，我绝对不委屈自己的下半辈子跟一个人凑合着过，因为当过太多次的"惊弓之鸟"，我深有体会自己把自己伤得太惨，不是别人赐来的，而是自己贱来的。

No way! 所以你们也不要因为父母的催婚，早日让自己陷入泥潭，要说："我不！"

自己的价值都还没有实现，怎么能成为孩子的榜样呢？你要知道，女人最大的资本就是自己本身，无关父母是谁，对象是谁，你要明确知道，你是谁！

我接受了九九的浪漫求婚后，受到了当时法国华人圈和法国西南部人们的极大关注，尤其是当时九九向我求婚的视频《第六次说我爱你》在网上热播了 8 千多万次，各种流言蜚语让我有一段时间极度崩溃。

以为满是大家的祝福，没想到还是有人讲到耍心机勾搭了庄二代，麻雀变凤凰了，肯定是为了钱才跟法国佬在一起的，崇洋媚外，等等。

当时拍摄《第六次说我爱你》六部曲，是受邀拍摄 Maison du Sud Ouest France（法国西南之屋）及应必喜的白先生之邀拍摄一个广告片，我在 INSEEC 的老师 Julien Zhang（张举亮）牵线搭桥介绍我和摄制组认识的。

这个"Sud Ouest France"是法国西南部阿基坦和比利牛斯两个大区联合推出的一个品牌，主要是可以让消费者直接购买和品尝法国西南部的食品，也是推广生活艺术和美食文化的交流中心，连丽江都有，铁成在丽江的西南之屋正对面喝咖啡时，给我发了一张照片，还问我是不是假冒伪劣的法国品牌，看来中国人真的是被骗怕了。

在接这个广告片的时候，导演告诉我说，想用一个爱情故事来表现法国食品融入中国，就像一段实实在在的中法爱情，浪漫而真实。

我没有拿到任何的台词，连要拍什么内容，剧组的人都不告诉我，搞得我一头雾水，每次都只是告诉我，真实地表现你自己，然后给我一个走位，紧接着就是 action，基本都是四五个机位一起拍摄，一气呵成。

在法国西南不同的几个城市拍摄了之后，法国剧组整个团队就去了中国拍《第六次说我爱你》。

《第一次说我爱你》拍摄地点在 Dune du Pyla，这个地方可是我的伤心之地啊，自从和 Jonathan Bee 分手后，就再也没有勇气来过这里，因为这里是当年我们相遇的地方，心里有阴影，所以当摄制组说要来这里拍第一集时，我的胆子都要吓破了，这谁选的地方，不是坑我吗？

我要拍的是和我现任男友的爱情故事，不是和前男友的！

没办法，大部队 20 多个人，摄影师、摄影助理、导演、灯光师、乐手、司机、造型师、化妆师、服装师、编剧、工商会的、西南之屋法国方等等，我不可能因自己私人感情的原因就罢拍是吧，硬着头皮上，心里特不是滋味儿。

可是越拍越让我感觉有爱，在大沙丘上，看夕阳，听音乐，共享美好时刻，感觉特别好，乐手演奏着好听的旋律，大家都期待着拍摄的画面，而且夕阳特别美，染红了整片整片的森林、海洋和沙丘，当时感觉自己像在梦境一般。

后来我问九九当年为什么要在那里拍第一集，他说地方是他选的，因为他知道我心里面一直都放不下那段感情，他告诉我："同样的场景，不同的人，幸福的定义也是不同的，把你从梦境拉向现实，我始终在这里陪伴你，就像你的音乐、你的美景，会让你感受到爱，更真实的爱，我更想延续你心里的那份美好。"好像那次之后，我再也没有害怕过去 Dune du Pyla。

拍《第二次说我爱你》时知道我怕什么吗？我怕高。

可是据主办方讲，网友们给的建议是让我跳伞，这简直就是拿我的小命儿开玩笑啊，我晕高后只有一个反应，就是吐。

那次拍摄，拍得美美的，可你们都没有看到另外一幕。

教练问我要不要来个 360° 旋转，说这个拍出来好看，我吓得只敢说 yes，我突然感觉自己像乘了孙悟空的筋斗云，来回翻转，要死要死的节奏，主要是胃的反应。

这下好了，吐了教练一脚面儿中午吃的红萝卜炖小牛肉，其实我最担心的，不是教练，而是我这一吐，万一下面有个人的脑袋接住了，连理赔的人都找不到。"什么鸟拉的居然是红萝卜炖小牛肉？！"

当我快到地面，看见"我爱你"三个字的时候，内心阵阵小激动，觉得太浪漫了。

《第三次说我爱你》拍摄地点在波尔多市区最有名的地方——镜面广场，就在交易所官的正对面，高端大气上档次，一看就是路易十三喜欢来喝下午茶的地方。

导演他们从来都不告诉我拍摄计划，从来都是让司机来接我，然后我根据他们的要求来拍摄，尽量自然地展现自己就好。这次他们直接就带我来到镜面广场的一把粉紫色的椅子上坐着，好气派，周围都没有什么人，唯我一个人享受这块地，和风习习。

之后就是街舞跳起，那小哥直接一个扫堂腿扫我一脸的"洗脚水"。这绝对算一个惊喜啊！哈哈。

我的一大爱好就是看街头舞蹈表演，但是每次都好多人，我个子矮根本看不到，九九就会把我架在他脖子上，让我想起了儿时坐在爸爸的脖子上去人民公园看灯会。

这个惊喜令我蛮开心的，在波尔多最豪华的地段，独享观舞啊。

《第四次说我爱你》拍摄地点在 Toulouse（图卢兹），在法国有玫瑰之城的美誉。

凌晨 4 点就从波尔多出发去图卢兹了，我完全不在状态，导演让我在一个拱门的角落喝茶，不许我去广场那边，我当时在那个角落里打手机游戏，还碰见一个叫大猪的中国姑娘，原来她在图卢兹读书，她看我鬼鬼祟祟地一个人东张西望，前来问我需不需要帮助。我说不用不用，陪我聊聊天吧。

之后可能把这姐妹儿吓坏了，我听到导演一喊 action，就闪去拍摄了，一脸蒙地走到他们说的地上有一个黑色叉叉的地方，接下来就是 N 多人全部停止不动了，然后一个接一个地把玫瑰花一朵一朵地送给我，太浪漫了，最后还有一张写了"我爱你"的卡片，都不知道是谁突然塞过来的。

我喜欢玫瑰花，这一次又打动了我。

《第五次说我爱你》故事发生在 Ladaux（拉朵镇），在西蒙奶奶的玫瑰森林堡酒庄里面。

全家人都很给力，我当时还觉得大家这群众演员当得太好了，因为亲友们都是从美国、俄罗斯、迪拜赶回来的，又是放孔明灯，又是放礼炮的。

一直到这里，我都还蒙在鼓里，但是实际全家除了我知道，九九这次要来真的了。

其实拍到这里，我的第六感告诉我，大家好像都在预谋着什么。

说到《第六次说我爱你》，我先聊聊我为什么会吓坏。

我跟九九一开始认识的时候就知道我和他都是不婚主义者，在法国，你跟一个人可以同居可以生孩子，但是一旦要一个人跟你结婚，多半是这哥们儿下半辈子想通了。

法国的离婚率高，离婚后赡养费高，对一个法国女人来讲，能结婚，是身边这个男人给的最高的爱的赏赐。

但是对法国男人来讲，那就是自己为了有妻子而给自己判了一个无期徒刑，能跟你结婚的法国男人，那是真爱。

而对我来讲，我觉得可能在中国我才会那么在乎所谓的"名分"，一定要在 30 岁之前把自己嫁出去，赶紧生孩子，照顾好老公，一辈子就这样过了。

年纪大点，人老色衰的时候，还不知道老公会不会把自己给甩了，那时候再来个红颜多薄命黄婆多认命，可真是结婚不如不结。

所以两个不婚主义者，最后居然都还能发自内心地愿意来讲 yes or no，真的是需要很大勇气的。

我是真的非常害怕求婚的那一天真正地到来，因为心里老是想着离婚也会随之而来，没有拥有，也就没有失去，但是九九单膝而跪，眼泪在他眼眶里直打转，在当时那个全是灯光和摄像机的场景中，我觉得我是幸福的，是不怕去抗衡未来的伤心与悲痛的，而是愿意牵着他的手一直慢慢到老，就像他在戒指里面用中文雕刻的四个字一样："一生一世。"

关于我的大钻戒——你们看到的第六集视频里的婚戒，还有这样一个插曲。

九九不太喜欢逛街，但是每次我要逛街，他都尽量陪我，哪怕我同一个款式的裙子，换了好几个不同的品牌去试穿，每次我问他，他都很无奈地回答，很漂亮，买吧。

问题是件件都很漂亮，我有选择困难症，在选衣服上，我真的是超级失败的，但是看九九表情痛苦和无奈得差点都要帮服装店小哥推荐产品，我知道这小子开始不耐烦了，九九基本都是一开始像打了鸡血，要是购物超过1小时，他需要立马注射鸡血。

唯独我们去中国拍摄第六集的前一周，他非要拉我去逛街。

我们去买衣服，他慷慨解囊，我想吃冰激凌，他赶紧小跑去我最爱的冰激凌店买我喜欢的香草和开心果口味，我穿着高跟鞋在路边的椅子上等着他屁颠屁颠地回来。

我其实挺喜欢珠宝的，法国的珠宝橱窗艺术也是美到赞的！

我去到一家波尔多老字号的珠宝店，在橱窗里看到了好漂亮的戒指，感觉像一个扳指，全钻。

看看标价，算是映入我眼帘最贵的戒指了，我随口说了一句："这款好看，就是太贵了。"

而我第二次看到这枚戒指，已经是九九单膝跪地，手举得高高向我求婚的时候了。

最搞笑的是，我最后想确定他是真想跟我结婚而不是为了拍广告向我求婚送戒指，所以我拉他到小角落里，看着他深情地来了一句："是真的吗？"

九九"萌"出一脸的血："是真钻，不是施华洛世奇！"

大哥，我是问你是不是真求婚，不是问你这镶满20颗大钻的戒指是不是真的，我瞬间被九九的回答雷得五体投地的！

爱情应该是一个灵魂对另一个灵魂的态度，而不是一个器官对另一个器官的反应。

这个男人对我的爱，我可以感受到，实在！

因为我知道，他是一个不想被婚姻束缚的男人，一旦能成为他的女人，将会是他唯一也是最后一个。

所以在《第六次说我爱你》拍摄期间，我还给九九写了一首《四季》。扫码听歌，真情流露哈。

（四）

2016年4月2日，我大婚。

这是见证我有人要的重要时刻，大邑，刘文彩地主庄园，感谢大邑的王长清大哥和他的夫人刘惠珍大姐帮我们筹备这场难忘的婚礼。

我小时候问过我妈："你结婚的时候，是什么样的？"

英雄婆婆边嗑瓜子边说："我们那个年代，我跟你老爸结婚，就请了几桌人，聘礼是锅碗瓢盆，还有一床呢子的被子。"

"那你当时咋不多请些人呢？"

"那个时候哪里有钱请太多人哦！如果你以后结婚，我一定给你办一个八人大轿抬起的那种大婚！"

果然，我的大婚是传统的红婚，对，就是新郎官骑白马，新娘坐红轿子。

可是在大邑专门给我们办婚礼的王哥说，放鞭炮容易把马给惊着，万一造成事故就不好了，结果九九也是被抬着游街游了一大圈儿来接我，他说他双手作揖，手都甩酸了。

其实我挺喜欢白色婚礼的，婚纱、大蛋糕派对加西式仪式，有所谓的仪式感，关键我们还生活在有着成片成片古堡的波尔多啊！

成都婚礼之前我们就有协议，一个白婚礼一个红婚礼，成都一场，波尔多一场！

法国亲属来了 50 多个人，这里面只有 3 个人之前来过中国，只有 3 个人可以吃辣椒。

"做清淡点"四个字我无论走到哪里都要和餐馆的人说一次。

婚礼的头一天晚上，是家里的亲属和九九的法国亲友一起吃晚餐，我们去的是大邑边上的一家农家乐，所有人全吓傻了，所有的菜里面，就只剩汤是白色的，其他的菜全是红色的，当晚就有 N 位亲友拉肚子了。

尤其是当医生的 Uncle Gil（三叔），第二天婚礼，基本走哪儿哪儿的厕所都被他承包了，他可是满头虚汗把我们的仪式给坚持完的。

为了配合这次传统婚礼，我们很早就根据法国亲友的身材尺寸量身定做了一些服装。

当然，因为玛丽的外婆 Kiki 太胖了，做衣服的阿姨向我们确认了三次是不是把身高给成了腰围的尺寸，是啊，老外吃东西油大，Kiki 外婆做饭，油，尤其大。

到的第一天发放好衣服给大家试穿，我的妈呀，他们的一举一动一言一行真的让我都要笑抽了，尤其是裙子是类似围裙那种，要在腰上绕几圈儿才穿得上！

等他们一个个把衣服第一次穿上让我们检查一下的时候，一群"散兵败将"顿时映入眼帘，他们有的直接把裙子扎胸部以上，有的还在脖子上套了一圈儿，有的本该内扎的底衣给弄在外面，外面的小背心也都给扎进去的，还有衣服穿反了的，裙子不知道怎么系起来的，英雄夫妇直接都傻眼了！

还有众多中国家属亲友团的朋友在手把手地教他们怎么穿衣服。

第二天，他们才都整整齐齐地站在集合地点等着出发游街，要知道在古时候，游街，有着广而告之的功效，所以去大街上溜达溜达是昭告全天下我要娶媳妇儿的事情。

我一直在里面化妆，而且早上起来还不能和新郎官见面，所以九九早早地就被带走化妆穿衣服去了。

我就在另一个房间，穿好衣服，化好妆，等着伴娘们一起来要红包开门，心里有阵小欢悦。

听着窗外吹拉弹唱的声音，我知道花轿快到了。

一种大家闺秀今日出阁的紧张感随之而来，再看看旁边的伴娘，我问了一句："我妆没花，眼屎也擦干净了吧？"

伴娘笑了一声："别紧张别紧张，他们马上就来了哈，干净得很干净得很。"

吹拉弹唱到窗前了，一听就是好多人拥堵在门口的声音，接下来就是伴娘团要红包，九九中文不好，只能让铁成代他叫门，大家果然给面子哈，把我迎了出去。

由于戴着头纱，我直接自己把自己给绊了一跤，还好伴娘扶着。

接下来就是各种仪式，拜天地敬酒等等。

婚礼之后，我去妈妈的房间拿她给我的龙凤玉佩，这个是送给我和九九的结婚礼物。

英雄婆婆说了一句话直接把我雷倒："突然才发现，第一次见亲家居然是在你的婚礼上！"

"妈！太迟了，现在说啥都晚了哈！"

"我没有说啥子，我没有说啥子，只是突然感觉来了一大家子，高鼻子棕头发的，有点像外国人。"

英雄婆婆的世界，你有时候真的无法去揣测。

"妈！他们是法国人，咋个不是外国人嘛！你简直要把我气死了。"

"不好意思，不好意思，只是有点惊，从来没有一下子见这么多老外，有点昭君出塞的感觉。"

虽然英雄婆婆还在纠结，但是另一幕，在我看来却是我这30多年来第一次让我老爸感觉我长大了。

老爸把我一个人叫到边上，不难看出他想对我说点什么，但是又有点说不出口，他顿了一下。

"你长大了，老爸终于看到你出嫁的这一天了。我从你生下来就在想到底是哪个人以后会把你从我身边带走，现在心里有数了，他要带你去那么远的地方，爸爸看到九九的家人都待你很好，我也不担心了。你晓得我是个不咋个跟你交流这方面问题的老爸，因为你妈一直在操这个心，我也就不怎么问你了，反正她会跟唐僧一样在我耳根子边通宵通宵地念。你自己将来一个人在国外开枝散叶，好好珍惜眼前的人，不要等到我这么大年纪了才发现，时间过得这么快，都没有好好跟你妈享受过生活。女儿，婚姻要幸福哈，哪怕你在那么远的地方，爸爸也一直都是比九九还爱你的那个男人！"

紧接着就看见我爸抱着我号啕大哭，长到 34 岁，没见我这么坚强的老爸大哭超过两次。

我上一次见他哭，还是在奶奶的葬礼上。

晚上大家一起看《第六次说我爱你》的片子，然后玛丽还用中文给我念了祝词，我觉得好幸福，身边有这么多人爱和关心，是修来的福分。

真爱，就是他能越过千千万万的巨胸长腿的大美女，一眼就看到了简单粗暴的你，并且还把你带回家，带你走圣雅克之路。

当然，我老妈终于答应让我嫁给九九，肯定也是对他有考察的。

我妈说，每次我回国的时候，九九和他们相处的时间比我和他们相处的时间还多，因为我很多活动和商业谈判都不太方便带九九出席，所以只能托我爸妈照顾他。

但是九九特别懂事，还学会了讨人喜欢：跟着我爸学会了打麻将，听川剧；跟着我妈学会了跳广场舞和逛菜市场提东西；跟着我表哥学会了咋个基础按摩；跟着我干妈他们学会了唱卡拉 OK 和喝功夫茶……

当然，最重要的是学会了干杯，九九越来越入乡随俗，越来越中国化，越来越四川，所以理所当然地全家人也是越来越喜欢他了，就跟我在法国融入当地的社会一样，吃大肉喝大酒，打高尔夫，玩儿冲浪，去滑雪，玩儿极限运动，也跟着入法国的乡随波尔多的俗。

爱一个人，就会去接受这个人，和他的家庭。

很幸运，我成为走进他生活和心里的女人，我知道，我是第二个真正走进他心里的人，但是他把所有的运气和爱都给了第二个人，因为第一个人已经去了很远很远的地方。

人这一辈子，一定会有一次痛彻心扉的爱情，相信在那之后，不管是弥补还是付出，都会去加重爱的分量，因为，失去过一次知道了痛，就会害怕再一次失去。

九九在认识我之前，在美国、意大利、新西兰待了6年后，对这几个国家如数家珍，尤其是美国。

起先我还以为他跟一般的法国人一样都有一个美国梦，去过纽约那也是很自豪的一件事情，所以对美国的憧憬就跟我们对香港啊，对伦敦对巴黎一样，但我挺纳闷儿，这小子对纽约熟得就跟我对波尔多一样，我想，他对那里一定有不一般的感情。

经常一起出去看电影吃饭，我们的关系有了进一步的深入，但是我犯了大多数女人在这个时候会犯的错，因为往往这个时候也是最神经质的时期，会害怕自己刚刚得到的东西又偷偷溜走了，所以刚确定关系没多久的时候，女人天生的第六感就出来了，我干了一件我N多年都没有干过的事情：

查手机！

要知道查手机，在法国人的眼中比你知道他银行密码都还要他的老命，手机电脑这些电子产品在这里还有个别称叫"移动的保险箱"，当然，也是"移动的炸弹箱"，不然咋个冠希老师这些名流一下子火爆了东南亚，震撼了五大洲？

手机里面全是秘密，所以我太佩服我有些姐妹翻老公手机跟翻自己手机一样爽了，在法国，手机如同私人财产神圣不可侵犯，跟你闹离婚有时候就因为翻了下手机，那也会是个大罪名。

我就壮了俺的熊胆趁着他手机忘在我家的时候，查了他的邮件还有短信、脸书，那个时候我感觉自己简直就跟一个FBI一样，现在想想都后怕，因为在我这10来年的了解下，越来越知道一个欧洲人有多么在意隐私权。

我真的指天发誓，这辈子我要再看一次他的手机，我剁手指！

别问我为什么害怕翻别人手机，曾经查某前男友的手机，他硬是一耳屎把我从客厅沙发上扇到了地上，鼻血跟着流，随后就是一阵扭打，跟英雄婆婆在一起我都是扮演经常被揍的角色，更别说跟一个男人打，简直就是不自量力，鸡蛋碰石头，哪怕对方后来再怎么求饶，我都对有暴力倾向的男人是有多远躲多远！还来纠缠是吧，那我自己有多远滚多远总可以了吧！

当时查九九的手机，机智如007的我就搜了我爱你这句话，里面只出现了一个叫Pauline的名字，对话全是英文的，好歹英文考过级的水平看个情书还是没问题的，我的妈呀，看都看不完，真多，而且日期都是连着的，跟日记一样。

一看不打紧，看完之后，我是头晕目眩，感觉入了哪个蜘蛛精的迷魂阵，我心里一紧，这小子不会是脚踏两条船吧！

我妈不是说法国人最喜欢婚后10多个小三吗，而且打都打不完，我别是碰上了怪蜀黍（怪叔叔），偏偏喜欢周旋于无数女人身边。

在前期恋爱的时候，女人都是生性多疑的，所以告诉各位交了女朋友的，交往头两年还是乖些，不然有你的苦头吃，交往个十年八年的，你女朋友都对你了如指掌了，你想出去浪有这个心都没有这个胆儿了。

抽丝剥茧，我看看日期，不是日期不对，是年份不对！

这都是 3 年前的邮件了，我的妈呀，肉麻……

一看就是某用情至深的前女友，说不吃醋和心情平静，那是骗犀利哥的，我嘟着个小嘴，什么都表现在脸上了，马上戏精上身，脸臭得跟特朗普当年竞选总统捭希拉里有的一拼。

没过多久，九九来我这儿拿回了他的手机，可就在他拿回手机不到 3 分钟的时间，他问了我一句话：

"你翻了我的手机？"

"没有！绝对没有！"我回答得斩钉截铁，但是脸上那种慌神有点像被老师逮到作弊一样贼分分的。

"看，你都没有双击主菜单，我能看到你的浏览记录。啧啧啧。"

Oh! My god! 我感觉马上又要大干一场，好多年没有打过架了，也就拼了，是我不对，但是你要胆敢动我一根汗毛，这辈子我让你名字九九给我写成六六！

气氛尴尬了 3 秒，本以为我和他的"第一次世界大战"会以此为"导火索"展开，我连手都准备抬起来挡头了，害怕他一耳屎给我飞来，不知道一会儿是华山论剑还是血洗光明顶，但是没想到他比我还镇静，不知道是不是暴怒前的平静，雪崩之前的咔咔声。

九九笑了一下："哈哈，你连浏览记录都没有删，我看到了。只不过你搜索的这个'I love you'也太奇怪了吧，而且还翻阅了我和 Pauline 的对话，啧啧啧。"

又是一阵啧啧啧的声音，啧你妹啊，就是翻了，要杀要剐随你！

怒气上头，但又想找个地洞钻到地心里面去，我以为他肯定要骂死我或者大吵或者直接就分手了，我"哇"的一声哭出来了，打不赢认输扮猪吃老虎总可以了吧："我很喜欢你，我害怕你还爱着别的女生，我就想知道你还有没有对其他女生说 I love you!"

他惊了，没想到我会哭，赶紧过来安慰我，把我轻轻地搂在怀里，一只手把我的头按住，我本来是流了两滴眼泪，但是突然发现九九好像被我截到了心窝，他一下子变得比我还要伤感，他赶着要去公司，所以约好我们晚上一起吃饭，他说有话跟我说。

（五）

晚上 8 点，我们在波尔多的一家法餐馆见面，这是一家很优雅的餐馆，换句话说在这里你说话都不能大声，这里人讲话都跟蚊子在交头接耳一样，对法国餐馆来讲，这也是一种当地的餐桌礼仪，"哥俩好啊，一口闷啊！"这样的劝酒和大声喧哗，只会换来所有人鄙视的眼神。

九九点了两杯 Perrier Jouet（巴黎之花香槟），侍应生暂时离开，厚厚的两本法语菜单还放在我们各自面前。

"你怎么了莉莉？"

"没什么！"

"怎么可能没什么？你全写脸上了都！"

"真的没什么！！点东西吧。"

安静了一分钟以后我又打开了话匣子：

"不好意思我查你手机了，之前你消失的两周你也一直没有跟我讲你去了哪里，你是不是还有别的女人啊？"

他嘴角露出一丝微笑：

"就这事儿啊？哈哈哈哈哈哈哈哈！"

我没作声，等他继续讲，但是至少 5 分钟我俩除了看菜单，真的是一句话都没有讲。

"我觉得我们不太合适，你的这种随时玩儿消失的举动，非常非常让人不喜欢，不，不是不喜欢，我更想用讨厌这个单词来形容！"我第一次对他说话这么重。

"合适不合适应该不是看一件事情吧，你好武断，是不是你们女人都这样？哈哈哈！太可爱了！"他大笑道。

"你知道我看了你手机你为什么不大发雷霆？"

"为什么要那么变态地嘶吼？ 007 姑娘你找到什么有用的消息了吗？"

"我搜索'我爱你'这几个字，都出现在一个叫 Pauline 的女生和你来往的邮件中。她是谁？"

"就这件事情？"他一脸轻松，让我感受到了冠希哥般的邪恶笑容。

"你觉得脚踏两条船有意思吗？你们男人怎么都这么花心啊！"

菜还没点，火药味儿已经开始弥漫到了隔壁一对老夫妻那边，他们瘪着嘴看着我们，尴尬得不知所措。

"莉莉，既然你都这样讲了，那我也应该跟你说一些我的想法了。第一，我们俩现在只能算刚交往的男女朋友，所以我没有必要向你汇报我的行踪。第二，Pauline 是我的前女友，我去美国看她了。第三，你怎么可以去看别人的手机呢？这是隐私，我希望以后你能尊重我的隐私。"

他话还没有说完，我已经怒得像一头快要爆发的西班牙斗牛了，但是之后他的话，绝对是让我哑口无言，而且是把我所有的牙全打掉我还要自己吞掉，而且吞得无怨无悔。

"我很想你理解我，我们需要更多的时间去相互了解，因为我们刚认识不久，我也承认你是一个很吸引我的女孩儿，很独立自主，有自己的想法，一个人在法国生活，我真的很佩服。关于之前的三点，我必须要补充，因为我已经感受到了你的愤怒。"

旁边那对戴眼镜的夫妇，感觉比我们俩当事人还紧张，尤其是戴眼镜的那个爷爷，情不自禁地朝我看了一眼，还看了九九一眼，眼神很鄙视的那种。

"我非常不喜欢别人看我的手机，不仅仅是我不喜欢，我的家人也从来没有这样做过。如果真要防备你，我怎么可能手机都不设密码，因为我没有秘密，我非常坦诚。"

他喝了一口香槟继续说，根本没有留让我插嘴的空隙。

"关于你看到的邮件，首先我想说你很聪明，用这三个字搜索居然搜到了她，我以为我这辈子只会对这一个女孩子说这三个字，可惜就算我想，我也没有机会了。她也听不到了。抱歉说这话可能会让你不开心，但是我还是想请你听完我想说的，而且请让我一口气说完。"

我马上酸了他一句，成都女孩儿牙尖，有时候说话真他妈刻薄：

"你想说，还有人拦得住你吗？"

他眼睛有些湿润，空气里已经弥漫出一丝伤感。

"对，我前女友她叫 Pauline，因为车祸去世了，Pauline 的姐姐哭着打电话通知我这个噩耗，我买了最快的去纽约的机票，可惜都没有见到她最后一面，她是在医院里死的，我知道她一定是在等我，因为医生问她有没有要紧急联系的人，她没有说她爸爸和姐姐的名字，而是不停地念着我的名字。这件事儿我一直都很责备自己，我没有在她身边照顾她，要不是我让她去办理来法国的那些手续，她也不会一个人怀着我们的孩子还跑来跑去……我连我孩子的性别都不知道。"

九九的脸上，全是止不住的泪水。

我吓坏了，这个信息量太大，前女友车祸去世？肚子里还有一个孩子？九九已经当爸爸了？那孩子呢？孩子也去世了？

要不是旁边那桌的老夫妇递来了纸巾，我都忘记了还要给九九擦眼泪。

我吓傻了。

我被九九的几句话，吓得在餐厅里哭得哇哇的，不知道的还以为是被分手了。

旁边的老夫妇，其实是最尴尬的，他们听到了一切，但是又不能发表任何意见，除了递纸巾给我俩，他们都不知道该说什么，好尴尬，关键九九也没有管是不是高级餐馆以及旁边有没有人，我们这几个人都在掉眼泪。

我把手伸过去，握住他的手，他的手很凉，感觉像他的心一样。

九九又继续说："我过得很辛苦，时常想到她，我吸烟吸得厉害，喝酒也喝得很厉害，我在你身上也看到很多她的影子，她和你一样，是一个非常独立的女孩儿，喜欢弹钢琴，她妈妈心脏病去世，爸爸酗酒，她根本没有父爱母爱，我和她相遇让我第一次体会到了那种被需要的感觉，而我在她身上也看到了一个很懂事、很体贴的女孩子，独立又自信，还非常幽默，她喜欢笑，跟你一样能让人感到温暖。还记得杀猪节的时候你等了我很久，我说你特别像我一个美国的朋友，就是她，以前我去美国的葡萄酒展会时，她都会静静地等我一整天，你让我想起了她。"

他给我擦擦眼泪。

"我本以为不会再遇到像她那样的女孩子，在我遇到你的时候，我觉得上天在捉弄我。本来觉得这辈子就应该要一个人孤独地活在失去她的阴影之下，我曾发誓我这辈子只爱她一个人，但是后来我感觉我要守不住我的承诺了。所以我飞到了纽约去找她，去告诉她和我们未出世的孩子，我想和你在一起，我想得到他们的祝福。他们如果知道我遇到了你，不知道会不会介意，会不会祝福我们。之后我才开始了真正意义上的和你交往。"

旁边桌的那个女士的眼睛里全是泪水。"他们会祝福你的孩子。抱歉打扰了你们，我不该有所评论，但是我真的可以以一个本以为会因为癌症去世，但是现在还坐在这里能和你们说话的人对主发誓，我知道我得病的时候，我也多么希望我要是不在了，我的爱人能够找到一个他爱的并且爱他的人在一起快乐地度过余生，我会在天国祝福他们的。"

旁边的老爷爷边擦眼泪边点头。

这可吓坏了旁边的侍应生，才安顿好客人几分钟，怎么4个人就哭得稀里哗啦的。

九九补充了一句，眼睛红得和小兔子一样："现在你知道为什么我放下手头的工作去美国了吧？"

我深深地吸了一口气，又紧紧地握着九九的手："我不知道未来会怎么样，但可以给我一个机会让我去爱你吗？对于我的小胡闹我很抱歉，真的，真的非常抱歉。"

九九点点头，那一晚，我第一次感觉，我真正走进了他的世界，而且我也很幸运地能第一次触碰到他内心深处和伤处。

吃完饭，九九跟我说："跟我去我家，我有东西给你看。"

到了九九妈妈家，家里没有人，我们去了三楼他之前和爸爸妈妈住的房间，在书桌左边有一个带锁的柜子，他用钥匙打开了这个柜子。

柜子里是一沓贺卡还有很多张宝丽来一次性照片，九九说，这些都是见证他们俩爱情的留念。

如果按照我曾经的野蛮做法，我肯定让他扔了，但是在这一刻，我看着这些东西觉得都是九九"痴情傻汉子"的证明。

为什么要扔掉呢？

这些也都是我眼前这个男人内心珍藏最深的东西，有些人一辈子都不知道自己枕边人的前世过往，而我有幸能和他分享这些，最初的吃醋现在全变成了我对这个曾经爱过那么深，曾经付出过那么多眼泪和深情的他的敬佩。

一个人，要有多么大的勇气才能走出这一步，敞开自己的胸怀去到另一个世界。他是幸运的，如果Pauline在天有灵，也会保佑和祝福九九在未来的岁月里快乐地生活，而不是从此一蹶不振，抽烟喝酒，再也不会爱了。

九九说他起初是一个很挑剔的男生，喜欢很优秀的女生，女孩子的聪明热情还有积极向上，有生活情趣喜欢户外运动是他选姑娘的必备条件，但是我那个时候还都是在学习的阶段，九九说就喜欢我喜欢尝试以及热情地迎接生活的各种挑战，他佩服得五体投地，他说，后来才体会到，爱情没有固定模式，爱人更不存在谁有谁的影子，爱情只与欣赏和陪伴有关。

如果爱人离开了的你，看到了这里，我想说，这个世界还会有那么一个人，也在等待你那颗炽热的心去唤醒，朋友，也给自己一次走出来的机

.214.

会吧。

这个世界还有值得你去爱的人，你如果去爱了，天国的他或者她也会从此不再牵挂，他或她会祝福你们的，因为爱过你的人会希望你一辈子都这样幸福下去的……

九九的家人为了能配合好这次的中国之行，也是下了大功夫的，甚至我佳士得酒庄部的二老板 Karin Maxwell 都带老公一起来参加我的婚礼。

我们在波尔多的时候，光是召集大家开这个"中国行座谈会"就召集了三次，还带着他们去波尔多的中餐馆学怎么用筷子，学中国的吃饭礼仪。

年纪大的九九的外婆，在我们踏上去成都的飞机前一周和她的老闺密们吃了7天的中餐，干吗呢？学用筷子，说是不要去了中国连筷子都不会用给孙子丢脸。

九九的外婆米歇尔81岁了，她现在每天早上都还要去跑步，我看到她可以想到英雄婆婆81岁的样子，米歇尔外婆自己养鸡、养兔子、养蜗牛、养鸽子，还种蔬菜水果，绝对是中国农村好奶奶的样子，米歇尔外婆跟我的外婆两人一个是琴棋书画麻将不离手的居委会婆婆，一个是上刀山下火海的法国农村外婆，什么都自己弄，我印象中最深刻的是米歇尔外婆和我们一起去逛青城山的时候遇到了下大雨，路很滑，我自己摔了一跤痛得是哭爹喊娘的，而跟我一起摔倒的米歇尔外婆，拍拍屁股上的泥巴继续跟我们爬山，我要是80来岁了还能两分钟内起来，那肯定是跟着海灯法师练过的。

九九的爸妈为了给我爸妈买见面礼，连着一周都在市区逛，生怕买的东西我爸妈不满意，晚上一回家两个人就一起看网上教中文的视频，也在网上查阅哪些话不能讲哪些事儿不能做，当地有什么风俗忌讳等，而且全家人有一个群，在里面还讨论各种心得。

　　九九的好几个叔叔婶婶都是医生，提前备好各种针药，我最开始还以为他们觉得我们中国跟非洲一样病毒肆虐，后来九九告诉我说不是这个担心，而是因为我们要去很多旅游景点和不同的城市，他们不想扯我们的后腿，一会儿又要医生一会儿又要干吗的，反正就是为了旅行能正常顺利地进行不出娄子。

　　九九的哥哥恐高，不是一般的恐高，他们一家曾经坐飞机从波尔多去巴黎，九九说那还是小时候，他老哥全身发抖泪流满面，之后打死也不坐飞机，害得全家人坐火车回波尔多，九九从小就这事儿老笑他哥，他老哥也挺无奈的，这下我们飞10多个小时，那不是要了他的命，所以他哥哥只能在机场跟我们道别，然后留下来负责看酒庄。

　　果真来中国后，他们就跟训练过的民兵一样，每个人每天都挺准时的，没犯啥大事儿，生怕不礼貌事儿多让中国的家人感觉他们烦，这真是挺给力的，我们全家对他们全家是一致好评。

　　九九的姑妈说，和一个中国姑娘恋爱，那是小侄子的福气，很多年没有看到九九这么用心地在做一件事情了。

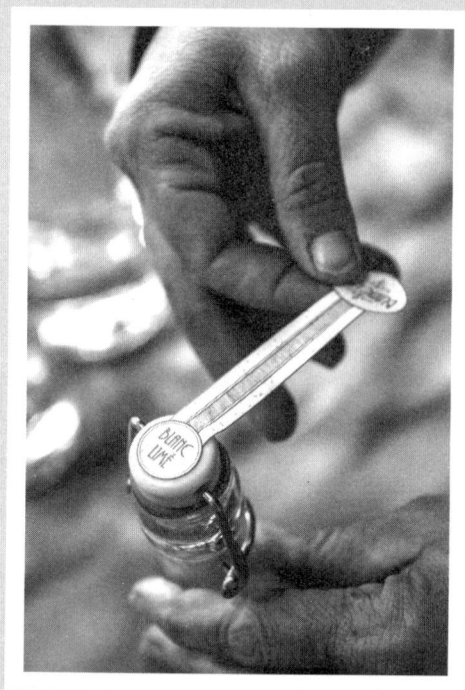

感恩，不如传递
这份爱给下一个
需要的人

　　我们不是亲人却胜似亲人，江湖儿女的情谊，如同一瓶陈年好酒，越久单宁越淡，葡萄酒越易入口，人与人之间的情谊，越久越经得起考验。

　　事情有真善美，朴实的情感流露在生活中的点点滴滴，也许就是那么一份小小的善，造就了后来的恩。

（一）

铁成跟我讲，现在大冰出书火到爆，要买来看看，尤其是那本《好吗好的》。

遵旨。

这圣旨一下，害得我是花高价快递了好几本大冰的"巨著"。看了之后，我终于明白为什么铁成要鼓动我买书了：原来里面写了他，还顺带提了我。

2017年年初，我屁颠屁颠地从巴黎跑来和他们"南极科考"大部队在米兰见面，蔡贝勒在家大摆满汉全席，私房大红袍腌肉让我欲罢不能。

蔡贝勒是我们在意大利的扛把子，带着嫂子和一对儿女从北京到荷兰再到意大利定居，跟他在一起的感觉就跟我和马未都老爷子在一起一样，玩儿的都是咱中国的老传统，茶道、扇子、竹板、茶壶等，唯一区别就是蔡贝勒那一根根雪茄，从不离口。

蔡贝勒是个低调的人，精气神和马老爷子一个样儿，脑补一下马爷抽雪茄的画面吧。

毕竟在意大利游走，还是要接点地气的，喝喝意大利的葡萄酒配配蔡贝勒的中式手艺，那个美啊！当年没钱快要讨饭的时候，怎么不去他家门口蹲着？

跟大哥们在一起，哪里有我插话的份儿，但是一说到葡萄酒，我就止不住了，跟大家侃侃而谈葡萄酒的江湖风雨。

大冰听完后，一般都要总结一下，但是唯独这次，来了句："嗯，这个可以写一篇。"

我们一起游走在佛罗伦萨的街头，超级拉风，主要是铁成和大冰的"哈日造型"，晃眼一看，还以为是日本山口组的组员和意大利的黑手党党员有啥党派会晤，就差露出屁股上灰太狼的文身，以显示我们都是来自 China 的良民了。

意大利这地方，满大街到处都是各种肤色的游客，无论亚洲面孔还是欧洲面孔的人跟我们打招呼，都是这句："空你几哇（你好）！"

但是铁成的眼神总是闪烁着"诡异的光"，然后是招牌式的铁式笑答："您好！您好！"扬我国威啊！

大冰哥又来了句："嗯，这个可以写一篇。"

果然是作家，发现生活中点点滴滴都能创作成篇。

大冰和铁成可以说这 10 多年看着我成长，对我的事情知晓七八分，老夸我是个不用操心的妹妹。

果真，大冰哥就开始给我灌迷汤："娟儿啊，你的故事讲给大家听听，肯定会很有趣的，你这小小的身体，蕴含了这么大的能量，写出来和大家分享分享，以后老了，这也是你一段美好人生的记录啊！"

骗钱骗色骗财的人我遇到无数，骗人家去写书的，大冰是我遇到的第一个。

我的冰哥啊，你以为我是秀才喻恩泰啊，他写诗就跟造句一样，你写书就跟写段子一样，妹子我除了写个微博分享下朋友圈，自己写书？这要死多少亿个脑细胞啊！

做不到啊……

家老铁又发话了："你这孩子，这是好事情，你就当写日记玩儿吧。"

铁成又来下圣旨了，这当哥哥的权利，比我家英雄夫妇来得要 powerful 很多。

哥，你玩儿微博几百年都不更新了，站着说话你不腰疼喥。

长这么大，如果说我是个孙悟空，那铁成绝对就是我的如来佛。

他的话，我永远是当圣旨，连英雄婆婆告状，都不会找我爸，直接致电让铁成接来得更实在，铁成就是我的信访办。

在和大冰讨论出书这件事儿之前，2015 年就开始有法国的作家 Violaine Esnault 想找我写本自传了，毕竟对波尔多这个只有差不多 30 万人口的法国第五大城市来讲，我这号代表中国的人物在这里出现，也是一个亮点。

咱虽然用法语唠嗑和吵架、讲道理的水平还过得去，但是写书给法国人看，那这功力没个蓝翔 20 年专业法语水平，搞不定啊。

关键是，写自传，不是都真成"英雄"了才来丰功伟绩一下的？我还太嫩了，觉得自己还没有达到这个高度，写什么自传啊。这事儿最后我没答应，火候还不足。

我这个人啊，受不得刺激经不起表扬，所以大冰和铁成多鼓动了我几下下，我创作的妖风就刮不停了，我那发了芽的种子也就遇到了甘露，怪自己没坚定立场，开挂般地上了两个哥哥的当。

毕竟对当年参加"新概念作文大赛"作品被认可，初中时还上过一次《华西都市报》的我来讲，这中间再怎么也隔了15年了。

现在怕文笔不好，写得好与不好，肯定都会被各路键盘少侠骂得跟狗一样，真的好怕，卖酒庄卖城堡可以，当作家，我是做惊恐状的好不好！

这3月的波尔多，晚上的气温都还在2摄氏度左右，大冰还全副武装着他的北极装备，大靴子和皮夹克，而我就一套真丝睡衣，天寒地冻的，一连几个小时在门口和他抽烟聊想法，探讨人生大计。

要知道，大冰哥就微博@波尔多的李莉娟lily了一下，一晚上我粉丝涨了好几千。"Lily，你的故事真实得太有趣了，你一定有很多东西可以写！加油！口语化就行，你平时怎么跟我们侃的，你就在书里怎么写哈！加油！"我现在微博的名字是"成都姑娘莉莉"。

我小马奔腾了，创作灵感刹不住车，发现有太多废话想写，所以在短短1周的时间，我就写了2万多字的文章，因为很久没有一下打那么多字，手抽筋抽得跟得了帕金森综合征一样。

再看看冰哥，连跟书迷握个手都伤得跟个木乃伊一样，我的妈呀，作家是集脑力活儿与体力活儿于一身的工种啊！

在西塘的时候，大冰送了我一句要命的话："不熬夜的作家不是好作家，但凡熬夜的，都成了！"

这话，成了我每次熬夜写书的座右铭，就差立个碑放我电脑桌上让我头悬梁锥刺股了，毫不夸张地讲，在创作的岁月里，我的体形和眼睛都越来越趋近于我们四川的熊猫了。

因为经常晚上熬夜熬到视网膜都要脱落了，所以自己炒盘小龙虾配杯白丽美，边啃边喝边创作来犒劳一下我这个住在波尔多葡萄酒庄园的少庄主夫人兼厨艺高超的青年励志"作家"，对了，还是个创作型歌手。

现在的我，与其说是个喜欢摇酒杯喝红酒的假洋鬼子，不如说是一个喜欢用刀叉吃成都火锅爱啃兔脑壳的土豪。

咱成都的说书人李伯清男神会把他听到的民间传说、宫廷野史变成一个个通俗易懂的假打故事，带着川味儿椒麻味儿，结合他自己的故事与大家一起侃。

而我给你们慢慢讲的是我从成都到波尔多真实打拼的故事，件件都是"血泪史"，当然也有"欢乐颂"，只是想告知大家，自己的事情自己做。

对如今拥有不害羞但害臊这种优秀品质的我来讲，能把我从当年那个"太"懂规矩的邻家大妹儿，七十二变变成现在的已婚美少妇的人，就是我那神奇的且在我心目中排第一的铁成大神了。

如果我有今天的成就要感谢友情提供精子和卵子的英雄夫妇60%，那么铁成在我人格独立和人格定性的方面对我的帮助真的可以占30%，剩下10%就是自我修炼了。

在经历过"5·12"汶川地震后，我又去了我喜欢的丽江旅行疗伤，回到我熟悉的火塘，那时的丽江还不像现在这样被誉为艳遇之都，那时候顶多是一个艳遇之村，村民比游客多。

当时民风淳朴到买银手镯还都是不掺铜的纯银"高级"手工定制，但现在看朋友圈的各种吐槽，说买回去的银手镯都发绿了，掺黑心铜比掺黑心棉还厉害；黑导游又让团员集体买翡翠了，不消费个8888，不准吃晚饭；是非太多，自己看自己的朋友圈都一惊一乍的。

云南，是我在中国的第二故乡，我有太多美好的回忆在这个彩云之南的地方了。

不管再怎么抹黑云南，在全世界多走几个国家你就会发现都一样，好人坏人一样多，好事儿坏事儿一样不少，所以我也就不在这里老揭自家老底了，好和坏永远都是相对的。

与铁成哥相遇相知在云南，放心，不是艳遇，我也想跟刘烨那样眼神深邃迷离的男神艳遇一把，结果只碰到当年把我捡回火塘吃脸盆儿那么大碗面的铁成。

疯子和科学家最大的区别就是没有区别，天才和神经病最大的区别就是神经病的数量远超天才的数量而已。

而铁成，仅此一例，是一个天才般受万人敬仰的疯子，默默在他身边潜伏十几年的我，也非常崇拜这个有诺必践的"跪射俑"，你看到后面的文章后会明白，为什么这个男版大力水手的女友奥莉芙会成为我人生中非常重要的奠基石和里程碑。

不管你们信不信，反正我信了，我信了什么叫铁定能成，我信了他送我的"只要做个有心人，铁杵也能磨成粉"那句空洞又富含万千哲理的名言。

信铁姐，不走冤枉路。

铁成哥的身边从来不缺明星，我见到他身边有萨顶顶、徐峥、王菲、李亚鹏、李晨、王学兵、张国立、胡军、杨丽萍、小彩旗、蒲巴甲、张一白、荆建林等，看到麻木的我都觉得我不当个娱记简直太浪费我的资源了，不对，太浪费他的资源了。

虽然有时候我也会八卦地问一下铁成关于蒲巴甲兄弟的私生活，却被一阵雷劈。"关你什么事儿，少八卦，自己去做好自己的事情！"

好啦，混社会技巧铁成语录第一条就是：闭上嘴巴，该干吗干吗！

以前我就老纳闷儿，我哥这是怎么变成明星中的明星的，说长相，确实是博物馆收藏级的，但是跟当今的小鲜肉鹿晗、吴亦凡等主流的长相相比，我老哥的长相至今还停留在公元前 221—前 207 年那个朝代的审美。

家老铁说了，人与事情打交道主要是靠能力，人与人打交道主要是靠人格魅力。

是啊，他也说我，长得不好看，那就好好做人做事吧，当别人瞎眼的时候就知道你是真的好了。

很有幸，10 多年前就跟着家老铁这个明星中的偶像进行修炼，所以自己也在不停地阿弥陀佛自我修炼。

大冰哥说我很值得表扬的一点就是："Lily 很虚心接受意见，很听话，不像有些姑娘一说哪儿不对，马上就找各种枝枝皮皮的理由反驳。"

我曾经何尝不是这等浮躁的小女子，关键是起初好几年都不听老铁的话，吃了亏走了冤枉路，后来才发现他真的"永远"是对的。

他可不是耶和华能预知未来，关键是他的视野非常国际化而且又接地气，还能调和儒家文化与天主教文化的冲突，融会贯通，铁姐，就是一个世界人。

为什么叫他铁姐？因为他老留着长头发，别人分不清是男是女，亦哥亦姐。

铁成哥一直以来对我的培养，我感觉在我满脸痘痘"未成年时期"是我上辈子欠他的，所以我要使劲儿被他"戏弄"被他"整"；而到了懂事后才发现他就是来偿还我和指引我的那个摩西先知。

（二）

2008 年地震后，铁成哥还带我去云南束河古镇卖唱，真心不骗你，那年夏天，束河古镇还没有多少人参观，静得很，那里的旅游开发，还停留在有几个刚开张的餐馆和零散的卖当地绣花鞋的地摊的阶段，大街上还有一大群一大群的羊，当地山民都还赶着牛在大街上乱跑，偶尔会听到铁成狂叫："×！又踩到屎了！"

云之南的天总是那么晴朗，总是明媚得让我忘记一切烦恼，以至现在常居波尔多，我都有一个习惯，喜欢躺在树下看蓝蓝的天白白的云，铁姐说有助于我青春期烦躁的时候压压火，以后年纪大了，对更年期同样有疗效。

第一次跟他卖唱那天，我印象特别深刻，我们一群人骑着哈雷，摆好地摊，阿缘吹笛子，拉马头琴、弹吉他的同行们聚集在摊位，开始了试演。

我觉得音乐是有灵魂的，好一会儿，不知道从哪里一下冒出了四五十个打扮成登山客的人来听我们玩儿音乐。

其实我真的很喜欢唱歌，以前在成都老唱给家人朋友们听，那是自家人，我不会紧张；我也参加过很多比赛，《超级女声》《我型我秀》以及"统一冰红茶全国大学生歌手大赛"什么的，这都是唱给评委听的，特别紧张，因为我永远都会去纠结最后的结果和每个细节的表现是怎样的，一首歌唱完，我又累又紧张，跟一峰跑完了全程马拉松的骆驼一样。

而这次，拉开了我人生中第一次街头卖声不卖身的讨饭式群演的帷幕。

对，我开始的时候还放不开，还太在乎围观乡亲和游客的看法。

我唱啊唱啊，看着听歌的人们也手舞足蹈的，我一会儿感觉帕瓦罗蒂附身，美声吼一下；一会儿祖英阿姨附身，辣妹子辣一下；一会儿化身女版光良，为路人娓娓道来一个个动人的爱情故事……

尤其是穿着铁成给买的纳西族的衣服唱歌，反正声音和服装是绝对怪搭，但是第一次我感觉我那么放松地唱歌给我不认识的人听，我的心境是如此顺畅，没有任何负担和杂念，连别人在我们的盘缠盆儿里放一张红色钞票的时候，我都没注意到。

第一次，绝对是第一次我感觉就是这么简简单单用我的音乐和别人在交流，突然回想起曾经输掉比赛哭鼻子的场景，觉得自己太白痴了，哭什么哭，输了下次再比啊！

看到别的小伙伴儿得了第一，自己那种不甘心，那种"我比你强我才是王者"的傻劲儿，让我觉得自己简直就是一个幼儿园都还没有毕业的女孩儿。

我一直遵循大冰的教导，在酒吧遇见，就是一酒吧掌柜；在书店遇见，就是一作家；在街头卖艺，那就是街头艺术家。

人设，不是别人给设的，而是自己给自己设出来表现给大众的印象。

所以我卖酒庄的时候，就是一个卖法国人宅基地的资产投资专家。

我在唱歌的时候，就是一歌手。

我拍视频节目的时候，就是一个嘉宾主持人。

　　所以不要用明星这样的字眼来形容我，我就是喜欢做我喜欢做的事情，没有想要登峰造极当周杰伦，我不是明星，明星不好当，太累，太没有私人空间，一切都要被大众监视，我不喜欢这种感觉。

　　我是你邻家大姐，能帮你出出主意的人。

　　爱听不听。

　　有时候，人的一个转折就是在刹那间。

　　记得那天的表现非常不错，和其他的街头乐手玩儿得很起劲儿，到下午5点，我们收摊了，铁成骑哈雷带我去菜市场，拿着卖唱挣的钱去买鸡翅膀，晚上还有一次火塘烧烤。

　　无数次在丽江的火塘里吃老哥秘制的"铁姐鸡翅"，没想到老哥有这般好手艺，自此以后10来年，各种山珍海味鱼翅海参鲍鱼鱼子酱等，都不及他的鸡翅让我回味。

　　晚上来了30多个人吧，晕，买菜买面的时候说只来5个，居然又"爆塘"了。

　　终于知道他冰箱里为什么总是堆无数面条了。

　　人真多，把火塘都挤满了。就跟每次大冰哥的签售会一样。

　　火塘的门口始终放着哥从西安买回来的假兵马俑，就像是咱火塘的安保人员。这里真的是旅行者的天堂，大家烤着鸡翅，看着兵马俑，感觉像穿越了。

　　大家围坐在一起，每个人都要做一下自我介绍，哥说不管你是达官还是贵人，在这里一律没有高低贵贱，来我火塘者人人都是平等的。

　　当时的我，如果在大街上看到明星，眼睛放光能跟猫头鹰一样，但是在火塘的时候，身边的歌星影星就跟隔壁家老王一样，一点都没有刺激到我的小心肝儿。

但是往往在他们离开好几天后我跟我哥说："忘记照相了，哎哟，怎么能忘记照相呢，哥，哥，他们下次啥时候来？下次你记得叫我照相哈！"

当然，记忆犹新的还是那次跟铁成还有曹卫宇大哥他们一起去香格里拉。

当年那部《不要和陌生人说话》火爆了中国，那时还不流行男神一词，不然按照剧情，曹哥绝对是那时的男神，就连我们在香格里拉的广场跟当地人一起跳个广场舞，脸颊有高原红的妹妹们都会蜂拥而来找他签名。

那个时候我还是一个小屁孩儿，20出头，跟着我哥就跟一个拖油瓶一样，我要做的事情就是跟着瞎吃瞎喝瞎玩儿，我妈还时不时地发消息让我不要太黏着铁成，让我勤快点，做铁成的小跟班就要有小跟班的样儿，要照顾好他的饮食起居。

在回香格里拉的路上，我们停在一家苍蝇馆子稍做休息，吃个午饭继续上路。

铁成在弄他的哈雷，他让我点一盘番茄炒蛋不要辣椒，我觉得他是"奇葩"，谁他妈吃过加辣椒的番茄炒蛋，那是尖椒炒蛋好不好？

我不信邪，要了一盘番茄炒蛋原味儿的！

结果，香格里拉的番茄炒蛋还真放了辣椒，我吃了一口就被辣得不行了，他看了我一眼："这家我经常来，让你这样点是有原因的。"

他在香格里拉留下的这句话我觉得也是铁姐语录第二条："不要觉得常规中出现的东西，就一定是你最终看到的样子，别人这样做，肯定有他的道理。"

我从来没见过他有一丝的慌张不安和焦虑。

但是突然有一天，他说要回陕西老家一趟，问我去不去："我妈病了，我爸不想我担心，没告诉我，现在她严重得手都抬不起来了，我要回去看她。"

晕，我发现这个孙悟空真不是从石头里蹦出来的，他也是有人生有人圈养过，然后再放回原始森林里继续野生的。

我第一次见了铁爸铁妈，从那之后我就改口叫爸爸妈妈了，连晚上睡觉我都和铁妈一起。

终于知道了今天的铁成，能从这个山沟沟里出来，混到现在，那绝对是牛 bility！

铁爸，当年在黄帝陵煤矿当电工，一看就是老实人，那种纯朴跟我们四川中江乡下的表亲的感觉非常像，铁妈因为那段时间手臂有问题，基本做不了重活儿，我就看着铁爸跑前跑后，买菜做饭收拾，都不让我们动手。

晚上铁妈手痛，铁爸给按摩，能按 1 个小时不停歇，铁妈入睡后，我还在玩儿手机游戏，铁爸都会轻轻来一句："早点休息哈，明天早上给你们做好吃的。"

这是别人的爸！

我亲爸要是遇到这种情况肯定就是马上没收手机加重复八次："在爪子呢？还不睡？早点睡！早点睡！！"

看我灯还亮着，他会说："再不睡，拉电闸了哈！"

铁成在老家，别人都会叫他小名，说他长大了，还是这么怪，穿着裙子就回来了。

他出名不是因为他在咱祖国江河是明星中的明星，而是从怪弟弟到怪哥哥再到怪叔叔这么多年居然都坚持了下来。

想想，大家都还坚持着朴素主义，穿的都还是符合当地审美的服饰，而铁成哪怕去了巴黎和米兰都有摄影师路拍他的衣服，在老家他的衣服就是奇装异服。

铁成说他小时候就是个老师眼里的"坏孩子"，成绩不好但是鬼点子很多。

看过大冰《好吗好的》这本书的读者对铁成的故事那都可以熟背了，我在这里就补充补充老铁的奇闻逸事。

他现在的成功，不仅仅是物质方面的。咱都是平凡人，再有钱也没有马云、王健林和比尔·盖茨有钱，充其量能当个本村首富就已经很不错了。

铁成自己对自己未来的规划能简单到就是"玩儿"，我见过很多好玩儿的人，像他这样玩儿得有知识有文化，有组织有规划，有勇有谋的人到现在我还真没见过第二个。

我崇拜他，如滔滔江水连绵不绝，因为在我们20来岁的时候，比15岁青春期时还麻烦，我们的路一旦开始走下去，就上了轨道没有回头的机会了，而他就是那个我遇到任何问题，都会在有手机网络的地方立马回我的守护神。

跟铁成在一起，每天都是开开心心、快快乐乐的，你会感觉这辈子跟着他有口饭吃就满足了，就是这么容易满足的我只要每天这样就好，铁成就是这种心机老 boy，你以为他玩儿得开心舒心的时候，你以为他满足了，结果他已经偷偷地在策划下一步了，留下你还停滞不前，流着鼻涕玩儿着尿泥。

但是，一旦你有一丝丝努力的苗头露出，他也是那个在边上给你鼓劲儿的人。

铁成和我在丽江古镇上的牛肉面馆吃面，他呼噜呼噜地吸着面到嘴里，别人吃面是一口一口，而他吃面就像一个吸尘器摆旁边，还好在面馆里他还稍微注意点，那么瘦的一个人，一顿怎么可以把相当于自己一半体重的面给吃下去。

在火塘我们习惯了他的饭量，但是去面馆，一个人点一斤的恐怕去哪个餐馆都会把点菜的吓一跳吧。

是的，面王看出我有话想讲，但是又一副害羞说不出口的样子，吃面的声音停下来了，说："你到丽江快一个月了，现在恢复得不错了，要赶紧上路走下一步了哦！"

"还没有还没有，我还想在你身边学习学习，还想跟着你再在丽江流浪一段时间。"

"你不能待在我身边，不然你就废了。你之后有什么打算？"

"我没什么打算，但是我……我有点想去留学。"

"好事情啊！去哪里呢？"

"我自己报了班学习法语，所以挺想去法国的。但是都不知道第一步做什么，就光是爱好，觉得想朝着这个方向去努力。"

"我相信你，铁定能成的！到时候我去法国看你！我发誓！"

"八字还没有一撇呢！"

铁成吃完面，语重心长地留下一句话给我："每个人都有一首惊世骇俗的歌在等着他。"

（三）

地震后，我很不开心，因为见到太多悲惨的场面，一度晚上一躺上床就呼吸急促,心跳加快,瞳孔放大。

那个时候台湾中医老大哥北山在丽江还给我治疗了一段时间,但是也需要一段时间心理上的平静,我告诉老铁,我在博物馆工作也越干越没劲儿了,同样的东西我每天讲5遍,已经讲了两年了,当年还想继续完成我当警察的梦想,也搞了一半就没下文了,我在音乐上感觉这辈子肯定没希望当杨钰莹或者韩红了。

唉,我想换个地方重新开始我的生活。

是啊,就是为了谱写我这首惊世骇俗的歌,我就傻拉巴唧一个人来这里开始了我的探索之旅。

家老铁在地震后打电话来问候,庆幸我还活着,我飞到了丽江。

大冰知道我来,也回丽江跟我会合了。

我做出了一个重大决定,我要出国读书,我不想要五险一金,我想趁着还有胳膊有腿的时候,去实现我的憧憬。

我本以为他们两个人会跟英雄婆婆一样嘲笑我,因为怕我万一饿死了咋办,要是在国外混不动了,连张机票都买不起,骑自行车回来也要好几年吧!

他俩居然还"鼓励"我,铁成那句"没死,就好好活着!"临门踹了我一脚。

铁成上火塘二楼右手边他的那间房,打开衣柜左边抽屉的第二格,那些有洞的袜子下面埋着他的私房卡。

他把卡递给我:"如果你真把我当哥哥就收下,听话!"

大冰在一旁,掏出不知道他有没有擦过鼻涕掏过鼻屎的手绢递给我,反正眼泪鼻涕一把抓,小脑袋抵在铁成的肩膀上鬼哭狼嚎了三分钟。

丽江火塘的炭火上，还烤着我最喜欢吃的铁成味儿的鸡翅膀，煮着大冰哥最爱的普洱茶。

铁成虽然长得不靠谱，但是他做起事情来非常靠谱。

曾经我身边的亲朋好友，七大姑八大婆说要来看我，然而真正说到做到的只有铁成，而且迄今为止，他来法国都看过我 3 次了。这 3 次，次次他都摄我魂魄。

第一次他来波尔多，那时我还和我在法国的第一任男友在一起。

那时我还开着一二手小破车去机场接他，前男友听说我"大表哥"来波尔多看我，很是开心，但是开门那一刹那被铁姐快吓尿了：你这大表姐也太潮了吧！

平时前男友看我都是乖宝宝，没想到我"家"里居然还有这等奇人，他俩交流无障碍，要说铁成走遍全世界，讲的就是这"笑语"，一个叽里呱啦讲法语，另一个就只能听到"呵呵呵呵""哈哈哈哈""yesyesyes""nonono"，家老铁又说了："不打笑脸人，多笑笑绝对没问题。只要别笑得跟花痴一样。"

当时我大学还有一个同学，马青马胖子，现在住在北京当红酒贩子，一嘴京腔，他就算笑都笑得跟京城的老炮儿一样，跟那哥们儿我们是上谈外太空，下聊内子宫，我因为已经和老铁去了一圈儿欧洲了，我就让他陪着铁姐开着一辆比我的更破的汽车去了里昂，因为他车里的冷气坏了，俩哥们儿顶着室外 35 摄氏度的气温，却感受着车内 40 摄氏度的桑拿浴，马胖子自己都说，拉铁成一趟，都从韩红瘦成冯巩了。

第二次铁成来波尔多，我的妈呀，他不是要来玩儿的，他是来要命的！

铁成还没到我家，我就报警了！

哥们儿失踪了!

他周一的时候告诉我他买了一辆电影《罗马假日》里面的那种摩托Vispa,在法国看到的颜色都是统一的黑色、白色或者灰色,铁成发了一张图片到我微信,我一看,这辆摩托使他的精气神完全变了。

这是一辆轻骑摩托啊,他要从巴黎骑过来,早上9点他出发,我约莫算了下,我们一般开车5个多小时走高速可以到,我就算他把摩托车从巴黎给推到波尔多,10个小时也足够了吧。

于是我通知了九九,晚上去他家吃饭,这下家族的人都知道了我从中国来的"大表哥"要来家里吃饭,于是大家准备了好吃的来给他接风,晚餐弄得跟过圣诞节一样,可惜浪费了,快下午5点了,铁成连三分之一的路程都还没有骑完,因为这摩托不能上高速!

就这样我等啊等啊等,等了4天,他终于快骑到了,我才准备第二天中午让他和家人在都古鳄家族的玫瑰森林堡进行午宴。

可是,这次不是没骑到,是骑丢了!!!

当时和他一起的还有穿着似和尚服像睡袍的"海上皇宫"宫主郭哥哥,他都到我家了,铁成都还没有到啊!!

而且铁成自己没有手机导航的,当时他跟有GPS的郭哥哥的车后面骑,结果看到有高速警察,他赶紧躲起来,这一躲,躲丢了。

这下我就慌了,连波尔多警察局局长的电话我都打了,我说我哥失踪了,要报人口失踪,警察局局长说:"按照规定,必须要失踪24小时以上我们才可以立案,你这才丢了两个小时,我很为难的,但是我可以让我手下的人注意有没有一个你描述的中国籍长发并骑小摩托的男子。"

我很是坐立不安啊,他没有地址,怎么可能找到我家,而且都快晚上

11 点了，这家伙又搞什么幺蛾子！

过了 20 分钟，警察局局长给我打来电话，说暂时没有消息，刚才他们在河边捡到一具尸体，虽然是长发，但是是欧洲人的长相，肯定不是我"大表哥"，正在和他聊着，突然另外一个电话又进来了，我一看，居然是前男友的手机号，我没有接，这边继续和警察局局长商讨着，过了一分钟，又是前男友打的，我接了，说："不好意思，我等会儿给你回电话，我现在有很着急的事情，一会儿给你回。"

我正准备挂电话，听到那头也着急地说道："铁成，铁成在我们以前的房子那里！"

"什么？铁成？他在哪儿？！"

"我现在在美国，我们以前的房东给我打的电话，现在的房客打电话给房东，说有个中国男子，赖在他家不走，只会讲我们两个的名字和他自己的名字！你赶快去看看怎么回事儿！"

"我的天啊！我现在满世界找他，他走丢了，居然还想得起我们原来的住址，这哥们儿脑洞太大了！"

我告诉警察局局长铁成现在的情况，不用劳烦他帮忙了，警察局局长也很佩服这个自带 GPS 的中国大表哥，牛 × 的人他见多了，这么牛 × 的人他还没见过，所以这几天邀约人肉 GPS 铁表哥一起吃饭。

我赶紧放下电话，开着车飞奔出去，留下郭哥哥在还没有装修的二手房家里自己弄吃的，赶回"老家"。

我一打开门看到他，热泪盈眶啊！

从几天前他要自己骑车从巴黎到波尔多，到在高速公路收费站那里给走丢，再到警察局局长说找到一具非中国面孔的尸体，我的心简直都要吓得爆开花了。

　　第二天我们如愿以偿，终于和九九的爷爷奶奶他们一起吃饭了，那一次，是铁成第一次和爷爷吃饭，也是最后一次，因为不久后，爷爷就离世了。那一次，奶奶倒是对铁成印象深刻，之后每次都说，铁成要经常来波尔多走动走动，喝喝铁成亲手泡的茶，看铁成多笑笑，听铁成和我一起唱《玉龙雪山》曲。是的，牛 × 的我也见多了，他这么牛 × 的还能自己找到我前任那里的人，我也就见过他这一个。铁成自己说，他记得当年我家门口的轻轨和波尔多的镜面广场是一条路，他先去找的那个我们在波尔多卖唱的广场，然后凭着记忆找到了我之前住的地方，牛 bility 啊！

　　第三次，他来看我，带了大冰哥。这是大冰哥第一次到波尔多我们欧洲驻地来。这不，十年磨一剑，在铁成哥和大冰哥的鼓励下，我就开始动笔写书了。

　　每一次铁成到来，都能看到我的成长，而且他也在和我一起成长。这三次来法国看我，被他蒙得最厉害的一次是我们 2011 年一起在欧洲卖唱的经历，此生难忘！

　　2011 年的春天他给我发了一条 QQ 留言："妹儿，今年暑假跟我去欧洲巡演吧。"第二天早上我一起床看到 QQ 留言，高兴了一天，因为我老哥在我心目中可是一言九鼎的明星中的明星，还记得他第一次带我去见萨顶顶姐，我简直高兴得一宿睡不着觉。

　　老哥说带我进行欧洲巡演，我觉得这件事情肯定靠谱。我问铁成要去哪些地方巡演，要准备什么，他说拿好你的行李和一个月的换洗衣服就可以了！

　　这下我可扬眉吐气了，心里暗自高兴，表示铁定要吹吹我如何牛 ×，我哥如何牛×，还等着回波尔多以后再开个庆功宴，为此我还买了几身衣服配合我接下来的演出任务。

卖唱必须有专业的工具，当年他买的那个 Hang（悬鼓），就是我找我乐队的女主唱 Isabella 的哥哥给插队订的，因为 Isabella 的哥哥就是在瑞士做这个的工匠。而我呢？砸锅卖铁地去买了一把好吉他，希望能配合我老哥的巡演，这次要玩儿个大的，自我投资也要跟上是吧！

就这样，8月我和铁成在巴黎的机场会合了，满怀激情，我俩踏上了第一站去希腊的征途。辗转到了雅典，终于到了酒店，我实在忍不住了，问："哥，今天有演出吗？""有！""几点？""等会儿吃了饭再定吧！"

什么鬼？吃了饭再定？演出不是都要提前很多天安排好彩排的细节吗？突然对我平日尊敬有加的老哥产生了生平第一次的怀疑。果然，我被我哥骗了，妈的欧洲巡演居然是欧洲街头卖艺巡演……

我就这样被我哥拉着到希腊、奥地利、法国、匈牙利、捷克斯洛伐克当了一个月的流浪歌手。跟当年在丽江街头其实是一回事儿，就是地方换了。此次巡演，我受益匪浅，早知道就买个儿童吉他，用完就扔，还省得带回来。

但是此次巡演我学到了一个终身受益的本领，胆大心细多问人，张口闭口有学问！此本领，真的是铁成这一个月给我骂会的。

其实我是个脸皮特薄的人，最不喜欢去问人。小时候英雄婆婆让我去问个路，我宁愿走错无数次并在原地打来回，都不想去问别人。

我宁愿自己多花点时间和功夫自己研究都不张嘴的，经过那一个月的魔鬼式训练，铁成哥已经把我训练成欧洲街头最不要脸的卖唱艺人了。

最开始的时候，铁成哥看到有一家餐馆的门口非常适合卖唱，他让我去问问店家可不可以在门口摆摊。我的英雄婆婆啊！！我是那种尿来了宁愿憋着等膀胱爆炸，都绝对不会去餐馆借个厕所撒泡尿的人。

这任务，太难！我不接受，我耍赖，我就一直跟我哥说，我们在欧洲，不能随便在门口摆摊的，我们要被赶走的，警察要来抓我们的，万一城管来了没收东西怎么办？

铁成哥边抬头，边大笑："哈哈哈！城管？你以为在中国啊？"跟他几个回合之后，我在餐馆门口徘徊了 N 次，还是皱着眉进去了。

没想到店家同意了！！我高兴坏了！！就这样，一路欧洲"巡演"过来，我学会了不要脸地去问别人可不可以摆摊。

这也为我日后找实习工作打下了坚实的基础，要知道我的第一个在法国的实习机会就是我蹬自行车一家一家酒庄挨着敲门找到的，我的同学们还在苦于没有实习机会，我都已经有好几个 offer 了。

回到前面的话题，巡演结束后，我回到了波尔多，我的法国同学们都在问我：莉莉你的欧洲巡演怎么样？唱了什么歌曲？去了哪些剧院啊？

说实话，我当时真想找个缝钻进去把自己终生掩埋再也不出来了。这个脸真心丢死了……

找个借口，真心不容易……但是这次欧洲之行让我学到了：你不说，别人怎么知道你需要呢？不是人人都学过《易经》可以猜，不懂就问，有需要就讲，这绝对是生存的重要技能！你说铁成是个什么样的人，他是个简简单单的人，不做作，不攀附，不嚣张，这些都是我在他身上学到的。

他没有官二代富二代的出身，但他的经历真的影响着我们这一代的官二代富二代平二代。

（四）

写到这里，你肯定要问我，我跟铁成是怎么认识的。

有意思，这辈子，我们注定要认识几个"奇葩"，而铁成这个"奇葩"，"奇葩"在你觉得他是个不靠谱的人，但是做的是最靠谱的事儿。

10 多年前，我一个人去丽江旅行，背着小背包，一副女王下江南的架势，至于为什么要去丽江，你懂的，为了去体验一把所谓的艳遇之都的精彩。骗你的，怎么可能，我那个时候还没有那么早熟，我真的是为了去云南体验一把家里哥哥姐姐都说的昆明、大理、丽江的美景。

妈的上当了，遇见的尽是骗我买玉的导游！

所以我之后的行程就从跟团变成了自由行，要不是遇见了铁成，我现在可能都还在丽江或者大理某客栈里面当前台。

我这人，真的就是心好，导游让买玉，不然不给晚饭吃，我就买了一块 800 元的玉，从来没有给自己买过这么贵的玉，据说这玩意儿叫翡翠，但是 10 年后的某一天，佳士得的一个同事是玉器专家，告诉我说，确切地讲，这玩意儿的材质叫玻璃，唉！我还每天把这一破玻璃当宝一样爱惜着。

这次自由行，钱不是特别多，就去丽江找了客栈住，挺喜欢这里，价格便宜，我记得住宿费是 35 元人民币一晚上，单间，有淋浴，晚上蚊子挺多，还是住的那种四合院式的老宅子，大夏天的，被子还湿湿的，客栈里面有条白色的狗长得非常可爱。

丽江非常小，所以往往都是和客栈里的人认识以后一起去玩儿，一起聊聊人生聊聊理想，当时我在客栈里，还遇到一个一定要和我交往的男孩儿。

神经病！互相都不了解，就要和别人做男女朋友，这样的人对感情不慎重，到时候吃亏的还是被追到的这个人。

当时我和另外一对小情侣相处得还不错，3 天以后就成了基本走哪儿都要一起的三剑客了，我们到一家摄影店铺里面看摄影师拍的照片，我的妈呀，那技术不比法国的 Robert Doisneau（罗伯特·杜瓦诺）差，居然在一家小小的铺子里面开摄影店，所以说丽江这个地方藏龙卧虎真不是吹的。

补一句，法国的 Robert Doisneau，就是拍摄图片《巴黎之吻》的摄影师，我居然还在几年前去过这个摄影师的孙子在波尔多的家，他还送给我一本他爷爷的相片集，那时候我才好好研究了一下这个摄影师，而马上让我回想起了当年在丽江看到的那个摄影师震撼到我的作品。

而我和铁成的缘分也由此而起，因为我们三个无聊得已经在问除了轧马路、去酒吧、逛街买东西、吃街边摊，还有什么可以更"深度游"的地方。

长头发的摄影师，带着一丝丝朋克的忧郁，道："我给你们介绍一个地方，游客都不知道，只有我们这些常驻这里的艺术家还有志同道合的人才知道的一个地方。"

大哥说这话的时候，语气都变了，我的妈呀，有一种"我想给你推荐某位得道高僧或者某位大师"的严肃："你们今天晚上晚饭后，去这个地方，看到有两个兵马俑的大门进去就可以了，别说我的名字，我怕他不记得我是谁，但是他的名字叫铁成，绝对的帅哥！"

　　结果，我第一次对"帅哥"的定义，有了从花泽类过渡到了迪克牛仔的震惊，妖娆的背影穿着裙子，由汤姆·克鲁斯迷离的眼神转换到了孙红雷的眯眯眼。

　　都说，人如其味，人与人之间的默契绝对是从味道开始的，铁成第一次转过头，披着长发还在篝火旁边烤鸡翅膀的形象映入眼帘。

　　他回眸一笑百媚生，从此，长发、鸡翅膀以及他之后绑起头发的道长形象就深入了我全家的心，对，包括英雄婆婆第一次见到铁成的时候，眼神迷离了老半天。

　　只因为在人群中多看了他一眼，再也没能忘掉他容颜；只因为在饥饿中多吃了一只翅膀，再也没能忘掉他的味道。

　　当天为了报答铁成请我吃鸡翅膀和喝啤酒的恩情，我决定以"声"相许，这一唱不要紧，唱完铁成就让我第二天跟他去一个地方表演顺便去卖唱。

　　好歹 2006 年我还参加过《超级女声》，在比赛期间成都的大马路牙子上时不时还有人能把我认出来，去大街上唱歌比让我去大街上打劫还难，我简直都蒙了，然而也是因为有了第一次就会有第二次、第三次，以至之后在欧洲的大街小巷和铁成"流动作案"。

　　铁成是个好相处的人，没有架子，教我的永远都是天外有天，人外有人，人永远都要谦虚，但是遇到事情的时候一定要奋勇直上。铁成一句，出去闯，闯不出来你爸妈不养你，你跟着你哥，不会饿着你的，我真的就来了法国。

　　当然，铁成也希望某一天我可以嫁出去，在我给铁成介绍了我的未婚夫后，他终于可以高高兴兴地把我送上花轿，看着我成家立业了。

我记得我的男朋友们中，铁成特别喜欢的就是艾历克斯和九九，但是我和艾历克斯有缘无分，自他去了美国和泰国工作，我们见面亦是好朋友，他跟九九还有我好几次在他回法国后一起吃饭看电影，我曾经问过铁成，交男朋友多了会不会让别人对我印象不好？

铁成说："你是要成家立业的人，跟一个人今后要相处几十年，眼睛不擦亮点不好好考察一个男人的本质，你怎么就敢随随便便地把自己的一辈子交给这个男人，人生最大的赌局不是工作，而是家庭，我们工作都是为了让我们的家庭更幸福美满，身体是你自己的，注意安全，也不能太随便，这可是你最珍贵的东西。"

这些话，我爸说不出口来跟我探讨，我妈是封建迷信传统型的，不可能跟我讲，唯独我的大哥，真的就像是我另一个爸或者妈一样这么多年一直都在不停地远程教我，曾经的 QQ，到现在的微信，我们友谊的小船一直都风平浪静，我唯一讨厌我哥的时候就是我的巴黎渣男友被我老哥否掉了，我生他的气，现在看来，他吃的盐确实比我吃的饭还多啊，而和九九在一起，却是哥哥满满的祝福：

"有没有钱不是最重要的，一个男人再有钱品质不好，时间久了就会暴露出各种问题。而一个全心全意爱你的男人，在需要妥协的时候，会为了你退一步海阔天空，所以一个男人的脾气好不好、有没有责任感、有没有爱心很重要，在你的男朋友里面，九九的表现是最棒的！"

而九九也因为铁成，改变了对中国人的认识，尤其是铁成超前的意识，这个真的是没有国界的神技能，也是让九九最佩服的。

我记得我和九九回成都，正好是回去筹备我们大邑婚礼的时候，铁成作为娘家大舅子，婚礼的事情要亲自来给我们操办，当我们约好在成都环球中心见面的时候，我却傻眼了！

英雄婆婆给九九定做了一套粉红色的棉布唐装，看起来像是糖果芭比大胡子版的，这就已经比较扎眼了，九九看到铁成从门口出来直接"哇塞！"一声出来了，铁成穿的是苏格兰的红格子短裙，下面配的是皮裤，皮裤上还有背带裤的肩带，他俩那造型站一起，我都要笑岔气了，接着就是两个多小时骑着哈雷摩托去大邑。

铁成还教九九怎么双手推单轮小车，我们四川话叫这个鸡公车，九九第一次推，铁成坐上面，刚一加点速，重心不稳，九九就把铁成直接推到几棵小树中间去了，铁成也很耐心地教九九怎么掌握平衡，还告诉他自己多摔几次没问题，别到时候婚礼当天把我摔地上就好了，我在旁边听到真的是很感动。

你要知道九九和我老妈沟通是靠斗图，他和铁成在一起沟通基本靠笑。

所以两个人笑来笑去，总归是能懂个八九不离十，我问铁成，九九怎么样，铁成说，单从傻笑可以看出他是一个很单纯的大男孩儿，直觉上，应该就是这个男人会跟你过一辈子，我的妈呀，我家铁成哥哥基本算是人精，他要这么看重我这个爱情的八字，看来我一定是找了个靠谱的，铁成说，基本以他的观察看来，九九的眼睛里全是对我的爱，看其他女人没有任何电波在5米的波及范围内，所以是非常专一的，把我乐的。

就这样，经过一天的现场考察和培训，大家都累得半死，铁成还骑哈雷把九九又从大邑载回来。一个粉色大胡子中式衣着的老外抱着一个中式皮裤、格子裙的长发中国男子，这种场景我还真找不到第二个了。

2016年4月2日，铁成拉着九九和我的手，告诉九九："好好照顾我的妹妹，她就像我的小公主一样。"我给九九翻译着，九九眼泪都要出来了："哥哥，我会好好照顾她的，会一辈子呵护她的。"

这是我认识铁成这十几年，第一次看到这个西北汉子的眼角有泪水，曾经骑摩托出车祸腿摔断了都不哭一下的人，居然流泪了，我也一直在他的指引下，继续去谱写自己那首惊世骇俗的歌。

我们不是亲人却胜似亲人，江湖儿女的情谊，如同一瓶陈年好酒，越久单宁越淡，葡萄酒越易入口，人与人之间的情谊，越久越经得起考验。

事情有真善美，朴实的情感流露在生活中的点点滴滴，也许就是那么一份小小的善，造就了后来的恩。

感恩，不如把这份爱传递给下一个需要的人。

（五）

我和铁成都是苦过的人，所以特别珍惜身边所拥有的一切，但是这个世界上还有一些人，拥有比别人好太多的优先条件，可惜一副好牌偏偏被自己给打得稀巴烂。

我一个法国朋友的弟弟，让我明白自己想放弃时，那真是谁都帮不了的。

我有个好朋友叫 Pinpin（潘潘），法国老哥们儿，今年40了，老大不小了还不娶妻生子，10年前他还是满头秀发的小鲜肉一枚，10年后都成发际线快挪到脑门心的中年油腻男子了。

潘潘有个弟弟，叫弗洛，我说这哥们儿真是让我见证了10年光阴可以树一个人也可以毁一个人，10年前刚认识弗洛的时候，小兄弟高中毕业快两年了，也20来岁的人了，由于他们的爸爸去世早，妈妈改嫁给另一个男人，继父据说是法国海军的军厨，东西做得很好吃，就是在生活各方面要求有点严格。

我曾经去过潘潘母亲家一次，干吗呢？去帮潘潘的弟弟搬家，小子最终被家里人撵出来自力更生了。

一路上，弗洛都骂骂咧咧说继父可恶，说老妈根本就不管他，他哥就不停地说他都是自找的，哥们儿急了，在等红灯时，直接打开车门自己走了！

潘潘是个好哥哥，这也是第一次他弟弟走了之后，打电话不接发消息不回，根本不知道任性的他去了哪里！他哥说："没关系，去我家等他吧，反正他自己会回来的。"回去之后我才知道什么叫"可怜之人必有可悲之处"。

潘潘说弟弟毕业后，在家打了两年的网络游戏，妈妈和继父一直让他去找工作，他最开始的时候也还投投简历，之后基本都赖家里，反正妈妈管口饭吃还是饿不死他的，潘潘说他妈妈经常打电话跟他说弟弟在自己的房间抽大麻，喝大酒，把键盘砸得砰砰响，她心脏病都要吓出来了。

他们为了让这个懒小子重新振作起来才狠心把他给撵了出来，他游手好闲，靠倒卖点大麻赚钱，后来被他继父发现了，一把火把他的大麻全给烧了，这才有了继父不愿留继子让他赶紧走的这一出。没办法，是自己的弟弟，潘潘只能把弟弟接回家，家当全是吉他、各种电子游戏机、漫画这些，在帮他整理房间的时候，除了衣服，全是娱乐的东西。

弗洛跟着哥哥住，起初也是哥哥念及手足之情，让他在家里白吃白喝去找工作，唯一要求他做的就是收拾下房间，赶紧过正常人的生活，做一个有担当的男人，我以为有哥哥照顾的弟弟从此可以过得很顺利，可惜……

就这么从 2008 年一直到 2018 年，这 10 年光景弗洛还是以前那个鬼样子。

潘潘说："莉莉，要是我弟弟能像你这个妹妹这么能吃苦，他现在也不是这个样子了！他在我这里住了两年之后，我也受不了他了，两年从来没有给过一分房租，一直都吃我的用我的，好不容易找到的工作，干两天不是太累就是老板有问题同事排挤客人傻×，在他眼里，全世界没有一个人是正常的，这 10 年的光阴都被他给这样浪费了。你看看你，这 10 年，刚来的时候一个互惠生，连法语都说不过 50 句，跟你交流全靠英语，现在我看电视都经常能看到你的消息，认识你真是我的骄傲！"

是啊，10 年，我从一个人生地不熟的没有任何家人的女孩儿拼搏到现在，你可知道我付出了多少努力？

为坚持梦想而努力，但是也要看到现实。

我经常和我身边的朋友们讲，没去做怎么就知道做不成呢？一个人可以丑，但是不能懒，懒是一种比丑更可怕的态度，没有丑女人只有懒女人说的也是一个道理。弗洛有家人在法国，他的一切起点都比我高了多少啊，短期内我肯定是比不过的，但是不代表我一辈子就没有长进没有成功的那一天啊！

弗洛的结局是自找的，本来全家人对他寄予的希望最后都变成了失望，哪怕他再努力一点，再勤快一点，再多为别人着想一点，我觉得他都不会有今天家人见了他都跟躲老鼠一样躲他的处境了。

我爸说，他这辈子最看不起的是自己不努力还要怨天尤人的人，失败了再来，一次不行来 200 次总行了吧！

我知道你懂了，响鼓不用重锤敲。

我每天都在忙些啥啊？

我基本每天早上8点起床，九九一般7点就要起床离开，我经常自己清醒后会感觉自己才从外太空遨游回地球。

早上一杯蜂王浆配一杯九九鲜榨的果汁，丰富的维生素让我精神百倍。

开车去公司开始一天的工作，刚开始进公司的时候，主要是做一些翻译的工作，很多法语和英语的资料都要翻译成中文，然后稍微熟悉了一下业务，就开始陪老板们一起参观要出售的酒庄，做好信息的收集，我当年就这么老老实实地干了大半年翻译公司资料的工作，我觉得这是我来公司快速熟悉业务的最好方法，简直就是捷径。

很可惜我曾经有一个实习助理，做了两周翻译的工作，就开始说觉得学不到东西，无聊死了，这工作再继续这样做下去她很快会走人的，我从她翻译的东西看到的都是她不严谨的工作态度和沉不住气。要知道在任何一个公司里面工作，年轻的弟弟妹妹们，你的主管都会用他的眼睛来看你做的事情，给不给你更多的机会，也是取决于你最开始的工作态度，去任何一家公司，态度决定质量，质量决定你在公司的能量。

连走都没有学会，就想飞，只会把你摔得死相难看。

卖酒庄，不是你们想的单一的卖房子那么简单，我们干的都是收购并购类的工作，跟房产中介不是一回事儿，真有卖房子那么简单我就不用那么累了，才不会天天跟在公证人、律师、审计公司、地产局、葡萄园这些工作效率较低的专家屁股后面跑了。

在酒庄部工作的优点是，有更多自己的时间可以干自己想干的事情，但是缺点就是自身发展就没在中国那么快了，所以说到国外来养老真好，但在中国工作和实现自己的梦想还是比在国外更有机会。

看，这不我才有时间去玩儿我的音乐，组我的乐队 Lily's Band，我想了一下我在法国组过的乐队，加起来有 6 个，曾在 Datcha Mandala 这个摇滚乐队当女主唱当了两年，这个乐队是现在发展得最好的一个，甚至都在波尔多的体育场开了演唱会，可惜因为档期问题，我在中国做《我不》签售没能担当嘉宾去唱开场，这个乐队在波尔多相当于当时的披头士乐队在伦敦那么火。

音乐事业在这里只能是玩玩儿而不是真正的工作。

我爱上了爵士乐，感觉找到了新的方向，所以就从摇滚乐队出来了，跟着我的老师学唱爵士之后，遇到了 Franck Dijeau，波尔多 Cenon 音乐学院的校长，他让我担当了 Big Band 的女主唱，现在我的乐队乐手共有 17 个人，从这时开始，我才真正地在波尔多的爵士圈里面有了一席之地。

确实，大家都以为我们中国歌的风格还是民族风，但是我们中国的流行歌曲、爵士、摇滚等都在很强势地发展，信息不对称造成了他们有时候对我们认知的偏差，所以当我唱爵士乐的时候，法国人都蒙了，一下子就都记住我了，那个唱爵士的中国歌手还卖城堡。

不怕你们笑，我音乐生涯中，400 个座位最后票卖了不到 40 张的情况也是在法国发生的，照理来讲，我应该是哭鼻子罢演的性格，但是我恰恰没有放弃，哪怕是一个人买了票我们整个乐队都还是会继续倾情演出的。

那场演出我经历了最惨淡的"票房"，但是我并没有放弃我的音乐梦想，我一如既往地唱歌给喜欢我的人听，更是唱给自己听。

（六）

微信好友上限是 5000 人，确切地说是 5040 人，为什么是 5040 呢？

古希腊哲学家柏拉图在《理想国》里，畅想了完美优越的城邦，他计算出，理想王国的人数就是 5040。

创办微信的张小龙可能就是希望每个人都能建立自己的理想王国。

2018 年 4 月 27 日晚，我翻开微信看了一下我总共有多少个好友，2810 个，看来到现在，我的理想国已经建立起来了一半，下半辈子还要再继续努力。

我是一个喜欢群居的人，但是在法国这 10 年，我学会了和自己单独相处，有时候也很喜欢一个人独处的自在。

一个人的时候，我就去健身，去公园弹吉他写歌，去电影院看一整天电影直到眼睛都看花了。

我在还是小年轻的时候，绝对是属于随叫随到的好闺密，但是现在随着工作和家庭的责任加重，开始越来越难得有自己的时间和空间，我有时候也感觉挺累，所以就会一个人弹弹琴、写写歌、健健身、逛逛街放松一下自己，时间用在自己身上才感觉是用得有价值了。

说来也奇怪，曾经的我上个厕所都要和闺密一起，现在，却爱上了独自旅行，九九还经常说我不带他，我就是想静静，就是想有一点自己的时间和空间。九九最开始的时候还问我为什么不和他一起分享，但是后来他也非常地理解和支持，所以我说，要再找到九九这样对我无限支持的男人，真的是很难。

年轻的我，喜欢"厚颜无耻"地去追寻我所谓的"好朋友好闺密"的关系：随叫随到，吃喝玩乐陪吃陪聊，奉献我全部但是有限的时间精力还有金钱。

我在法国学到的交友之道，是我当年在波尔多第三大学读书时的老师Yamna教给我的，我曾经的语言老师，也成了我现在的好姐妹好恩师之一。

2009年我刚到波尔多第三大学读书，人生地不熟，在波尔多这片红酒地上，我除了跟我爸妈打电话，其他时间就硬是没有讲过四川话，我2009年年底回国的时候，我表姐听我给朋友打电话用普通话，居然表扬我说我的普通话咋这么标准，川普的口音都没有啦！

那个时候在波尔多结交了几个华人女性朋友，因为我特别害怕孤单，所以有事儿没事儿就会找"好朋友"逛街、吃饭、聊天、一起做作业，但是别人有自己的事情要做，而我却像流感病毒一样非要去打扰别人的生活，我感觉自己好孤单，生活在一个没有朋友没有家人的破地方，终日跟孤魂野鬼一般，每个人都在为自己的生计而奔波。

铃声响起，下课了，才4点半，我不想回家，但是又没有约人，又静不下心去做作业，就是一脸的烦躁，好想早点把书读完去找工作或者赶紧回国。

起初在中国幻想到国外读书的一切美好，来这儿超过一年以后，就发现当初的激情已经消磨殆尽，剩下的就是无限的迷茫，所以不要觉得我有想法很厉害，我只是给自己定了目标之后骑驴找马，骑着找着没有方向和挫败的时候我也很害怕的，没看我考个法国驾照都考了两年啊！

我的老师 Yamna 突然走到我旁边，拍了一下正独自坐在角落里看手机的我：

"莉莉，怎么还不离开教室呢？同学们都走了。"

要知道我很佩服这位完全没有法国范的法语老师，因为法国的大学，基本是铃声一响，第一个溜出教室的人一定是老师而不是学生，往往你想问老师一个问题，刚收拾好书包，老师已经在自己的汽车里面发动引擎了，Yamna 反而是每次下课，会留到最晚离开的老师。

"我……我……我不知道该去哪里。"我一脸的无奈，像是一个无家可归的弃婴。

"回家啊，你家人不担心你吗？"老师好像对我的回答很是不解。

"我没有家人在这里，我刚到波尔多这个城市还不到两个月。"说到这里，鼻子开始有点酸了。

"我理解哈，来 DEFLE（波尔多第三大学语言学院）读书的孩子大都是外国人，你可以去找你的同学和新认识的朋友一起玩儿啊。"老师给出了第一个建议。

"我找了啊，我天天找啊，可是她们越来越不愿意出来了。她们是不是不喜欢我了，也许是真的太忙要去打工。唉！"

正当我垂头丧气时，Yamna 的高嗓门响起：

"什么？天天？你还让人活不？你每天没事儿干吗？"

这个平时温柔可爱、颜值最高、全校评价最高的阿拉伯裔的老师突然有种觉得我不可理喻的抓狂：

"莉莉，你今年多大了？"

"我 25 岁了，怎么了老师？"

"你都 25 岁了，怎么还和一个小孩子一样，看来我需要给你一些与朋友相处的建议了。你觉得对朋友应该是怎样？"

"对朋友？我对朋友那是老好了！我能 24 小时给我的好朋友提供全方位的服务！"

"我要是有你这样的妈妈型朋友，我肯定也会躲得远远的，你给人的压力感觉要让人窒息，完全没有自己的时间和空间了。太疯狂了，久了没有人受得了。"

"我挺失望的最近，感觉自己付出了这么多给我身边的朋友，他们为什么还不知好呢？"

Yamna 老师继续说道，而且说得还有点重：

"人与人之间，最重要的就是平等和相互尊重，和男朋友是这样，和女性朋友更是这样，如果你想有一种健康的朋友关系，就不能像一只宠物一样被使唤，你自己要合理安排你自己的时间才可以，不然你就永远是别人的附属品而不是你自己的主人！"

我晕，老师不至于吧，"宠物"这个词都被你用上了，你想说的是"狗"但是不好开口是吧，我还是有点尴尬的欸：

"不至于吧？"

"不至于？不至于你现在就不会坐在这里苦恼了。你要学会自己把自己经营好，朋友之间的相处是靠吸引力，不是靠你花大量的时间去维护所谓的关系，自己要做一个有用而且能让朋友对你有自豪感的人，不是天天见面才叫好朋友。"

哇！果然是资本主义国家的人民，对友谊的诠释真的让我感觉到了戴高乐般的犀利。

我在 Yamna 的教导下，这么多年也在遵循这条"自己好才是大家好"的原则，还挺有用，有时候适当的应酬是 ok 的，但是无休止地没事儿就出来吃喝玩乐真的是让人好累。

铁成当年第一次来法国看我，我问他："哥，你会偶尔想我吗？"铁成突然停下脚步对我说："妹儿，我想你并不重要，你想我的时候，就是我在想你了。"

果然是始皇级的阿 Q 老哥，细想一下，却是很有道理，人这一辈子不就求个安心和有个想头嘛，失恋分手断交，有时候回忆一下，也确实可以当作"你想我的时候，就是我在想你"。

而朋友之间，我始终喜欢有那么些距离，才能让我更珍惜彼此的接近。

九九说，他是我的 best friend，这辈子希望能成为那个无论我离他远还是近他都始终跟我爸一样守护我的好朋友好爱人。

（七）

我在波尔多的资深闺密叫 Thaina（娜娜），我身边法国男人们心目中的那种维密女神。

巴西与法国的混血，大长腿，混血混得相当成功，颜值超高，连我看了都要流鼻血的女人，我扳着手指能数 3 个出来，她是其中一个，虽然我当不了女神，但是不影响我的姐妹是女神啊。

刚和娜娜认识时，她还是我们佳士得酒庄波尔多办公室的实习生，对，干的就是天天对着电脑敲键盘的活儿。

我们佳士得历来都是俊男美女多，除了四肢发达头脑必须更发达，她的加入，我一度认为我们公司是不是要转型拍电影做传媒了，因为好多客户买了酒庄以后都找她拍广告宣传片。

娜娜是运动型的女孩儿，身材高挑，连腱子肉都具有美感，维纳斯般的笑容让人目眩神迷，有天她问我：

"莉莉，你喜欢打高尔夫吗？"

说这话的时候，我还满脸得意：

"高尔夫？喜欢哈！打得还凑合。你会吗？下次一起吧？"

小姑娘不错，20 岁出头，打扮时尚，人美笑甜，主动邀约，难以拒绝，所以就有了第一次我们俩姑娘去打高尔夫的经历，虽然我平时也和客人一起打，但是打过一局才知道，这姑娘的球技可不一般，她的教练 Thomas Pesin，也就是他现在的未婚夫，以前是法国波尔多足球队的球员，后来就改打高尔夫了，现在是职业高尔夫球手兼教练，怪不得我跟她打球感觉遇到对手了，好了，不装 × 了，实话告诉你们，我被甩得好远啊，她真的好强啊！！就跟福原爱和张怡宁比赛一样，我真是输着哭，哭着输啊！！

娜娜这个闺密，基本可以说是我的生活顾问，经常拉我去看秀，去体验新出的化妆品，去打球健身，去参加沙滩派对，去 shopping，拉着我及我们的男朋友一起去酒吧尬舞，一起出海，一起去品尝美食，一起喝下午茶，一起陪她去看珠宝，带着男朋友开 N 小时车来看我演出，我还和她一起去做义工和慈善，对，爱时尚的她还超爱做慈善。

我最开始的时候挺纳闷儿的,这小姑娘在我们佳士得的实习工资也就 4000 元人民币左右,消费怎么可以这么随意,我当年做实习生的时候,这钱紧巴巴的付了房租能再付点网络费用和水电气费,就不剩几个子儿了。

我还经常请她吃饭,她在工作中有不懂的,我都很耐心地给她解答,把她当自己的妹妹看待,能不让她出钱的地方,我尽量自己付,生怕她也跟我当年一样没啥钱可以任意支配。

但是她每次都说,不可以,不能每次都我付,她也要平摊或者出她自己那一份的,我每次都拗不过她。我们的交往体现在生活中相互支持,而且只要她在波尔多不忙,绝对是我交心可以去找的姐妹。

直到她后来在公司实习完毕,回到自己老爸的公司里上班,我才知道,白富美讲的是哪种人……

她老爸是某知名保险公司的 boss,我被我老板迈克派去瓦伦西亚进行橄榄园收购培训的时候才知道,她老爸的产业包括在波尔多给很多酒庄做的保险业务、波尔多酒王 Petrus 的业务、西班牙 8000 多只船的保险业务,家里私人码头上超大的那艘私人游艇就是用娜娜的名字 Thaina 命名的,客房都有 5 间。这个戴镶钻劳力士的姑娘让我大吃一惊,她老妈年轻时候也参加过法国小姐比赛拿过名次,当娜娜的父母邀请我去他们在西班牙的家过周末的时候,我真是感受到了他们家人的和蔼可亲还有她爸爸的可爱。

我们和娜娜爸爸乘游艇出海的时候,她爸爸从酒柜中拿出威士忌和我还有九九探讨我们的未来:

"莉莉,娜娜经常跟我说到你,你简直就是她的偶像,她对你崇拜得就跟当年我喜欢麦当娜一样!她实习的时候,还告诉我你经常帮助她。"

"哈哈，叔叔您别这么讲，应该的应该的。"

当年要是我还是一个穷学生，可能会因为内心的自卑感而疏远她，觉得自己配不上有这样白富美的闺密，但是经过了这么多年的环境熏陶，自己已经打开了眼界，我开始了解自己的定位和圈子，也有了和别人交往的底气。

我现在除了正式的应酬，有很多的时间和娜娜在一起，但是我们也不是天天见，认识这么多年，保持一周见一次。

我曾经特别喜欢晒各种我跟明星的照片、自拍等，但是现在，除非是特别好的朋友我才会晒照片，当时生怕别人看不起我，就想以自己的朋友圈来展示自己的"地位"。我越来越明白自己好才是真的好的道理，所以哪怕我的手机里有着和法国、美国、中国巨富的合影，我都再也没有拿出来晒过了，因为哪怕你跟上帝一起拍过照，凸显的都是对方的高，自己的低，晒啥晒，留着自己意淫下，足矣。

娜娜和我讨论最多的话题当然还是我们的男朋友了，有一天我们无意间聊起了中国现在的婚恋问题。

娜娜问我在中国现在也是自由恋爱吗，我告诉她我们是自由恋爱，不自由结婚，父母的意见还是占很大比例的，造就了中国相亲的你挑我，我挑你，闪婚，再闪离就没有断过。婚姻，在中国已经成了像买车买房一样的必要任务了。

娜娜说她挺不理解，为了物质和更好的生活而搭上自己的精神世界非常不值得。

我告诉她，人是最能适应环境的生物了，这件事情本身没有对错，因为每个人都有适合自己的生活方式。

这让我想起 N 年前回国，和 8 个姐妹一起去 K 歌，K 完歌佳佳建议去兰桂坊喝一杯。

当时我们 8 个人，5 个已婚妇女，一个刚离婚，一个已经谈了 8 年恋爱，以及单身的我。

我们点了两瓶法国波尔多的葡萄酒，说实话，我点的是最便宜的。

佳佳问我说："干吗点最便宜的？点瓶贵的，我请客！"

我告诉她，在这家酒吧所有的葡萄酒，绝对都是暴利，但是我们又很喜欢这里的环境，所以我就会以性价比来评估我选的酒。

就跟我们选老公一样，最好的最贵的，我可能消费不起，就算消费得起，我也不会花时间精力去追求一个明知道不可即的东西，多累啊，这种附加值太大的东西，我这种理性的人一般都不会去争取的！

多大的脚就应该穿多大的鞋啊！

大家在讨论带孩子的经验，买什么牌子的奶粉，上哪所小学，跟我们刚恋爱的时候只谈男朋友似的。

玲儿突然说："唉，你们都已经在规划孩子的蓝图了，我又被打回无产阶级了，一切得从头来。"

我插了一句："什么从头来，还有我陪你呢！"

玲儿晃动了一下她的酒杯："你陪我什么啊，我都离了婚的女人了，你还单身王老五呢！只不过，宁可单身，都不要勉强和自己不爱的人在一起！"

王庆也凑过来："哎呀，结婚就是过日子，还爱什么爱啊！有了孩子，天天都围着孩子转，哪儿还有心思搞这些！玲儿就是太完美主义了，非要找自己爱的男人，累不累啊！"

我觉得她说这话可有意思了，我第一次问了这群我认识至少有 10 年的姐妹，她们是为了什么结婚的问题。

大家七嘴八舌的，有说差不多在一起 N 年了，年纪都不小了，时候差不多，该结就结了呗！也有姐妹说，她爸妈天天催烦死了，对方爸妈也天天催，所以就结了！反正大家表现出的都是一种"差不多了，是时候了"的结婚概念，唯独刘橙的话，颠覆了我对本市最没有事业心的女人的看法。

"我很爱宇浩，我觉得这辈子嫁给他是我最大的梦想，所以现在结婚后感觉特别好！"完胜的答案啊！！

我的天啊，总算听了句让我沸腾的话！

是啊，为了爱还是为了安逸的生活而跟一个人在一起呢？

李雪最后一个发言，她就是跟男朋友在一起 8 年的那一个。要知道，在中国，不以结婚为目的且超过 3 年光谈恋爱不结婚的青年男女，就算他们自己不行动，三姑六婆七舅妈八姨父肯定也要来找男方为女方撑腰了。

女方有血缘没血缘的家属亲戚肯定会认为她是被骗了感情，老拖着不结婚肯定要立马来个了断！

8 年，光谈恋爱不结婚，我去，此例还是比较少的。

李雪说，其实她男朋友也缴械投降了，她在他们交往第 7 年的纪念日那天，送了一个痒痒挠给他男朋友，表示 7 年之痒；她在他们交往第 8 年的纪念日那天，送了一个有日本和中国国旗的国旗座，寓意"8 年抗战"，她男朋友后来在她生日那天向她求了婚，几个姐妹赶紧拿着酒杯碰杯庆祝："终于又有一个要嫁出去了！"

李雪说："其实结不结婚对我来讲，不是最重要的，我们只要相爱，如果不要小孩儿，不结婚也可以。问题出在我们跳不开中国这个人情社会啊，父母们始终还是希望看到孩子们有一个好的归宿，所以才觉得领证结婚才是最神圣重大的事情。如果家人们都那么想得开，我一辈子不结婚，也是可以的。"

李雪，从来都没有出过四川的人，想法却是如此超前，姐妹里，我只服她！

钱锺书的"婚姻是一座围城，城外的人想进去，城里的人想出来"不知道影响了多少代人。看看，连大文学家都把这事儿看得这么透彻，结婚有什么意义？可是如果人人都只想恋爱不想结婚，钱锺书的棺材板可能都按不住了，其实他的主张是：你结不结婚根本不关我事，你要结了那就痛并快乐着；你要没结，那就享受过程，反正最后不负责被女方家里的人打死在围城外，或者被抛弃，那都是自己活该！

精英阶层的教育永远是，先修炼好自己，自己有了自立自足的能力，就能追求自己的幸福了。

说得高大上是追求精神的幸福，精神追求也是在物质满足了之后才有的；说得通俗一点，使劲儿工作挣钱，买自己的自由权。

别觉得男人一天到晚想追求美女是一种癞蛤蟆想吃天鹅肉的奢望，你看一只开飞机的癞蛤蟆能不能泡到天鹅，关键要创造相遇相识相知相爱的时间空间和交换对等。

凭什么长得丑就不能意淫高富帅或白富美，当然可以，这也是一种动力。

但是做傻 × 的事情，就是一种病态了。

结婚是对自己和另一半负责，更是对下一代负责。

所以婚前考察真的非常重要，相识的时候多是展现完美，谁知道上床放屁声音大才是生活。

别觉到时候离婚就可以了，你想想我们小时候父母离异的心境。

再换位到你孩子的角度想想，所以婚姻绝对是一件要从长计议的事情，不能着急，在确定爱不爱这个人，想不想和他过下半生这件事情上，真的要慎之又慎啊！

自己的小男女朋友几天不见都想得心慌，更不要说自己的小孩儿，将心比心，老爸老妈这代人不容易，20世纪50年代物资匮乏，60年代闹饥荒，70年代上山下乡搞"文革"，80年代响应计划生育，90年代下岗，21世纪跟不上互联网，一泡屎一泡尿地把我养大，能"混"到现在不容易。

出国了，留学了，洋气了，光宗耀祖了，活得好累，一辈子都在不停地攀登，望子成龙，望女成凤，老一辈儿人为了我们可以说是砸锅卖铁，献血卖肾的事情他们都干得出来，我自己都在问自己，我以后也能做到爱我的孩子像我的亲爹妈爱我一样吗？

你看我现在都快奔35的人了，还没有很着急地想要孩子，英雄婆婆说我再不下蛋，以后就是用压榨机都压不出来了，反正又是一群"太监"在那里着急的状况。

呵呵。

徐静蕾冰冻卵子，我觉得未尝不可。

人一辈子难道真的就一定要有孩子才是最幸福的吗？有没有想过，有了孩子不好好养他，他幸福吗？

传宗接代，这个地球上也不缺我这一个，只是家里一帮好心的三姑六婆七舅八姨爹前一个可惜，后一个可惜地来进行道德抨击，呵呵……

我也知道他们是为我们好，但唯一一点就是，没有后悔药，结不结婚，要不要小孩儿都是自己的选择，别后悔就行，后悔了也屁用没有，提前做好准备，抱养、冻卵国外早流行N年了。

我记得我 29 岁那年回国的时候，刚和我老公谈恋爱，我父母那边我都不敢声张，怕他们又开始问长问短，所以我妈问我有没有男朋友我都说没有。

我离开成都的前一晚，我爸穿着睡衣跑我房间来找我聊天，话题无非就是在国外生活得好不好，如果混得不好就赶紧回来，爸妈好给你介绍一个对象。

晕，套路，全是套路，又是要给我介绍让我相亲的节奏。

但是这次不同的是我爸给我讲了一个故事来做铺垫："王阿姨的儿子啊，小亮啊，你还记得不？"

我说："记得啊，长得挺清秀挺帅的！怎么？你要给我介绍？"我爸赶紧摇摇头又摇摇手："不是不是！因为你在国外见得肯定比较多了，思想也比较开放了……"

"等等等等，老爸！什么叫思想开放？开明还差不多，别乱给你女儿扣帽子哈！哦！明白了！你别告诉我他是你的私生子哈！我说王阿姨跟我家关系怎么那么好，这么多年你还挺照顾她！"

我爸直接"呸"了我一脸口水："你个小兔崽子，乱给你妈扣绿帽子，你听我把话说完！小亮是那个！"

"哪个？"

"那个啊！"

"哪个那个啊？爸，你今天好奇怪哦，大半夜不睡觉跑我房里来就跟我讲王阿姨儿子的事情，你到底想表达什么啊？我明天还要早起去机场呢！"

"小亮是同性恋，你不要歧视人家哈！"

我晕，我歧视他？我老爸太不了解我了，我在法国身边一群好基友，不管是同学、同事、客户还是什么的都会有同性恋出现，只不过我爸让我觉得他们那个年代的人能不想歪已经是大幸了！

"知道了老爸，没什么，法国同性恋还可以结婚呢！但是你大半夜就是来跟我说这件事情啊？"

"当然不是哈，你看，就是因为小亮说也要去法国，说那里是同性恋之都，很多男男女女都是，你都 29 了，到现在就给你爸我带过一个男孩儿回家，其他你给我发的照片全是跟你的闺密们一起的，所以爸爸就只想你回答是还是不是，我就知道怎么做了！"晕！！这次还被怀疑成同性恋了，老爸的天使心也够脆弱的，看来我真是让他急坏了。

我说："如果是又怎么样？不是又怎么样？这都不能改变我是你女儿吧！"

老爸一把搂住我："你想怎么样都可以，只要你幸福！只要她对你好就好！"

我彻底晕菜了，我也告诉老爸："爸，会让你看到我幸福的。"

九九有时候挺"嫉妒"我的好姐妹们，大多川妹子都很仗义和能干，我记得我回成都搬家的时候，来了一群姐妹，把家里搬了个底朝天还带做卫生，九九都对我的姐妹们称赞有加，可能你会问为什么不请家政阿姨，我的妈呀，我的姐妹们热情得只让家政阿姨扫了地。

我这群给力的姐妹，连我去成都做《我不》签售的时候，基本都是有时间就来捧场，当然，我们闺密之间，年轻时谈的都是男欢女爱，到一定年纪就开始想孩子的未来了。

但是我们不管到了什么年纪，都会谈的就是被哪个闺密给坑了！我是第一个跟她们坦白的，我在法国被一个所谓的"闺密"给坑了。

你看看现在这世界，坚定不移的感情还剩多少，到处充斥着冷淡，我们消费我们的感情，就跟换部手机一样简单了，现在手机上的黑名单里，有多少是曾经晚上入眠前最后跟你互道晚安的人？

我曾经在波尔多的一个闺密 W，让我真的觉得一个人要疯起来，挡都挡不住。

这姐妹儿颠覆了我拉黑一个朋友的极限，我身边的男性朋友几乎都被她"骚扰"了一遍，害得我朋友的女朋友打我电话指着我鼻子骂说我介绍了一个啥朋友来偷偷跟她男朋友约会。

我当时一个朋友是省警察署的老大 Ghislain Rety，我在大河酒庄开音乐会的时候，当地达官贵族也来捧场，她当然知道这个哥们儿的厉害，也来找他合影和要名片，我记得拍照片的时候，她拍的是自拍，头贴很近很近那种。

几天后，警察大哥给我打电话：

"莉莉，你那个姐妹把我害惨了！她写了封邮件给我，字里行间充满暧昧，关键是我留给她的名片上的邮箱是我们警察署的官邮！我们办公室的人全都看到了，今天一天都有人在嘲笑我跟这中国姑娘的事情。"

关键是我和这警察大哥平时关系也很好，也经常见面吃饭，法国人脸盲跟中国人脸盲一样，都觉得外国人长得一样。

这下好了，波尔多又开始传说我给警察蜀黍写情书，跟他有一腿。

妈的，连我也被拖下水了，我只能在一片葡萄园里哭晕了。

我给她介绍一个写书的朋友一起合作，本来是有我参与的，结果这个书是中文法文都在一个版面上，法语版有我的名字，中文的却没有我的名字，法国作者还兴高采烈地拿着书说谢谢我的帮助，我一看，就知道那厮故意的，当时刚刚在列级庄芝路酒庄开完演唱会，单手就把书扔飞了，对，当着那女孩儿的面。

我在波尔多还是小有名气的，她逢人便说她是我的好闺密什么什么的，大家还是很给面子的，能给她提供便捷的也都提供了。

她某日喝醉了，给我打来一通电话：

"莉莉，你是怎么把九九勾引到手的啊？"

"姐妹儿，你喝多了吧？你怎么不问九九是怎么把我勾引到手的？"

"我要成为你！我要像你一样混得好！"

"你不用跟我一样，你要混得比我还好！你只要把精力放在工作上，自然会比我好的！还可以做得更棒！"

我挺无语的。

最让我生气的是某一天晚上快 12 点了，九九把手机拿给我看，我晕，九九手机上怎么一张张全是 W 的自拍照，我就奇怪了，他怎么会有？

我当时有那么 0.001 秒的时间，怀疑我们之间的爱情了。

九九马上把手机递给我："W 这样的女孩子，你还是不要交往了，如果真是闺密，就不会在半夜三更给闺密的男朋友发自己的照片。"

我怒得想砸手机。

我渐渐地疏远她，不给她见我的机会了，但是她还是跟狗皮膏药一样往上贴，我怒了，真怒了。

这哪儿是闺密啊，这是给你下降头的巫婆，遇到这样的闺密难道要留着过年吗？

所以赶紧厘清关系，我在微博上收到很多留言，关于怎么处理闺密的关系，其实跟处理男朋友的关系一样：珍惜在一起的点点滴滴，但是你若犯我，我必让你滚得远远的。

适当的距离，这才是跟任何人交往的必杀器，要知道君子之交淡如水，小人之交甘若醴。

庄子在他的《庄子·山木》里记载，君子之交，源于互相宽怀的理解，互不苛求，互不强迫，互不嫉妒，互不黏人。常人看来这种交情如白水一样无滋无味，但是真正理解其真谛的人才知道，就是因为这样的平淡，友谊才能长久。

我在巴黎有个大哥，Hugo，田大哥，老爱和我家九九把酒问青天，这个哥哥在波尔多买了个酒庄，每次来波尔多我们总会小聚，他真是我们讲的中国人里面带法国范的男人，他老婆也是中国女人里带法国范的女人，他俩走在一起，那个气场让人感觉是黄金甲夫妻来了。

田大哥有句经典的话："一切烦心的人和事儿，不要太当真了。"我把这句话当作我近一年的生活座右铭，不要太在意这些烦心的人和事儿，调整自己的心态才是心静的秘诀。

（八）

说了这么多，其实最让我佩服的当数我的偶像女神张玉珊，认识她之后，我才觉得人生又开始有了新的目标。

有一天我大包小包地回到家，九九问我："你怎么突然买了这么多新衣服和护肤品？"

我告诉他我受刺激了，是那种正能量的刺激，我跟九九讲："我见过厉害的，却没见过这么厉害的！"

九九见我慌慌张张的，就说："亲爱的，你这几天没有回家，我知道你去陪你的客户了，发生什么事情了？"

我赶紧问九九："我今年 33 岁了，如果我到了 83 岁，老了丑了你还会爱我吗？"

九九被问住了："爱啊，当然爱啊！无论你什么样子我都爱！"

我看着他，非常严肃地说："所以我要让你爱更漂亮的我，从今天开始我要减肥了，我要好好保养我的皮肤了，我要去尝试更新的东西和领域了！"

九九觉得我一反常态："你没发烧吧？"

"你信我昨天开了直升机吗？你信我的教练也是汤姆·克鲁斯的教练吗？"

九九说："信信信！尼尔·阿姆斯特朗是你的教练我都信！赶紧收拾下亲爱的，我们还要去参加万丧的生日晚宴呢！"

尼尔·阿姆斯特朗？谁啊？我翻了一下 google，晕，全世界第一个登上月球的人。

晕！明显就不信任我啊这是！

我马上拿出我和我的女神姐姐的照片给九九看：

"认识吗？"

九九一脸蒙："莉莉，你的朋友长得都很像，但是这么漂亮的，还真少见！"

"九九，这可是我小时候在电视剧里看到的艺人明星啊！妈妈咪呀！我第一次见到了真人，太漂亮了，气质简直就像奥黛丽·赫本，人还特别温柔特别好！"

九九说好难得见我追星，上一次我这样疯狂地在家嗨是因为我受邀见了 Guillaume Canet（吉列姆·卡内），就是 Marion Cotillard（玛丽昂·歌迪亚）

的老公，我们一起吃饭一起聊天，别提当晚回家多开心了，九九一脸羡慕。

九九很好奇："你到底见了谁了？"

我跟九九解释："女神啊！女神啊！Shirley Cheung，张玉珊！"

九九马上回我："哦，没听过！"

没听过很正常，就跟很多中国人都没听过 Guillaume Canet 一样，但是自从我认识了 Shirley 姐，尤其是和她接触后，我是个女的我都爱死她了，她超级有亲和力而且自身非常有能力，perfect 绝对是对这个完美主义者的最好诠释。

我身边朋友对这个姐姐的评价是非常高的，我从来不相信别人说什么，我是一个一定要亲自去接触亲自去体验的人，在我眼里，Shirley 姐是被大家宠的小公主，但是亲力亲为这四个字在她身上体现得淋漓尽致。

Shirley 姐在我眼里是明星商人，她在 15 岁的时候就已经以歌手身份出道，外形漂亮的她后来在香港 TVB 拍戏和当主持人，但是最厉害的还是她创办的修身堂，当年肥肥的女儿郑欣宜就是 Shirley 姐帮助她减肥成功的，很多艺人都会去那里修身美颜，她的创业史也堪称是坐火箭上升的，不要以为这么简单，升得越快压力越大，哪怕现在睡不够觉，她都坚持去上课学习，不断地丰富自己。

有一句话说："女人，永远是是非的焦点，长得漂亮点会被人笑称花瓶；有钱，又往往会被人暗讽是靠身体。"但是在我眼中的她，靠的是自己的天赋以及后天的努力而达到了常人难以达到的高度。

这是一个很有品位的姐姐，我记得我们当时去圣爱美浓古镇逛，她看画时独到的眼光，对艺术的造诣，让我这个曾经在法国也学了两年油画的人都自叹不如。这个拼的真的是对作品的审美能力和长期的艺术修养。

她吃东西非常注意，美食美酒但是有节制，在我看来是对身材要求苛刻的体现。她真是冻龄在 24 岁，皮肤保养得很精致，我离她很近的时候，都能感觉到她的肌肤吹弹可破，她也很瘦欸，我看着我的小肚子，突然又想不吃中午饭了，晚上又要多跑半个小时了。

我一直相信没有丑女人，只有懒女人，而且女人的修炼从内到外都非常重要，不仅要让别人看得舒服，也要让自己活得精彩。

身边有这些女神一样的人，有时候也是督促自己要好好珍惜当下美好时光的作用力啊。

有人问范冰冰以后是不是要嫁入豪门，范冰冰说自己就是豪门，我觉得这句话同样适用于 Shirley 姐，香港最年轻的上市公司女掌门人，智慧美貌与财富的结合典范啊。

我曾经看过一篇关于她的报道，执着努力乐观我在她生活的点点滴滴中可以感受到，她的手机各种信息和电话从来就没有间断过，你能感受到"全世界都需要她"，这点我和她很像，工作不间断，有时候九九都说我是个工作狂，但是我会从 Shirley 姐身上学习很多东西，因为在和任何人说话的时候，她都专心地倾听然后找出解决方案。

聪明的人，永远是边看边学再结合自己的实际情况摸索，而不是一味地去 copy。

跟着 Shirley 姐去看展，去见她的朋友，那些真是电视上、手机 App 头条上才会出现的人物，当刹那间知道，这些人是我朋友的朋友，一种自豪感油然而生。

一个人好不好，不仅仅是由这个人自身展现的，周围和这个人一起工作的人对他的评价才是最有说服力的。很自然，我认识了 Shirley 姐的助理阿爽，这个可爱的阿爽的普通话代表了 1997 年香港回归以前港普的最高水平，没关系，讲普通话我听不懂，试试广东话，广东话我再不懂，就英语，反正能沟通就好。

阿爽也非常地有礼貌，对身边的工作人员也都非常地客气，工作效率非常高，我一直在观察和学习他们的做事风格，他们做事都是非常高效和机动的，而且，一定要完美地做好任何一件事情。

之后，Shirley 姐带了吕良伟和甄子丹的家人来波尔多一起玩儿，因为他们过来我要接待他们，所以又好几天不回家，我问九九："你信我和甄子丹还有吕良伟的家人吃了几天饭、玩儿了好几天吗？"

九九当然支持老婆的工作，只是这一次他也变成了追星族，我认识九九这么多年，他是第一次求着我让我找甄子丹给他收藏的《星际大战》的海报签名，回到家后我拿给他，他高兴坏了，要知道我身边喜欢《星际大战》的迷弟迷妹一群一群的，九九回家后还问我他们好相处吗。

我的回答是："难以置信地好相处！人都太好了！！"

我总结出来一句话，越是厉害的人，越有修养。

Shirley 姐在做慈善这方面，一向都是我的楷模，我现在能力还有限，所以只能力所能及地去做一些事情帮助身边的人，我一直都觉得跟什么样的人交朋友，就会受到什么样的影响。

而以上种种我对 Shirley 姐的赞美最终是落在我去上海做完签售会的时候，那个时候正好 Shirley 姐在上海参加宋庆龄母婴平安慈善晚会，这是为了改善贫困孕产妇和新生儿生存状态的公益事业，我们的聚餐让我有幸还和董文华老师、谭晶姐相识，当时主办方感谢了各位老师对公益事业的支持，Shirley 姐还分享了邵逸夫先生和方逸华女士的善举，以及她受到影响后自己设立慈善基金等。

可以说 Shirley 在用她的善举传承着邵先生的正能量，也在感染周围的年轻人，我也受到了影响。正如我说的，我不需要我的"寻找下一个莉莉"活动里的小莉莉给我任何的回报，把莉莉的精神传递下去，继续帮助更多的年轻人，这就是我最大的心愿，而这个世界上还有很多很多有着善心和善举的人。

九九对我做小莉莉这件事情，真的是非常支持的，百忙之中亲自去办理相关的手续，我跟他讲我可以自己办理，他说他也想参与其中，以后还希望和我一起参与更多在中国的这方面的事宜，真的是让我很感动，要知道九九家族的慈善事业也是从爷爷辈儿就开始了，一直也在帮助法国本地和非洲的需要帮助的人，我们周围的人也在我们的带领下一起来参与这些非常有意义的事情。

挣钱，挣到一定程度，温饱没有问题的时候，就要开始为身边的人着想了。

我身边有很多大哥大姐挺照顾我的，我东闯荡西闯荡，铁成说我们这种喜欢浪迹天涯的人没有好朋友，我们只有好兄弟姐妹。

客观地理条件注定了我们走南闯北，结交八方朋友，和我们能在一起的人，都是一个道上的，我们说，这就是金庸先生笔下的江湖儿女。

因为在法国佳士得酒庄部办的绘画展览由我负责，和我成了很好的朋友的谭恩老师；因为买卖酒庄，请我吃青岛特产大虾，后来成了都古鳄家族在山东的葡萄酒代理商的艾逸飞；酒庄没有买成，最后成了都古鳄家族葡萄酒在上海区的总负责人的 Doni 夫妇；这么多年一直都关心我的周必璞哥哥……想写的人太多，但是在这本书里，我感觉根本写不完，留着以后有机会再和大家聊。

法国波尔多佳士得酒庄部团队 Christie's-Vineyards Bordeaux-MaxwellBaynes

我想让大家看的不是我现在的凯旋，而是想
和大家分享这 10 年在法国的打拼，告诉大
家一个中国人是怎么在这里奋斗的。

Laetitia Macleod

所有的爱情都有相同的轨迹，却没有相同的足迹。感情
的真谛不在于相遇，而在于相守。

如果你心里有希望，在哪里都有通往
美好的引导。

_____

▶ ▷ 《寂寞的爱》(*Lonely Love*)

▶ ▷ 《上海夫人，巴黎先生》(*Mme Shanghai, Mr Paris*)

▶ ▷ 《爱已逝》(*Lost Love*)

▶ ▷ 《当你离开》(*Now You Are Gone*)

寻
找
下
一
个
莉
莉

　　我在小莉莉的身上看到了当年我的影子，我觉得冥冥之中我和这个女孩的故事还没有结束，现在只是开始，而且这段开篇的小莉莉也将会是未来的一个个小莉莉的故事里面的起点。

（一）

我刚到法国时，巴不得 1 欧元能砍成 8 份来用，买啥都要先乘以 10 换成人民币在脑子里过过账，惊叹一句怎么一棵大白菜都要卖 20 多元人民币！

没办法，我在那菜摊上基本把每棵白菜都"称"了一遍，用的"人肉秤"，就这么两只手掂来掂去选棵最重的，同样的价格当然越重越划算啊！旁边一法国大妈看我这样买白菜还过来问我这是中国人买白菜的诀窍吗，我说这是我的独门秘籍。老太太指了一下 10 米远的秤，我笑答："不用不用，买棵白菜还来回折腾，这么几十棵搬来搬去太累，我用手称就好了！"法国大妈："小姑娘，厉害！"

老太太边离开，还边摇头，猜不出她想表达什么。

现在你们知道为什么我买菜特别花时间了吧，当年穷到在超市买棵大白菜都要花半个小时，现在想起来也是醉了。

我那点读书的盘缠我怕坐吃山空，所以接受了陆航给我介绍的去 Biscarrosse 当互惠生，互惠生做完了才去波尔多继续读书的。

互惠生，说得好听点是住在别人家的年轻人，帮着照看小朋友，父母免费提供吃住还给交学法语的学费，还有三四百欧元的零花钱。

而实际上，就是一廉价小保姆。

是的，我当时都没敢跟爸妈讲，他们要知道了不砍死我才怪！肯定立马让我回成都给我安排一份好工作，然后结婚生子。

来了法国才知道这里所有的东西都贵得翻天啊，而且之后读书还有很多费用要交，我不想给爸妈添负担，要知道，我白天在成都金沙遗址博物馆工作，晚上在酒吧唱歌的时候，一个月的收入都已经 1 万元人民币了，为了让我爸妈知道我不会吃唱歌这碗"青春饭"，所以我才去金沙遗址博物馆考试当了个讲解员安他们的心。我现在也不能坐吃山空啊，所以能挣一点是一点。

我做互惠生的事情，除了我在飞逸法语学习时的同学们知道，我家里一个亲戚朋友我都不敢讲，怕他们担心我，也因为自己觉得丢脸，在成都好歹也是个超女，来了法国居然要当人家小保姆，不被笑话死啊！

后来考到了波尔多第三大学去学习，我才从 Biscarrosse 这个小镇搬到了波尔多。因为当时去稍微大点的城市，各种物价就都涨上去了，为了节省车费，经常一走走 1 个小时拖着小推车去超市买东西，之后通过法国留学生都用的一个叫"战斗在法国"的网站，买了辆二手自行车，这才解决了我交通困难的问题，我记得当时买这辆自行车，我有种山里的房子终于通电的喜悦，虽然又旧又破，可是不知道承载过多少留学生的青春岁月啊！

可惜才刚骑了几天，又是刹车坏了，又是轮胎被扎爆胎了，我也是从这时开始学会怎么自己换胎补胎，自己修自行车的。

跟铁成自己能修理哈雷比，我这个是小手艺，但是当时身边的中国小伙伴儿的自行车坏了，我都会带着工具箱去解救他们。其实，就是因为穷。有钱还不交给别人去修吗？

在法国人眼里，中国的元素是红色、是长城、是功夫、是熊猫、是筷子、是茶、是旗袍、是中餐、是舞龙舞狮、是油纸伞。中国菜和中国功夫，这两个文化符号在老外的世界里，那就是中国响当当的代名词。

为了混口法国饭吃，经朋友介绍，我跑去波尔多一家功夫馆里教中文挣外快，在这家"中国功夫馆"里，我是唯一有着中国面孔的中国人。记得我在这个功夫馆还开过我在法国的第一场个人演唱会，门票 5 欧元 / 张，波尔多历史源远流长，我却成了在这块土地上开演唱会的"鼻祖"，这票价当时在法国，价值等同于三瓶牛奶的钱。

我是"中国功夫馆"真正的第一张中国面孔，这下我成了香饽饽，当地市民知道菲利普的功夫馆有一个美女中文老师，馆里人数上涨了一倍，我作为一个老外，给我老板站台拉生意，一家中国功夫馆，没有个中国人站场，肯定缺少咱武馆的精气神啊！

可惜我这三脚猫功夫，只会个防色狼擒拿和猴子摘桃等基础防身术，可惜当年没跟我外公好好学学太极，不然说不定还能在这小小的功夫馆当个教头啥的。

玛丽，是我 10 岁以下中文小班的学生之一。我教了她整整一年，那时候她的爸爸妈妈还经常请我去他们家里玩儿。

当时我还是一个穷学生，但是学业越来越重，由于第二学年的课程比较多，我就不能很规律地去功夫馆给孩子们上课了，所以也就只能辞掉功夫馆中文老师的兼职了。

实际情况是因为去那个功夫馆非常远，每次骑车还要来回两个小时，课才上一个半小时，时间都浪费在路上了，为了节约时间我决定放弃这份零工。

我本来都不打算继续教中文了，但是玛丽的妈妈坚持要我去她家给玛丽上私课，工资都给涨到两倍了，当时我还比较拮据，所以"勉强"答应了。这一上，又上了两年，直到玛丽的学校开始开设中文课我才给她停课。

小姑娘聪明伶俐，她的中文可是班里的第一名，虽然时不时夹杂两句川普，我也为有这样一个有四川文化根基的法国学生而自豪啊。

玛丽的父母和外公外婆是知道我的情况的，他们也会问我在法国这里好不好，需不需要帮助，我都婉言谢绝，尤其是当时大冬天，我手都生冻疮了，衣服都还很单薄，圣诞节的时候，还收到了玛丽妈妈送我的一双手套，感激得我都想抱着她叫声妈了。

别问我那时候对自己怎么那么抠门儿，因为到了之后才知道这里的物价高，房租水电天然气，保险电话交通吃住行，我来了这里 100 元只能当 10 元用，我的人民币整整打了个 1 折啊！所以如果啥都不做，顶多熬过两年，第三年就要卷铺盖回家，那真是白费时间和钱了，所以时刻为未来准备那是必须的。

我的公寓被一个姐妹借了几天，她居然把唯一的一把钥匙弄丢了，因为晚上有色狼尾随她。房东当时在美国度假，没有办法回来，所以我只能找玛丽的爸爸帮我换锁。

玛丽的爸爸 Ludo 进到我那不足 18 平方米的房子，眼睛都瞪大了："你在这里住了多久了？""有 8 个月了吧，挺方便的，就是晚上有点吵，夏天有点热。"

锁换好了，激动得我心里嗷嗷地叫，虽然我自以为是半个男人，但是撬锁换锁这种，还真是一技术活儿，我做不了。Ludo 直接把锁给撬了，然后换了一把他家的旧锁，要知道法国换锁加买新锁至少要 100 欧元，那可是我当时半个月的饭钱啊。

我住的这个小阁楼，简直就是冬，贼冷，夏，贼热。我自己都感觉住在这个在 4 楼的小阁楼，就跟住在一个运酒的铁皮货柜里一样，住得我是夏天要中暑，冬天要中风，幸好房租非常便宜还包水电气。

我有同学夏天来我家看我，他们说每次来我家见我，我就像刚修完水龙头一样，全身都湿答答的。

没办法，家里实在太热，基本每隔一个小时我就要冲一个凉水澡。幸好还在继续给玛丽上中文课，挣的钱终于够买一个便宜的二手空调了，那天装上空调后，我可开心了，跟山里的房子通了自来水一样幸福，再也不用像水鬼一样在家里游来荡去了！

之后我每次去玛丽家里给她上课，走的时候，玛丽的外婆 Kiki 和外公 Alain（阿兰）都会送给我一大堆他们自己种的菜，还有他们自己做的甜点。有时候我多讲一些，下课会晚一些，玛丽外婆 Kiki 还会给我留晚饭。

我知道他们都害怕我会觉得被"施舍"，所以他们都尽量做得很有"人情味儿"。

我不是傻子，我当然能感受到这种爱，我更多的是发自内心地想去帮助那些更需要帮助的人，很长一段时间，如果没有他们的照顾，我可能早就严重缺乏维生素，大小便不通畅都要靠老年通便茶来帮助了，所以对他们一家子的恩情，我是永世不忘的。

每年 12 月底,是法国人的圣诞节,相当于我们的春节。单身狗一般在这种时期,都是非常揪心的。

别人都是一家人吃火鸡等圣诞大餐,我却只能煮包泡面,看几期《康熙来了》解解闷儿,毕竟没有家人在这里,孤单寂寞冷是每个留学生心路历程的必经之点,我知道难受,解决的方案不是去蹭年夜饭就是蒙头大睡。

法国人在这个时候都是和家人过而不是和朋友们过,而玛丽家知道了我圣诞节一个人自嗨,所以就请我去他们家过圣诞节。

到了才看到他们一大家子人都在那里,一棵大大的圣诞树下面全是礼物,我感觉尴尬死了,自己只带了一瓶从超市买的 15 欧元的葡萄酒,在当年,这可是我自己花钱买过的最贵的一瓶葡萄酒了。

圣诞树下,放着他们为我准备的很多小礼物,我第一次感受到了那种久违的"家"的感觉。

晚上 Kiki 外婆还给我打包了很多吃的让我带回家,我整整吃了一周法国大餐,每次打开冰箱,都能感到那种暖暖的爱。虽然 Kiki 外婆用法语写着菜的名字,但是对我来讲,有的吃就不错了,还管里面是什么啊,这种爱,是一种沉甸甸的感动。

在波尔多,我去给一些中国人的餐厅打工,有些中国老板挺抠门儿的,干了 2 小时 25 分钟的活儿,只给算 2 小时的费用,而在玛丽家,她老妈时不时就给我加工资,我知道她是故意的,但是我真的不想别人看不起我,所以很多次都拒绝了。玛丽的家人对我是真好,这真不是蔬菜、水果、鸡蛋的事情,而是在你孤单一个人的时候,这种爱这种感动是被放大了很多倍的,而且人家发自内心随时随地地想着你,这点太难了。

人间是真的有真情在的,这个跟肤色种族没有任何关系,只跟这人的善有关系，尽管在法国流传着巴黎和波尔多的人都冷面无情，我在这里却感受到了法国当地人给我的这份温暖。

2016年4月2日，我在成都结婚的时候，玛丽自己用中文加拼音写了一篇演讲稿。

文中提到我们的相识，并感谢我当年对她的中文教育的启蒙，最后她说以后还想当外交官想去法国驻中国大使馆工作。她读完后，我真的好开心，就跟你栽种的一棵树开始结果子了，那种收获的喜悦对你来说真的是一种幸福，我一把把她搂入怀中，心想小姑娘长大了，中文越来越好了！

她偷偷在我耳边说了句话，我更是两秒钟内老泪纵横："莉莉，中文真的很难学，妈妈说，如果我不学中文，你就不能来我家了，你的生活就过得不好了，不过我一点都不后悔学习中文！"

我一直都知道，当年她父母非常想帮助我，但是知道我是很好强很独立的女孩儿，自己再困难都不会张嘴借钱的，所以只有"委屈"女儿学超难学的中文来帮助我解决一部分开支。

求玛丽心理阴影面积！

国籍和人种在这个时候，都不是问题，这才是真爱，关心和爱护小动物不仅仅是唐三藏必须要做的，我们也要在我们有能力的时候去帮助别人。

这互助的小故事，真是催泪啊。

我想，等某一天我遇到一个像我当年一样的年轻姑娘的时候，我也会去帮助她，就像玛丽的家人帮助我一样。

2017年8月28日我过生日的时候，看到玛丽给我发的生日祝贺视频，很是感动，这是她第一次给我录制普通话视频，虽然你们都说这是川普，我也就晕菜了，呵呵，但是大多老外讲中文有口音，大多中国人讲外语也有口音，能沟通，那就是最厉害的啦！

我向来对自己要求很高，但是也是非常"实用派"的作风，玛丽的外婆Kiki 以前老说我对自己要求太过严格，她的一句话现在我都觉得非常受用："表达、沟通，语言占40%，表情、动作和态度占60%，亲切的笑容，那就足以表达你80% 的情感。"

每个姑娘，都是一瓶有着独特年份和独特香味儿的红酒，我愿做你们的醒酒器，让你们释放出更好的芳香。

（二）

2017 年5 月28 日，我在西塘的最后一天，我和大冰喝着黄酒聊着天，谈及那段孤身打拼的岁月，有时候酒不醉人人自醉，但是这次我绝对是被西塘的黄酒给放倒的，我和大冰在西塘猫叔的客栈里已经彻夜聊了两晚，今天这最后一晚，还是喻恩泰大哥、小高哥、小新还有"姐夫"付治鹏几个作陪，陪着我们一起熬夜，这几天晚上，只听得到我把这10 多年的经历一一道来。

大冰不停地噼里啪啦地在电脑上打着字，其他几个"听众"是困了就睡，醒了又继续听着故事继续喝着黄酒和茶，直到天亮，我们唯一可以让自己中途休息一下的娱乐就是大伙儿一起逛西塘夜景，月亮老大了，我把青蛙的叫声都听成了羊叫，可见真的有点累了，路灯下的蟑螂都能被我误认为是夜行的小龙虾。

我赶早班飞机要去上海的机场,走的时候小高哥和姐夫来送行,夜色中我不知道是我太困了还是他俩太困了,两个人本来就跟孙红雷一样小的眼睛,这时,我只看到了他们的眉毛、鼻子、嘴巴和胡子四个部分,眼睛不见了!!再定睛一看,眼睛有,就是累得都眯成一条线了。

大冰哥已经3个晚上没有睡觉了,我催他别送了赶紧去睡觉,还是西塘猫眼的老板娘小新厉害,单手提起我25公斤的行李箱送我出大门,有英雄婆婆的气势,她也累了,我俩拥抱后告别彼此,别了我的西塘,别了我的兄弟姐妹,唯独恩泰哥没有来,不知道这个才华横溢的"诗人"是不是怕离别伤感所以未到场,之后才知道,恩泰哥直接进了医院,因为得了急性黄斑病,他说他的眼睛是听我的故事"听瞎"的。

看,为了我这个故事,多少双眼睛已经不成样子,多少人日夜颠倒。快结束的时候,我跟大冰讲:"哥,别把我写得太惨了哦,都是过去的事情了。你说,读我故事的人,会不会有很多个曾经的我,真希望我也能为现在这些就像当年的我一样的'莉莉'做些什么。"

大冰继续喝着黄酒,放下酒杯看了我一眼:"你要做什么?"

"哥,我希望每一年半载的可以邀请一位小莉莉跟我生活一周,可以在波尔多,可以在中国,在全世界任何地方,她什么都不需要准备,我买机票我陪她吃陪她玩儿,我们可以一起谈天说地,我的经历或许可以帮助她解开一些疑虑和困扰,或许这一次人生的相遇就像是我和铁成的相遇一样会改变她的人生呢?"

大冰没有说话,把杯中的黄酒一口干了,3个月以后,我在《我不》上面看到了这一段,当然,我终于不得不动笔写这本"自传"了,当我跟我的法国朋友讲我要开始写自传了，大家第一反应是："莉莉，你是不是得绝症了？"

我嘞个去，在国内有句："咪咪掉了碗大个疤。"也有很多人在看内容之前 @ 我，问我是不是得了乳腺癌，我……简直……佩服大家的脑洞啊。

确实，冰哥讲了，我的故事干脆还是自己写才好，我突然思绪万千，感觉有太多东西可以写了，这 10 年的经历，希望身边的下一个小莉莉也可以分享一下我的经验。

终于"寻找下一个莉莉"的活动 10 月和 11 月两个月在中国进行，在和冰哥在四川和重庆等地的签售活动现场还有私信我的要来参加小莉莉征选活动的，都有 1 万来人报名了，那段时间我看得自己的眼睛都要得黄斑病了。

怎么参加呢？有兴趣的"小莉莉"来现场给我手写一封"动机信"，自己现在有什么疑惑，为什么有这个动机想过来和大莉莉在一起探讨生活或是学习的问题。但是在四川、重庆还有上海的时候，我就收到了上千封信，很多全国在其他地方的朋友来不了的，就开始给我发微博私信，这就有了之后的成千上万封的动机信了，当然我一个人看不了这么多，我就让我的助理们也帮着我一起看，最后就从 1 万来人到 1 千来人到 1 百来人再到成都最后的 20 来人这样选拔，我答应大家 12 月 1 日出候选人名单，最终，第一个小莉莉——胡丽出现了。

在 2017 年 12 月 8 日，我发了一篇微博《致小莉莉们的一封信》，内容如下：

12 月 4 日晚，我回到了法国波尔多的家，很开心，九九穿着厚厚的冬衣亲自到机场接的我。

在中国待了快两个月了，这次回中国收获特别大，不为别的，有你们，我真的很幸福，至少知道我从来没有被大家遗忘，2006 年参加《超级女声》，是我第一次在大众面前亮相，一晃，11 年了。

大冰《我不》书里的事儿，我承诺了，那就必须兑现，我要么不说，说了就必须去做，这是我的人生准则，要言而有信，不然怎么对得起"有着开挂人生的莉莉"的称号？

在第一个小莉莉被选出来以后，我心里这块石头算落下来了。你们不必纠结自己选没选上，最重要的是我们一起来看看这个事件是怎么一步步成了今天这样的，大家有没有真正地一起参与进来，一起成长。

况且这事儿还没有完，这个小莉莉才是第一个哈，我算了一下如果我高寿到100岁，我还能请132个小莉莉来跟我一起生活，所以你们还有机会哈，继续关注莉莉，不会让你们失望的。

前前后后，私信我的还有到现场的，有心想参加这个活动的人累计起来真有 1 万来人，所以我说我看你们的来信，看得眼珠子都要掉出来了。

我特别感动很多"小莉莉"从来不愿意让身边人看到听到的事儿，却跟我分享她们的这些"隐私"，所以很多都是发自内心的一次分享，当然也有很多是对我的祝福，在这么"现实"的社会中，让我也感受到了很多久违的温暖，尤其是那种人与人素未谋面，但是感觉像是自家亲人自家兄弟姐妹的情感让我非常欣慰。

当我去泰国普吉岛的沙滩，搬了一整个行李箱的信到沙滩上摆着，把所有的信再看了一遍的时候，真的是，九九都惊呆了。

九九从曼谷回法国的时候，带的除了他的行李，就是这箱信了，我现在都好好保存在我们波尔多的庄园里，等我老了，我也可以告诉我的孙辈儿们，当年在中国奶奶还有好多信友。

看着信，我笑开花了，读着里面你们逗 × 的事儿，我觉得生活到处都有欢乐；我看着信，哭得一把鼻涕一把泪的，读着里面你们的悲伤故事，我觉得生活还有那么多不如意，但是看着你们坚强地面对这些困难，我真心为你们点赞比心，面对各种苦与难，你们都笑面人生对抗生活的不公。

不管写信的是觉得自己混吃等死的大学生，被渣男抛弃的单亲妈妈，当了无数年备胎的单身狗，有着同性取向的人，压力巨大的高三狗，刚刚入职搞不懂社会规则的应届毕业生，经济和精神压力极大的正在患病的人，亲人刚去世还没有走出痛苦期的人，干着 20000 元人民币的活儿但是拿 2000 元工资的公司老总，爸妈离婚没人管是爷爷奶奶带大还不知道明年学费谁交的人，被性侵的女孩儿，被同学欺凌的弱势同学，有自己爱好想做音乐人可被父母强迫去学会计的大一新生，爱上军训时教官的人，异地恋的情侣，爱上有妇之夫的年轻女孩儿，喜欢葡萄酒但是喝酒就上脸的人，喜欢闺密的男朋友的女孩儿，爱上工头女儿被侮辱这辈子都别想吃天鹅肉且还想读大学的农民工兄弟，不想结婚不想生孩子天天被爸妈逼着去相亲的 Uber 司机小哥，还是炒小龙虾现在开店赚钱为了以后能出国留学的妹子……

你们的故事我都细细地读了，回味了很久。

我知道你们看了大冰的书，寻摸着微博找到了我，有人说我微博才 4 万多粉丝，和网红比起来差远了，我呸，第一我不是网红，第二就这 4 万多人我都回复不过来了，我也要工作，哪里还有精力搞其他的，与其和那么多人 say hi，真不如多写两句帮帮真的需要指点迷津的人。

茫茫人海中，你找到了我，说明这就是我们的缘分，说明我们都是一路人，我的故事能让你触动，其实触动的，更是你内心那头想挣扎的小狮子，你外表是安静的，但内心是狂野的，只是没发作而已，我只是一根导火索，点燃了你也敢说"我不"的小火药库。

我知道你们到现场一等等五六个小时，撒泡尿都跟在富士康的工厂一样，谢谢你们的支持。这小小的缘分，大大的爱，就是我们这群"莉莉"在这个新时代抱团取暖真正的意义。

我不是马爸爸，不能给你们荣华富贵，我只是希望我的"莉莉"精神让你们在迷茫和失望的时候知道，当初有一个和你们一样的人，渡过难关坚持了下来，开花结果，收获胜利果实后，莉莉脸上的笑容，就是你期盼的那个大大的幸福的笑容。

2017 年 12 月 8 日 早 8：47

这不是选秀，这是在选一个我觉得适合做第一个小莉莉的人，你们可能会问，这么多人，为什么偏偏就是她？

一号小莉莉胡丽，是一个生活经历特别坎坷的女孩儿，自立好强的背后也有着对生活的无限希望。

她出生在达州，父母分开后，一直跟着爸爸住，这个姑娘也是一个不肯向命运低头的女孩儿，也特别善解人意。

她初中读完后，家里的七大姑八大姨就开始给她张罗工作的事儿，工作几年后差不多就要找婆家了，年纪大了又怕嫁不出去了。

小莉莉想读书，可是爸爸每个月挣的钱就几百元，高中就算考上了也读不起，这时候她生命里的第一个贵人，她的初中老师给她交了一部分高中的学费，剩下的钱都是她自己去找的赞助，我对她的初中老师肃然起敬，更佩服这个敢单枪匹马跑去找赞助的姑娘。

姑娘高中读完，考上了绵阳师范学院，她觉得自己还可以去更好的学校，我告诉她，师傅领进门，修行靠个人。

2017 年，为了学费，姑娘开始打工，跟我当年的想法一样，自己再苦再累都不可能再去拖累家人，她说这是她第一次在暑假坐火车出远门去广州找表姐一起打工，两个月的时间，不知道用缝纫机缝了多少个包包，她第一天从达州一个人独闯广州时，害怕得要死，就跟我当年一个人去上海闯荡时在机场的那个场景非常相似。

第一次接触那些东西，本来就是在摸索，难免会出错，如果车错了，基本这包就毁了，市场上的皮包，线应该是直的，车错了不仅被骂还要被扣工资，而当时电脑针车是可以计件的，每天必须达到一定的量后才能拿到加班费。

她说，她对帆布包和皮包有些小情结，她可以分辨出手工包和机器做的包的区别，我说，我一看到沙拉，就想起我曾经洗过的无数沙拉菜叶子，我可以分辨出这个沙拉有没有洗干净。

她说她那个时候，是这辈子第一次被骂成马蜂窝，百孔千疮。她第一次觉得自己怎么什么都不行，怎么就那么笨，那么招人讨厌，我说做不好一件事情肯定是有原因的，你找了一再做不好这件事情的原因吗？

她说，刚刚开始干活儿的时候，那个电脑针车居然漏电！！有时候会无缘无故被电击，怕被电死的她心里就有好大的阴影，所以就干不好活儿，就被骂惨了。尤其是对机器不熟悉，底线老是放不好，导致断针断得厉害，第一个月断了 7 根针，人家有些一年还断不了 1 根，所以老板肯定就不爽地要过过嘴瘾啊！

我说要我去干这活儿，我一样会怕被电死或者会害怕到直接爬上富士康楼顶。

我说现在知道还是读书比工作容易些了吧，她完全同意，就在那两个月的打工期间，她更坚定了要努力奋斗努力读书的信念，因为在车间的日子，真是……

我问小莉莉的梦想是什么。

她说她特别喜欢写作，想成为一个作家，走走停停走走写写，去听听更多人的故事，然后一一记录下来再分享给大家，我说这样的人已经存世了，叫大冰。

小莉莉说，很希望给爸爸一个真正的家，凭借自己的努力给爸爸买套房住一起，因为从小寄人篱下的她特别渴望能拥有一个自己的家，不想让爸爸被别人看不起，想让自己成为爸爸的骄傲，不愿意爸爸被别人欺负，她想扛起当家的重担。

我每每觉得这样的小女孩儿，跟我当年有着相似的经历，我一定要帮帮她，让她去开阔眼界寻找更多的机会，所以想和她在春节的时候一起在法国过，然后好好跟她聊聊未来，计划一下之后的 5 年，看有没有我可以帮到她的地方。

然而，2018 年的春节，因为天时地利人和不凑巧的机缘，我们的第一次小莉莉法国行居然失败了！

2017 年 12 月 4 日，我登上了回法国的 Air France 的飞机，经历了 10 多个小时的飞行终于回到了波尔多的家，九九亲自来机场接的我，法国波尔多的冬天特别像成都，阴冷。

我上汽车后第一句话就是："我找到我的第一个小莉莉了！"

"哇！！太棒了！！"九九很开心，"有什么需要我做的？"

太理解我了，我还没有切入正题，九九就已经知道下一步了，我继续说："我算了下时间，如果过来过圣诞节，弄签证这些肯定来不及，我们就春节的时候请小莉莉来吧！跟我们一起在法国过春节，你觉得呢？"

九九当然说好，因为每次过年的时候是他最开心的时候，我会做好多很有特色的中国菜请好多朋友来我们家团年，九九这个小馋猫，每年春节也是他吃得最开心的时候。

我们每次回国的时候，九九需要提前2到3周去准备资料，然后递交给中国驻法国巴黎大使馆申请签证，九九从来没有被拒签过，当然，法国人去中国准备的资料无非就是不过期护照、收入证明、酒店预订单、机票单这些，非常容易。

可是到了小莉莉这儿，我和九九几乎都泪奔了。

我在成都的助理小嘟嘟一直都在帮我处理我在中国的一些事宜，这次小莉莉过来，小嘟嘟同志真是辛苦了，先给以后要来的莉莉们提前普及一下你们要准备什么资料：

1. 填写个人资料表。基本就是自己的个人信息，住哪儿，工作或者上学的地方在哪儿，七大姑八大姨的资料不会在这个地方出现的。

2. 照片。放心，所有的证件照你放探探上面保证没有人来撩你。

3. 身份证。你要是黑名黑户，对不起，姐帮不了你。

4. 户口本儿。爸妈是谁，是不是石头里蹦出来的这些情况都要标明。

5. 学生证。不管你是北大清华还是蓝翔的，这个学生证的好处是，你到国外去很多地方都打折的，来之前翻找一下最好。

6. 医学出生证明。你在哪个医院出生的，接生婆是谁多半你妈都记不起

294294294
294294294294
294294294294294294294
294294294294294294294294294294

来了。

7.双方关系公正资料。我晕，这个把我和九九难住了，我们和小莉莉没关系，世间的萍水相逢，这算一种关系吗？当然，这里我都说我们邀请朋友来，提供了我和九九的结婚证明，多复杂。

8.签名表格。这是什么鬼？中介给的办理资料是这样解释的，提供客人亲笔签名的法国签证申请表、补充问题表和新版委托书。

9.外方邀请函。我和九九联名写的邀请书，我的妈呀，字字催泪啊。

10.邀请人接待证明。小莉莉来了波尔多住哪儿，所以还要去市政府开具这个证明，最麻烦的就是这个，我们去了市政府3次，第4次才把所有资料给一个不落地补好交好，甚至九九的奶奶还亲自刷脸去找副市长说明情况，小莉莉是来探亲的，不是来偷渡然后不回去的，我们保证她的安全，也保证她一定回中国，果然奶奶出马，第4次我们欢天喜地地拿到了这个虐人的接待证明。九九为了亲自去办理各项担保及准备资料，取消了两次去美国的行程，他说这种事儿，长这么大没做过，而市政厅都是要求必须本人亲自前往。别问为什么我不去，我当然去了，因为我们是夫妻关系，所以所有的东西都是双人份的，我是全程参与啊，都好几天没去上班了，幸好跟我老板迈克打了招呼，不然大秘书Sandra又要记我旷工了，我心中窃喜，幸好在法国工作年假多，我一年5周带薪休假。

11.邀请方其他资料。这里就要求我们的收入证明，担保声明。

12.学校证明。别说绵阳师范学院不给力，他们真的是非常非常不给力，小莉莉的辅导员让我第一次有了想买张机票自己冲到他们学校去的冲动，我们不是人贩子，我们就是邀请学生来法国玩儿一周，总没问题吧。真的很"奇葩"，辅导员不给开证明，后来我们还尝试其他的方法去找校领导。

13. 护照。填写申请表，提供身份证、照片，这个需要两周的时间。

14. 国际医疗保险。这个必须要，万一小莉莉缺胳膊断腿了，我们担不起这个责任啊，有保险好！

15. 机票预订单。临近的机票可是1万来元人民币1张啊，100张百元钞票啊，这个节骨眼来，和嘟嘟两个人的机票，就是200来张百元钞票啊。不是心疼钱，是很心疼钱，如果提前做准备，该节约的费用是可以省下来的，我有一个习惯，我自己随身带个小本本，如果一个东西原价100元，我通过自己的方式节约了10元，我会记录下来，然后到了年底，就会把这部分钱捐给一些慈善组织帮助更多的人。我是惜财的人，能打江山，更能守住江山。

16. 这最后一个证明把我们都要搞疯了，那就是学生资金证明！！

这个学生资金证明规定，请提供父母名下活期资金证明的内容，包含父母名下工资卡的流水单原件，需要最近6个月的记录，余额5万元或者以上，近期不能突然有大笔金额存入。这不是搞笑吗？

小莉莉爸爸账户上的钱完全达不到要求的条件啊，没办法，我让小嘟嘟把钱直接打到小莉莉爸爸账户上，但是这也要等几个月的时间啊，唯一的方法就是希望大使馆的签证官能通融通融，我们都全包所有费用了，账户上也有钱了，时间是紧凑了点，可再怎么说，条件也差不多了吧。

我写到这里的时候，知道几号了吗？2018年2月9日了，由于是春节，大家都在这个节骨眼上要出国玩儿，小莉莉和小嘟嘟预约录入指纹的时间是2月23日，你知道在春节这个到处都放假的节骨眼上，我们最快多久可以拿到签证吗？因为大使馆放假到22日，所以预计是2月28日！

　　然后小莉莉多久开学呢？3月4日！来回法国坐飞机都要两天时间，她等于最后才能来两天，我晕，有啥意义呢？

　　我之前做的所有工作，都等于零！！！这可把我气坏了，抱着九九急得直捶他的胸，因为我答应的事情，居然没有做到，这不等于说话不算数吗？

　　我和小嘟嘟想了一切办法，电话沟通来沟通去都废了1个多小时的话还是什么都做不了，我非常委屈，我已经尽力了，为什么还这么难，为什么还这么不顺？！

　　我给小莉莉发微信：

　　"胡丽，这次春节这个时间段，看来是来不及了，行程取消。"

　　说实话，我都觉得我开不了口，感觉是给了一颗糖然后又打一巴掌让她空欢喜了一场，说不自责那是假的，真没想到办理一个出国10天的行程怎么就这么难，比难产还难！

　　胡丽倒是非常地让我感动，她说："姐姐，我了解，麻烦姐姐了！很不好意思，让姐姐操心那么多，结果最后却是一场空，不过呢，最后我们还是会见面的！"

　　我这么坚强的、不轻易流泪的人，却被这短短几句话虐得鼻子眼睛酸楚，我看着她给我发的各种"微笑面对""给你一个超大的么么哒"的动图，真让我觉得她怎么就那么懂事。

　　我想到我曾经认识的一个在波尔多读书的中国男生，因为他爸爸妈妈不给他暑假旅游的费用，他就关机不回电话不回消息，他父母急得还以为他出了什么事情，后来通过微博知道了在波尔多的我，还让我去他家找找，别是出什么事情了，我一敲开门，见哥们儿在打《魔兽》，家里到处是烟头、啤酒罐子、比萨的外卖盒子，真的就跟狗窝一样，大夏天熏得我辣眼睛，我第一次对一个有手有脚的男生产生了严重的鄙视感！

紧接着，胡丽又给我发了 N 条微信，我还一个人发呆觉得自己和她需要一些时间沉淀下，唉，我肯定被她讨厌死了，我在她心里一定是一个说话不算话的人，她会不会骂我啊？

我只听着微信叮叮叮的声音，过了两分钟，我考虑好了，说什么都是我的错，我认了，然而我看到她的微信之后，鼻子酸酸的，含在眼睛里的泪水唰的一下跟水龙头一样停不下来了。

"姐姐，你也不要因为这些事儿而烦恼哈，该见面的时候自然就会见面了哈，我们要微笑面对。听说让你花了很多钱，有点过意不去，姐姐别生气，好事多磨，让姐夫也不要失望，姐夫还是棒棒的，也非常感谢姐夫。真的非常感谢姐姐和姐夫为我所做的一切。"

看完之后，让我感动的是她这么乐观，她还反过来劝我不要难过，我的心揪得难受："真的尽力了，我都急哭了。"

小莉莉继续安慰我："姐姐不哭，以后会见面的，不要难过不要生气，我知道这件事儿肯定对你们影响比较大，我们都很失望，毕竟我们都为此努力了那么久，失望和生气肯定是有的，但不可以因此伤了身体，凡事都往好处想嘛，塞翁失马，焉知非福，姐姐和姐夫都要想开点，所有的折磨都是为了下次见面能遇见最美的你，不要因为这件事情影响过年的气氛哈！不论是嘟嘟姐、李叔叔还是你们全家都在为这件事情操心，我们不着急，我会到法国和你相见的。"

我在小莉莉的身上看到了当年我的影子，冥冥之中我觉得我和这个女孩儿的故事还没有结束，现在只是开始，而且第一个小莉莉也将会是未来的一个个小莉莉故事里面的起点。

小莉莉的精神，是面对困难不去躲，是努力地去争取，哪怕暂时争取不到，时机成熟的时候，我们也会去逮着机会继续；小莉莉的精神，是无论有多大的困难，精神上不能被打倒，要做精神小强人；小莉莉的精神，是命运的不公平最终都会以厚积薄发的形式来加倍地偿还；小莉莉的精神，是我不的精神，不服，不要，不怕，不羁，不二，不懈，不屈不挠，不破不立，不卑不亢；小莉莉的精神，是在自我成功的时候也去帮助别人，就像星星之火可以燎原。

最终，小莉莉1号来波尔多还是没能成行，那么，就在2018年8月25日那天让小莉莉来见证我和九九的婚礼吧，是的，我们会在法国相见。

当然，未来还有无数个小莉莉，期待和你们缘分到来的那一天，说不定我们还能一起工作，一起分享人生，一起帮助更多的小莉莉，让迷茫和充满憧憬的她们也能找到生活的方向。

那么，"寻找下一个莉莉"也就更有意义了！我不求我的小莉莉们对我有什么回报，我不需要，我只希望她们能传递这种莉莉的精神给身边更多的人。

2018年6月3日下午两点半，成都，瓢泼大雨。

我和九九在我们投资的天府二街鹭州里的意大利餐厅"意术＋"举行我们的一个见面会和"Lily Ducourt 莉莉都古鳄葡萄酒"的发布会。和大家畅谈葡萄酒以及我和九九的故事，但是那天下午，最重要的环节就是我把第一个小莉莉胡丽带来了。

在我印象里，胡丽是一个不太爱说话的姑娘，非常腼腆，但是她绝对是那种非常懂事的邻家姑娘。我和九九邀请她来讲话，我看到这个平日不怎么说话的姑娘居然一点都不怯场，而且那种魄力，完全超出了我的想象。如果你们想听她的那段发言，有时间翻翻我的微博"成都姑娘莉莉"，在6月初的微博内容里面有。

其中她说了一句话特别打动我："我的身世不幸但我并不可怜。"她遇到事情了不是哭鼻子，而是马上去找解决的办法。我记得我有一段厌学的时期，英雄婆婆英雄老爹和七大姑八大爷都来劝我好好读书，跟我说读书的各种好。而小莉莉却被家人轮流"批斗"，让她别读书了，好好找个正经工作然后嫁个人过完这一生。

小莉莉说她的不幸恰恰也是她的幸运，所以才能被我选上，成了第一个"小莉莉"。我有好几次都听得热泪盈眶，这小家伙，也是满满的正能量！在她身上我如同看到了10年前的我！而她比我更努力，更懂得珍惜。

在这个时候，我突然想到了我成都亲戚家的一个妹妹钟陈程，大学毕业后她自己办了一个叫"桃渔教育"的补习学校，专给小学生补习数理化。那也是一个平日默默无闻专心做事的妹妹，我也在她那里看到了当年我身上那股坚忍不拔的劲儿，我们每一个人的事业都可以做大做小，而坚持做一件事情，贵在把这件事儿做好，不仅是对别人负责，更要是对自己负责。

千千万万的小莉莉，就传递着千千万万的爱与责任。

波尔多 La Tupina，烹饪传统的法国西南部的菜肴，是法国波尔多市长邀请政客及名流的官方接待餐馆

《昨日的》（*Yesterday*） ◁ ◀

《秋雨》（*Pluie D'automne*） ◁ ◀

后 记

最后，想补充一点，说实话，想写的东西太多，我属于废话比较多的那种人，本来出版社让写 10 万字，我写了 17 万字，我觉得很多事情还没有讲完，居然写上瘾了！你们说我还要不要再继续写下一本呢？哈哈！

但是经历过重写 3 次，近半年的时间都花在写书上，我终于知道为什么当作家容易长胖了，你没见九九给我端来加糖加奶的咖啡，他妈妈知道我熬夜写书也亲手给我做了很多糕点，朋友们都不约我出去玩儿，只约我出去吃饭，我这近半年体形有向贾玲姐靠拢的趋势。

我很想告诉我身边的每一个人：活出梦想中的样子，不仅仅是物质达到了拥有好车好房的水平，还要在我们通向胜利、摘取胜利果实的时候，想想曾经那么多的不容易，最后都是值得的。

今天你的迷茫，到 10 年 20 年以后，你一定会喜于时间在当时给你的一切安排都是最好的课程，我们一辈子，都是冲着活出梦想中的样子。

希望看到书的那个你，不管男孩儿女孩儿，都可以关注我的微博"成都姑娘莉莉"，每年我都会邀请有缘的那个你跟我共度一周的时间，可能在法国，可能在地球上的任何一个地儿，我包机票包吃住，你只管一个人来，带身换洗的衣服，哦了！

再会各位！有时间走过路过波尔多的，你要是说看过这本书，我请你喝白丽美哈！

莉莉精神，与你们同在！

宋钊·《成都爱情故事》 ◁ ◀

宋钊·《雪人》 ◁ ◀

▶ ▷ 《第六次说我爱你》

▶ ▷ 《法国过客》

图书在版编目（CIP）数据

成都姑娘 / 李莉娟著 .—长沙：湖南文艺出版社，2018.7
ISBN 978-7-5404-8720-1

Ⅰ . ①成… Ⅱ . ①李… Ⅲ . ①随笔—作品集—中国—当代 Ⅳ . ① I267.1

中国版本图书馆 CIP 数据核字（2018）第 096915 号

上架建议：随笔集·情感励志

CHENGDU GUNIANG
成都姑娘

作　　者：李莉娟
出 版 人：曾赛丰
责任编辑：薛　健　刘诗哲
监　　制：毛闽峰　李　娜
特约策划：董　鑫　张明慧
特约文案：王苏苏
营销编辑：杨　帆　周怡文　刘　珣
装帧设计：梁秋晨

出版发行：湖南文艺出版社
　　　　　（长沙市雨花区东二环一段 508 号　邮编：410014）
网　　址：www.hnwy.net
印　　刷：北京嘉业印刷厂
经　　销：新华书店
开　　本：880mm × 1270mm　1/32
字　　数：255 千字
印　　张：10.5
版　　次：2018 年 7 月第 1 版
印　　次：2019 年 1 月第 2 次印刷
书　　号：ISBN 978-7-5404-8720-1
定　　价：38.60 元

若有质量问题，请致电质量监督电话：010-59096394
团购电话：010-59320018